新疆生产
建设兵团
七十年纪事

新疆生产建设兵团成立70周年
The 70th Anniversary of the Founding of The Xinjiang Production and Construction Corps

辽阔

新疆生产建设兵团七十年纪事

郭晓力 著

新疆生产建设兵团出版社

图书在版编目（CIP）数据

辽阔 / 郭晓力著. -- 北京：中国文联出版社；五家渠：新疆生产建设兵团出版社，2024. 11. -- ISBN 978-7-5190-5636-0

Ⅰ．I247.5

中国国家版本馆 CIP 数据核字第 2024YZ7937 号

作　　者　郭晓力
责任编辑　吕　欣　程　语
责任校对　秀点校对
装帧设计　李思安

出版发行　中国文联出版社有限公司　新疆生产建设兵团出版社
社　　址　北京市朝阳区农展馆南里 10 号　　邮编　100125
电　　话　010-85923025（发行部）　010-85923091（总编室）
经　　销　全国新华书店等
印　　刷　廊坊佰利得印刷有限公司

开　　本　710 毫米 ×1000 毫米　　1/16
印　　张　20.5
字　　数　227 千字
版　　次　2024 年 11 月第 1 版第 1 次印刷
定　　价　66.00 元

版权所有·侵权必究
如有印装质量问题，请与本社发行部联系调换

| 目录 |

第一章　安　娜　　/ 001

第二章　谷建疆　　/ 065

第三章　谷满仓　　/ 187

第四章　吴梅兰　　/ 211

第五章　谷　丰　　/ 259

第六章　辽　阔　　/ 319

第一章

安娜

一

"传说，唐三藏西天取经经过这里，饥渴交加昏死了过去，冥冥之中，一股清爽的风扑面而来，唐三藏睁开眼，发现自己躺在一汪清泉畔。唐三藏撑起身子，掬起泉水喝了一口，甘甜怡人，便在一块石头上刻下了'甘泉子'三个字。后来有了人烟，人们便将这里称为甘泉子。"

王莹对江涛莞尔一笑，明眸皓齿，小麦肤色，白衬衣，牛仔裤，短发，神情舒朗，谈吐自如，笑容宛若六月的阳光一般灿烂。江涛难以把她和谨言慎行的宣传部长联系在一起，觉得她更像是一位朝气蓬勃的大学文科教师。

"新疆和平解放后，我爷爷所在的独立团奉命来到了甘泉子，铸剑为犁开荒造田，那时这里全是荒漠，无边无际。我爷爷他们找不到传说中的甘泉子，只见一片水洼，水又苦又咸，当地老人说，那就是甘泉子。我爷爷他们在那个水洼上建成了水库，修渠引来天山雪水，如今甘泉子水库成了游玩胜地。近年，我们又结合甘泉子的发展历史，打造红色旅游线路，很有成效。"

王莹一边开车，一边向江涛介绍甘泉子。宽阔平坦的公路像一把剪刀，剪开了生机勃勃的田野，满目葳蕤葱绿。不可想象，这里曾经是一望无际的荒漠。

"你应该是兵团第三代。"江涛侧脸看看王莹。

"没错，和谷丰一样，兵三代。"

谷丰是江涛将要采访的对象。江涛看到一篇关于谷丰的报道：自治区机关干部谷丰，积极要求赴条件艰苦的喀山牧场，参加"访惠聚"工作队，驻村工作期满后，放弃了大城市和机关工作，申请留在了喀山牧场。

喀山牧场是甘泉子总场的一个偏远牧场。

江涛对谷丰产生了好奇，想作一个深度的采访，探究他内心深处不为人知的精神世界。当然，还有一个重要原因是甘泉子。十年前，江涛通过前妻如意知道了甘泉子，他们曾约定结伴探访，终未成行。从那以后，甘泉子便仿佛一颗星星，嵌入了他的记忆。十年后，江涛作为援疆干部来到新疆，渐渐模糊的甘泉子，遽然清亮起来。选题策划方案通过，江涛便立刻动身，从乌鲁木齐来到了甘泉子。

江涛的本意是独自前往喀山牧场，他不喜欢事先安排设计好的采访，那样的采访往往经过了修饰，就像一个人的相片经过美颜，掩饰了真实的面目。王莹坚持要亲自陪同，再三强调会遵从他的意愿，不干涉他的采访。王莹是甘泉子总场党委宣传部部长，和谷丰是发小同学。高中毕业后，谷丰考上了新疆农业大学，王莹考上了新疆大学，毕业后，谷丰应聘到《农牧天地》杂志社当编辑，王莹则报考了甘泉子总场机关的公务员。王莹和谷丰都忙，有一阵子没见了，正好顺便看看老同学。

王莹亲自开车，江涛感到意外，但凡领导出行都配有专车司机。王莹会心一笑："特殊情况，我会自己开车，比如今天。"江涛从王莹的神情中，感受到了真诚和信任。

王莹和谷丰两家是世交。谷丰的爷爷谷满仓，曾经是王莹的爷爷王有田的班长，战场上，谷满仓救过王有田的命。一次战斗结束，谷满仓缴获了一把德国造的驳壳枪，舍不得上交，结果私藏战利品受了处分，加上没什么文化，便一直得不到升迁。相反，王有田作战英勇，屡立战功，成了谷满仓的上级。新中国成立后，他们所在的独立团一路西进抵达新疆。新疆和平解放后，独立团奉命开赴甘泉子开展农业生产建设，王有田被任命为独立团团长。

军人不打仗开荒造田当农民，战士们想不通，王有田也想不通，他是团长，想不通也得憋着，不能像战士们一样随心所欲发牢骚。他还得耐心做大伙的思想工作，一遍遍解释，不是当农民，是参加农业生产建设。

"啥生产建设，说白了不就是种地当农民呗，千里马当骡子使，憋屈！"谷满仓不以为然，仗着和王有田关系近，时常忘记上下级的关系，见王有田不说话，谷满仓又说，"打了这么些年仗，将军不敢想，没混上个一官半职也罢了，再不济也不能当农民呀？都说人往高处走，咱这不是往坑里出溜吗？"

"净扯没用的，这是命令，军人就得服从命令。"王有田嘴上教训谷满仓，心里跟他一样憋屈。

谷满仓说："军人服从命令我懂，军人不打仗开荒种地当农民，我咋也想不通。"

"想不通慢慢想，多大点事嘛！"王有田手一摆，像挥赶苍蝇，黝黑的脸板成了一块生铁。

"那我就转业回老家去，反正都是种地当农民，我回老家种去。"谷满仓赌气。

"有能耐你走，没人拦你。"王有田瞪一眼谷满仓，扭过脸抽烟，不再搭理他。

谷满仓说的是气话，他没有转业回老家，他随部队挺进甘泉子，唤醒了亘古沉睡的荒原。几年以后，谷满仓和安娜结婚成了家，开枝散叶，一辈子没有离开甘泉子。

二

安娜是湖南女兵，原名不叫安娜，她的原名很乡土，叫桂花。安娜名字的由来，和林梦洁有关。

林梦洁是和桂花一起进疆的姐妹，报名参军时认识的。林梦洁纤细娇柔，像一株亭亭玉立的荷花。林梦洁担心体重轻体检过不了关，桂花出主意，帮着她在腰里裹了两截儿砖头。测体重时，林梦洁心虚慌乱，藏在腰里的砖头掉了下来，砸在脚背上，疼得她忍不住叫了一声。负责体检的战士很年轻，细皮嫩肉像个书生，眼里揉不得沙子，林梦洁弄虚作假的行为令他愤慨。桂花替林梦洁求情，赔着笑脸给年轻战士说好话，从头到脚夸了他一番。年轻战士正气凛然不为所动，坚持原则，执意要取消林梦洁的报名资格。

林梦洁羞愧难当，低着头嘤嘤哭泣，瘦削的肩膀一耸一耸，像雨中燕子的翅膀，十分怜人。年轻战士不知所措，向林梦洁摊着手说：“你不要哭嘛，我又没怎么样你你哭什么嘛？是你自己要弄虚作假的，对吧？”年轻战士江浙口音，声音软糯，像是牙齿咬着舌头尖在说话。

这时，高淑芬走了过来。她是女兵招聘团的负责人，三十来岁，一身军装，腰里扎着皮带，皮带右侧挂着一把手枪，英姿飒爽。高淑芬问清缘由，左手叉腰，右手捂着枪套子，审视着林梦洁。林梦洁抹着眼泪解释，不是要成心欺骗部队，是真心想当兵，担心太瘦体重过不了关，才在身上藏了砖头增加重量。桂花很仗义，挺身为林梦洁开脱，说腰里裹砖头是她的主意，和林梦洁没关系。林梦洁很感动，从那一刻起就认准了桂花，要把她当一生一世的姐妹。

桂花说：“人瘦可以吃胖的，新疆天天吃大米饭、红烧肉、白面馒头、辣子鸡，到了部队，怕是想瘦都瘦不了呢。首长，我说得没错吧？”

桂花歪着脑袋看着高淑芬，脸蛋红扑扑的，像熟透的苹果。高淑芬被伶牙俐齿的桂花给逗乐了。得知林梦洁读过长沙女子学院，还会弹琵琶，是有知识有文化的人才，高淑芬对年轻战士说：“小赵，灵活掌握，特殊人才特殊对待，瘦一点没关系，健康就行。”

年轻战士附在高淑芬耳边，小声说道：“她家庭出身也不好，是资本家。”

"出身不由己，道路可以选择，只要和资本家家庭划清界限，一样可以参加革命。”高淑芬一扬右手，“留下吧，有什么问题我负责。”

突然间柳暗花明，林梦洁有点蒙，桂花急忙拉着她给高淑芬鞠躬，感谢首长。高淑芬微笑说：“别叫首长，我姓高，年纪比你们大，就叫我高大姐吧。"高淑芬是独立团政治部主任,上过战场打过仗,丈夫是独立团的政委杨振华。

负责体检的年轻战士姓赵,叫赵明,差一点将林梦洁挡在部队的大门之外。当时,他和林梦洁都不曾想到,将来有一天,他们的命运会纠缠在一起,不弃不离,生死与共。

三天以后,林梦洁告别了母亲,和新入伍的姑娘们奔赴长沙集训。林梦洁对即将开始的军营生活充满了好奇与兴奋,漠视了母亲的悲痛与忧伤,她豪迈地说,等将来出息了,就把母亲接到新疆去。

"当初你爸爸去台湾的时候,也是这么说的,结果一去不回。"梨园出身的母亲翘起兰花指,捏着手帕轻拭眼泪,悲悲戚戚的模样,很有几分当年戏台上白娘子的神韵。

高大姐给新入伍的女兵们上课,讲部队纪律,讲新疆少数民族风俗习惯,然后看电影。姑娘们盯着银幕上的雪山草原和满头扎满小辫子跳舞的维吾尔族少女,深深被新疆奇丽的风光迷住了。

回到宿舍,姑娘们议论着电影里的新疆,桂花诧异,新疆真的像电影里那样美吗?叶青莲说,当然了,电影还能哄人。叶青莲也是宁乡人,和桂花、林梦洁同乡,三个人很说得来。叶青莲老成持重,像个热心肠的大姐。其实,叶青莲比桂花和林梦洁大不了多少,她十九岁,桂花十八岁,林梦洁刚刚十七岁。

姑娘们七嘴八舌地猜测新疆离长沙有多远,有的说几十里,有的说几百里。林梦洁说新疆离长沙不是几十里,也不是几百里,是几千里。林梦洁的话让姑娘们惊诧,半信半疑地看着她。

林梦洁说:"湖南在南方,新疆在大西北,要跨好几个省呢。新疆过去也称为西域，西域三十六国就在那里。"

说完，林梦洁低下头继续在笔记本上写写画画。桂花好奇，伸着脖子看，林梦洁合上笔记本，不让她看。桂花撇撇嘴说她小气，看看又不会把字看跑了。林梦洁说日记是隐私，别人不能随便看。桂花不明白什么是隐私，林梦洁想了想，说隐私就是不能让别人知道的事。桂花恍然大悟，说不让别人知道的事，就是见不得人的短处呗。

入伍以后，林梦洁遇见的第一件不开心的事是剪头发。按部队要求，女兵一律要剪成短发。林梦洁扎两条辫子，辫梢绑着纱绸蝴蝶结，粉色、淡蓝、杏黄，每天变着花样，俏丽妩媚，实在舍不得剪。

桂花自告奋勇让叶青莲为她剪头发，她的头发本来就不长，叶青莲说不用剪了，再剪就成假小子了，她把剪刀塞到叶青莲手里："剪，就剪成假小子，利索。"

桂花剪完头发，看见林梦洁对着镜子左顾右盼，舍不得剪。桂花说，剪头发是军令，军令如山不可违。再说，大伙都剪成短头发，就你一个人留着辫子，像鸡群里冒出的鹅，太扎眼了。说着，硬把林梦洁拽出了宿舍，摁在凳子上。叶青莲刚要下剪刀，林梦洁突然尖叫一声，双手捂住后脑勺，护着辫子。

林梦洁掏出小镜子，左手举着镜子看，右手握着辫子依依不舍，叮嘱叶青莲仔细一点，千万别剪太短了。叶青莲刚要下剪刀，林梦洁又惊叫了一声。桂花失去了耐心，夺过叶青莲手里的剪刀，抓住林梦洁的一根辫子，"咔嚓"一下剪了下来。林梦洁说桂花是法西斯，桂花不知道法西斯是什么，问她，林梦洁说是夸她的意思。桂花从林梦洁的神情，惴测出不是什么好话，抱怨林梦洁欺负她没文化。

一个星期后，姑娘们穿上了新军装。林梦洁身体瘦小，最小码的军装穿在身上也显得松松垮垮，遗憾地念叨，要是再小点就更好看了。林梦洁向桂花和叶青莲提议，三姐妹去照相馆照了张合影，成为她们一生的纪念。

王莹说，她奶奶叶青莲一直保存着那张照片，晚年时常看着照片发呆，自言自语。

王莹说："以前年纪小，觉得奶奶不可思议，长大以后，慢慢理解了。"

长沙集训后，姑娘们坐火车出发去新疆。当时火车只通到西安，从西安又换乘汽车，一路颠簸二十多天，终于到了新疆。

一路上，林梦洁时常捧着一本厚厚的书看。桂花好奇，掀起封面看了看，她只上过一年学，识字不多，认不全书名，林梦洁告诉她，书名叫《安娜·卡列尼娜》，是一个俄罗斯作家写的小说。林梦洁讲小说的故事，桂花被深深吸引住了，安娜钻进了她的脑子里，挥之不去。有一天，桂花对林梦洁说要改名字，她不叫桂花了，要叫安娜。林梦洁愣怔看着她，以为她开玩笑，桂花认真地说，叫桂花的人太多了，光他们村就有四个桂花，她不喜欢。

桂花说："你们的名字多好，林梦洁，叶青莲，一听就是爹妈用了心思，不像我爹妈，生了四个女儿，老大叫桃花，老二叫杏花，老三叫梅花，到了我，我爹抬眼看见了院子里的桂花树，随口说，就叫桂花吧。我早就想改名了，现在是光荣的人民解放军战士了，我得改个自己满意的名字。"

林梦洁说:"就算是要改,叫安娜也不合适吧?安娜是外国名字。"

桂花说:"我喜欢,洋气,我就叫安娜。"

叶青莲说:"我们现在是解放军战士了,不像在老家农村,名字说改就改,得经过部队领导批准。"

桂花想了想,觉得叶青莲说得有道理,三个人合计了一番,认为桂花改名的事,先要征得高大姐的同意。桂花找到高大姐,表达了改名的意愿,高大姐不理解,却终究拗不过,同意帮她改名。从此以后,桂花就改名为安娜,有人叫她桂花,她佯装没听见,故意不搭理,如果对方执着,她就一脸茫然地反问:"谁是桂花?你认错人了,我不叫桂花,我叫安娜。"

多年以后,垂幕之年的安娜对孙子谷丰说,她这辈子头一回替自己做主的事,就是给自己改了个满意的名字。

三

女兵们抵达独立团驻地甘泉子，以为到了某个戈壁驿站准备宿营。高大姐招呼大家下车，说到家了。姑娘们望着两排简陋的土坯房，面面相觑，无法和庭院深深的军营联系到一起。

团长王有田和政委杨振华，率领战士们迎接女兵们的到来。战士们像秋天的高粱，仰着红彤彤的笑脸冲女兵们鼓掌。现实与理想的极大反差，让姑娘们茫然失措。

"怎么没有房子呀？住哪呀？不是说楼上楼下电灯电话吗？"安娜张望着，满眼萧瑟苍茫。

王有田听见了安娜的疑问，笑呵呵地解释："眼下条件还比较艰苦，美好的未来要靠大家共同努力创造，将来一定是楼上楼下电灯电话。住的地方不用担心，都准备好了，冬暖夏凉。"王有田的声音浑厚响亮，笑容像锋利的刀子，在他黧黑的脸上划开一道道皱纹。

一个姑娘忍不住哭出了声，不想当兵了，想回家。顿时，忧伤的情绪像乌鸦一样在姑娘们的头顶盘旋，哭泣声此起彼伏。

谷满仓和炊事班的战士，送来了大米饭红烧肉，饭菜香味随着荒原的风弥漫开来。王有田劝姑娘们吃饭，大米饭红烧肉不是想吃就有的，过了这个村可就没这个店了。姑娘们站着不动，努力抵挡着饭菜的诱惑，悄然吞咽着口水。叶青莲挺了挺胸脯，说道："大家先吃饭，吃饱肚子再说。"

"就是，天塌下来也得吃饱饭了再说。"安娜立刻附和，红烧肉的香味顺着鼻孔钻进了胃肠，肚子里早已金戈铁马杀声一片了。

多年以后，安娜对孙子谷丰说，那是她这辈子吃过的最香的红烧肉，永远忘不了，以后几十年，吃过大小馆子的红烧肉，再也吃不出那个香味。

安娜端着冒尖的一大碗饭菜狼吞虎咽，她的好胃口引起了谷满仓的注意，他悄悄凑到王有田耳边说："那妮儿真能吃，谁要是娶了她可养不起。"

同时，叶青莲的表现，也引起了王有田和政委杨振华的关注，觉悟高顾大局，随后她被任命为女兵排排长，也是水到渠成的事。

年轻人的忧伤来去匆匆，大米饭红烧肉暂时驱散了姑娘们的乡愁。吃完饭，姑娘们像喜鹊一样奔向宿舍，安娜不由惊叹："天哪，这就是冬暖夏凉的地下宫殿呀！"

宿舍是地窝子，低矮阴暗，一半在地下，一半在地上。林梦洁环顾着地窝子，犹如掉进了冰窟窿，恍惚间，感到脚背上有东西在动，低头一看，一只蛤蟆爬上了脚背，她惊叫着蹦跳，像踩到了火盆上。

安娜弯腰抓起蛤蟆，随手扔出了地窝子。

林梦洁抱怨，招兵的时候把新疆吹得天花乱坠，原来全是骗人的。叶青莲安慰她，首长说了，好日子要靠大家共同创造。安娜也一边帮林梦洁铺被褥一边劝她，习惯就好了，人什么都能习惯。

相对于林梦洁的忧伤，安娜显得十分乐观，只要能填饱肚子，别的都不是事儿。安娜姐妹兄弟五个，三个姐姐，一个弟弟，在她的印象中，父母一年忙到头，家里也吃不上几顿饱饭。父母重男轻女，有点好吃的也是尽着弟弟一人独享，听说新疆军区在县城招女兵，部队上天天吃大米饭、红烧肉、白面馒头、辣子鸡，她没跟爹妈打招呼就报了名。虽然现实情况没有想象的那么好，她也有过瞬间的失落，但一看到身上的军装，想到能填饱肚子，一切就心怀释然了。

安娜给林梦洁铺好了床，又替她把一面椭圆形镜子挂到墙上。林梦洁爱美，喜欢照镜子。看着安娜忙碌，林梦洁有点不好意思，自从认识了安娜，安娜就像大姐姐一样关心她，其实，安娜只比她大一岁。安娜的关心，时常让林梦洁想起母亲。从小爱的缺失，导致了林梦洁多愁善感的性格，在她的记忆中，父爱像是空中的一缕浮云，缥缈虚无。虽然与母亲相依为命，但母亲的乖戾无常，在她心里留下了挥之不去的阴霾。林梦洁的母亲曾是秦腔名伶，出生在陕西米脂县的一个小山村，和历史上四大美人之一的貂蝉同乡。因家里穷，七岁那年，为了讨生路，爹娘把她送给了一个游历四方的戏班子，从此，林梦洁的母亲背井离乡，开始了她艰辛而摇曳多姿的伶人之路。林梦洁的母亲容貌俊俏，加之刻苦努力，几年后便成为戏班的台柱子，因貌美出众，又是美人貂蝉的同乡，人们便称她为赛貂蝉。赛貂蝉名气越唱越响，从一个乡野戏班子，唱到了西安城的易俗社。赛貂蝉十八岁那年，林梦洁的父亲做生意来到了西安，友人请他看赛貂蝉的演出，那天演的剧目是《断桥》。戏台上，白素贞扮相的赛貂蝉兰指妖娆腰身妩媚，宛若白云仙子下凡。散戏回到饭店，赛貂蝉在林梦洁父亲的眼前飘来荡去，哀婉动人的唱腔不绝于耳：

白云仙在中途自思自叹，把当年修行事细表一番。
我也是峨眉山白蛇修炼，修一千五百年金体大仙。
自那日在洞中心慌意乱，一心想奔西湖去把景观。
……

林梦洁的父亲被赛貂蝉迷了心窍，在西安的那几天，天天晚上去戏院捧场。回到长沙以后，林梦洁的父亲对赛貂蝉念念不忘，茶饭不思，夜不能寐，生意也无心打理。半个月后，他又去了西安，不惜代价，硬是把赛貂蝉带回了长沙。林梦洁的父亲已有家室，林家是体面的望族，容不得戏子辱没门风，他只好另置庭院，将赛貂蝉金屋藏娇。一年后，赛貂蝉生下了女儿林梦洁。

虽然离开了舞台，赛貂蝉的心却丢在了舞台上，她珍藏着行头，孤寂落寞的时候会仔细扮上，回味昔日舞台上的荣耀风光。

到了儿，赛貂蝉也没有等来名分。

长沙解放前夕，林梦洁的父亲和家眷去了台湾，撇下了赛貂蝉母女。临别前，林梦洁的父亲承诺，一旦安顿好就回来接她们母女。赛貂蝉明白，那是永远无法兑现的诺言，他转身离去的那一刻，注定成了他们的永别。

失去了林梦洁父亲的资助，赛貂蝉母女的生活捉襟见肘。林梦洁中止了长沙女子学院的学业，和母亲离开了长沙，搬到了仆人腊香嫂的家乡宁乡县。赛貂蝉把希望寄托在了女儿身上，希望女儿嫁个殷实的人家，她们母女未来的日子便有了保障。林梦洁无视母亲的良苦用心，为此，母女俩时常发生争执，林梦洁说母亲嫌贫爱富，拿女儿卖钱，赛貂蝉很委屈，苦口婆心开导女儿，她年轻，许多事还不明白，过日子是实实在在的事，柴米油盐酱醋茶，哪样都离不了钱。

林梦洁说："现在是新社会了，女性也要独立，不能总想着靠男人。"

赛貂蝉说："不管什么社会，女人都得嫁汉吃饭，终归还得靠男人。"

林梦洁说："我爸爸靠得住吗？他管你吗？管我们吗？"

赛貂蝉哑然，女儿残忍地撕开了她的伤疤。

林梦洁一度迫切希望逃离家庭，远离母亲，真正离开了，却又十分想念。想到母亲独自一人孤寂度日，她的心头一阵酸楚，后悔不该任性参军，来到遥远的新疆。

女兵们的到来，宛如灿烂的春光，照亮了战士们的生活，姑娘们自然成了乐此不疲的中心话题。赵明参加了女兵招聘团工作，大伙儿向他打听女兵们的故事。赵明讲起林梦洁因为身体瘦弱往身上藏砖头，险些被他拒之门外，谷满仓责怪他差点成了独立团的罪人。接着，又七嘴八舌议论哪个女兵漂亮，谷满仓问赵明谁最漂亮，赵明想了想说，当然是林梦洁。

谷满仓说："没错，林梦洁是我这辈子见过最漂亮的姑娘，要是能娶上她这样的媳妇，少活二十年都愿意。"谷满仓又问老崔喜欢谁，谁最漂亮。老崔是炊事员，正叼着烟袋锅听大伙说笑，他憨笑着说，都漂亮，个个水灵灵的跟仙女似的。老崔的回答谷满仓不满意，说他等于没说。

赵明说："老崔说得也没错，女兵们个个都漂亮，燕瘦环肥，各有各的美。林梦洁的美娇柔、文静；安娜的美健康、纯朴，充满了活力与激情；叶青莲端庄大方，稳重淡定。春兰秋菊，各有千秋。"

谷满仓对赵明赞赏有加，有文化就是不一样，同样的话，经他一说里是里面是面。大伙正说得高兴，"扑通"一声，地窝子顶上陡然掉下一个人来，定神一看，竟然是林梦洁。因为天热，除了赵明穿着背心长裤，其他人都赤身露体。林梦洁这一掉，犹如一挂鞭炮扔进了羊圈里，一片沸腾，战士们惊跳着东突西撞，纷纷扯衣服拽被单遮挡身体。谷满仓率先醒过神来，随手抓起衣服裹在身上。这时，安娜冲了进来，一把拽起卧在地上发蒙的林梦洁，夺门而逃。

原来，林梦洁和安娜解完手从厕所出来，忽然听见了狼叫，便惊慌失措往宿舍跑。天太黑，辨不清东南西北，俩人慌不择路，闷头狂奔。随着一声惊叫，林梦洁不见了，安娜以为她被狼拖走了，再一看，身后地上冒出一片昏黄的光，将漆黑的夜烧了个洞。原来林梦洁踩塌了男兵宿舍的地窝子，掉了下去。

王莹问江涛见过地窝子吗，他说在电视里见过，他还去过军垦博物馆，里面有地窝子模型。王莹说，要是见了真正的地窝子，感触会不一样。

王莹说："本来甘泉子保留了一片地窝子，曾经有一个兵团题材电视剧在那里拍摄，影视公司在原有的基础上作了修缮。电视剧拍完以后，那里就作为一个景点供游客参观。后来，那片地被开发商征购，盖成了商品楼。"

江涛说："应该保留下来，那是一段了不起的历史。"

王莹说："有时候，历史不得不为社会的发展让步。"

王莹说她的爷爷奶奶对地窝子怀有深厚的感情，他们在那里安家，哺育后代，度过了人生中最美好的青春岁月。

王莹说："我爷爷奶奶是在地窝子里结的婚，我爸爸也是在地窝子里出生的。"

四

1954年春天，叶青莲和王有田结婚。那一年，中共中央作出屯垦戍边的战略决策，命令新疆十万驻军官兵集体就地转业，组成新疆生产建设兵团。

那年夏天，关于部队转业成立生产建设兵团的消息就开始传播，各种猜测议论甚嚣尘上，搅乱了人们平静的生活。王有田和政委杨振华也不明就里，无法解答大伙的疑惑，没有接到上级明确指示之前，任何传言都不能当真。

王有田去军区开会，有关部队转业成立生产建设兵团的传言得到了证实。他感到心情郁闷，似有一块石头压在胸口。新疆和平解放以后，部队留下搞生产建设也就罢了，好歹还是军人，如今要脱下军装彻底转业种地，他心里一时迈不过那道坎。王有田请求军区老首长，把他调到边防部队去，只要不脱下军装，降级使用都情愿。老首长理解他的心情，从军人到没有军饷的军垦战士，要过思想关需要一个艰难的过程。老首长动之以情晓之以理，成立生产建设兵团，是党中央的重大决策，军人以服从命令为天职，王有田自己不但要想通，还得做好独立团全体官兵的思想工作。

那年十月，新疆生产建设兵团正式成立，独立团脱离了国防部队序列，改名为新疆生产建兵团甘泉子总场，王有田成为首任场长。

王莹说，相比安娜和林梦洁，她奶奶叶青莲的爱情波澜不惊。

高大姐是叶青莲和王有田的媒人，为了战士们的婚姻大事，高大姐操碎了心，反复权衡比对，努力撮合，殚精竭虑。王有田三十多了还没成家，成了高大姐的一块心病，她把女兵姑娘挨个捋了一遍，认为叶青莲最合适，丈夫杨振华也觉得，叶青莲和王有田般配。

高大姐说起叶青莲，王有田不说话，只是嘿嘿傻笑，问他什么意见，他说："只要人家同意，我没意见。"高大姐又去问叶青莲，她的回答跟王有田如出一辙，俩人商量好了似的。事情很顺利，很快便举行了婚礼。那年代结婚简单，凑个休息天，买些香烟瓜子水果糖，大伙热闹一下，两张床一并，就结婚了。第二天，继续开荒浇地施肥收割，该干啥干啥，没有婚假一说。

第二年春天，叶青莲怀孕了，王有田开心得直转圈，他喜欢孩子，多多益善，扬言要生一屋子，生一个班。

叶青莲妊娠反应强烈，吃什么吐什么，喝口水都吐，感觉五脏六腑都要吐出来了，脸色蜡黄，人像脱了水的青萝卜，眼睁睁瘦了一圈。叶青莲要强，坚持干活不休息。高大姐心疼她，想把她调到场部商店，她婉拒了，别人怀孕能下地干活，场长老婆就不行？场长老婆就比别人金贵？那年大年三十，叶青莲生了个儿子。王有田乐得合不拢嘴，这小子会选日子，大年三十出生，喜上加喜，于是就给儿子起名叫双喜。

双喜三个多月时，正值春耕时节。一大早，叶青莲给双喜喂了奶把完尿，放在婴儿床里。为了防止尿湿褥子，又在双喜屁股下面铺了一块塑料布。那天，叶青莲在地里播种棉花，总感到心神不定，割破了手。安娜以为叶青莲身体不舒服，劝她休息，她说不知道怎么回事，心里一阵阵发慌。

半晌午休息，叶青莲匆匆回家给双喜喂奶，走近家门，没有听见双喜的哭声。她掏出钥匙开门，手抖个不停。她走进屋子，婴儿床静悄悄的，静得能听见自己的心跳声。双喜安安静静地躺在婴儿床里，垫在屁股底下的塑料布捂在了脸上。她慌忙把塑料布揭开，双喜小脸青紫，早已没有了呼吸，她两腿一软，瘫在了地上。

叶青莲和王有田的第一个孩子夭折了。很长一段时间，叶青莲走不出悲伤。

王莹说："听我爷爷说，当时医生说我奶奶神经了，建议去乌鲁木齐精神病医院治疗，我爷爷犹豫了很久，最终没有送奶奶去精神病院。"

江涛感慨说："那代人真不容易，硬是凭着坚强的意志和信念，创造了奇迹。"

王莹说："有一年春节，一家人吃年夜饭，我奶奶又想起了她夭折的大儿子，说要不是怀上了我爸爸，没准真的要进精神病院了，是

第一章 安娜 | 021

我爸爸救了她。"

王莹的爸爸王平安,是叶青莲和王有田的第二个儿子,他们吸取第一个孩子的教训,孩子还没出生,就起好了名字,叫平安。

相比叶青莲,安娜和林梦洁的婚姻就没那么一帆风顺。

看到身边的战友一个个结婚成家,谷满仓心里波澜起伏,已经三十好几了,再不成家香火都难以为继。谷满仓鼓起勇气找到高大姐,吞吞吐吐说了自己的想法,高大姐问他看上谁了,他吭哧半天,说看上林梦洁了。见多识广的高大姐也被谷满仓的豪迈惊住了,怔怔地盯着他看了良久,看得他面红耳赤。

高大姐疑惑地问道:"老谷,你是认真的?"

谷满仓"嘿嘿"一笑说:"这种事能开玩笑?军中无戏言。"

高大姐默默地看着谷满仓,像看一棵遽然开花的铁树。

谷满仓又"嘿嘿"一笑说:"你是不是觉得,我癞蛤蟆想吃天鹅肉?"

"也不能这么说。"高大姐抬起右手,把垂在耳边的头发捋到耳后,"就算林梦洁是天鹅,你也不是癞蛤蟆,你是革命功臣。"

乍一听谷满仓说喜欢林梦洁,高大姐觉得不合适,无论年龄还是文化程度都存在云泥之别,谷满仓的自卑,反倒激发了她迎难而上、越是艰险越向前的斗志。

一天中午,林梦洁从场部食堂打饭出来,高大姐叫住了她。高大姐拐弯抹角地夸赞谷满仓,从枪林弹雨的峥嵘岁月,夸到铸剑为犁的激情年代,兜兜转转,终于绕到了林梦洁的身上。"梦洁,谷满仓同志对你印象不错。"说着，高大姐亲切地为林梦洁抻了抻整洁的衣领。林梦洁本能地缩了缩脖子，明白了高大姐谈话的目的，便以年纪小为由推托。高大姐说："二十二了，不小了，该成家了。"林梦洁又吞吞吐吐地说在老家有对象，高大姐不相信，问对象姓什么叫什么，多大了干什么的，问得她哑口无言。

听说高大姐撮合林梦洁和谷满仓，安娜惊呼乱点鸳鸯谱。叶青莲也觉得不合适，虽然谷满仓人不错，可结婚成家过日子，两个人差距太大。林梦洁担心高大姐不肯罢休，安娜和叶青莲给她出主意，以不变应万变，无论高大姐说什么，都不要跟她争辩，更不能急，任凭风浪起，稳坐钓鱼台，热乎劲一过，高大姐没了兴趣，就会不了了之。

高大姐不认为林梦洁和谷满仓不合适，男女结婚过日子，没有谁跟谁天生就合卯对榫，就跟婴儿学走路一样，开始晃晃悠悠跌跌撞撞，慢慢就稳当顺溜了。天下没有不合适的男女，只有不好好过日子的夫妻。林梦洁和谷满仓乍一看似乎不合适，细琢磨却十分般配。林梦洁从小娇生惯养，像个没长大的孩子，谷满仓年纪大，懂得心疼照顾人。林梦洁读过书有文化，有文化往往想法多，想法多烦恼就多，谷满仓没多少文化，头脑简单，随和乐观，林梦洁使个小性子发个脾气，他能包容迁就她。

一天傍晚，林梦洁哭丧着脸回到宿舍，高大姐要安排她和谷满仓单独见面交流思想，她心慌意乱不知如何应对。安娜愤愤不平，骂了一通谷满仓猴子够月亮不知天高地厚，又安慰一番林梦洁，蹙着眉头想了一会儿，忽然说："我去。"林梦洁没反应过来，愕然看着安娜，问她去哪，安娜说替她去和谷满仓见面。林梦洁以为安娜逗她开心，有点恼火。

安娜说："没开玩笑。我替你去见谷满仓，好好教训教训他，人家不同意还硬要见面，要不要脸了？"

安娜要替林梦洁见谷满仓，叶青莲担心事情闹大了不好收场，安娜说她有把握，这回一定要让谷满仓彻底死了心。

那天，谷满仓早早地到了见面的地点。高大姐想得周到，为了便于交谈，特意准备了一间屋子，为谷满仓和林梦洁见面创造了独立的空间。

谷满仓兴奋得一夜没睡着。其实，他对林梦洁一点信心都没有，跟高大姐也就那么一说，纯粹是瞎子摸鱼，没抱太大的希望，没想到，林梦洁居然同意见面。高大姐说，林梦洁对他的印象很不错，敬重他是革命功臣，发自肺腑地敬佩他。谷满仓哼着家乡小调仔细地洗脸，一遍一遍打着肥皂，搓得满脸的肥皂沫。炊事员老崔调侃他，洗那么白相亲呀？谷满仓美滋滋地说："咋，不中啊？"老崔"喊"了一声，说做梦娶媳妇。谷满仓"嘿嘿"一笑，捏着刮胡刀，伸着脖子努着嘴刮胡子，太兴奋，手一哆嗦刮破了腮帮子。

谷满仓坐在屋子里，呼吸声犹如风箱一样响。浑身燥热，他解开风纪扣，立刻又系上了。门外仿佛响起了脚步声，他骤然起立，像等待检阅的士兵一样盯着房门。门没有打开，侧耳倾听，风呻吟着挤过门缝，钻进了屋子。他又坐下，胸口"扑通扑通"，像是一只青蛙在跳。

门外传来了一声咳嗽,谷满仓像踩到蛇一样跳了起来。他手足无措地盯着房门,咕咚咽了口唾沫,好像一块砖头扔进了枯井里。门"哐当"一声推开了,安娜站在门口,背着光,脸阴沉得犹如包公,愤然地怒视着谷满仓。谷满仓张了张嘴,喉咙里发出奇异的啸音,安娜迎着他惊诧的目光,一步跨进了屋子。

"安娜?你,你咋来了?"谷满仓的目光跟随着安娜。安娜乜斜着他,他感觉有无数只蚂蚁在背上爬。安娜在屋子里转了一圈,走到门前,谷满仓以为她要走了,暗暗松了口气。安娜没有走,并且抬起右脚关上了门。谷满仓慌了,林梦洁就要来了,如果看见他和安娜共处一室会怎么想?他浑身是嘴也说不清楚。他催安娜走,他有重要的事,耽误不得。

"重要的事,是等林梦洁吧?"安娜偏着脸,斜睨着谷满仓,脸上挂着嘲讽的笑容。谷满仓狐疑地看着安娜,嘴巴又动了动,咽了口唾沫。安娜又说,"林梦洁让我告诉你,她不来了。"

"为啥?不是答应高大姐了吗,咋说话不算数啊?"谷满仓像个被骗的孩子,无辜地看着安娜。

安娜说:"林梦洁什么时候答应高大姐了?你听见了,还是看见了?"谷满仓无言以对,扭头要走,安娜一把揪住了他,"我话还没说完呢。"

谷满仓悻悻然说道:"都叫人当猴耍了,还有啥好说的。"

看着谷满仓沮丧的样子,安娜忍不住想笑。她说:"林梦洁让我告诉你,你俩不合适,别瞎子点灯白费蜡了。"

谷满仓愣怔良久,笑了笑,笑容有些凄惶,带着自嘲、遗憾与落寞。

谷满仓说:"是我大白天做梦,昏了头了。没事,没事,你回去跟林梦洁说,给她添麻烦了,我对不住她,求她原谅。"

安娜发现谷满仓的眼睛里泪光闪烁,心头涌起一丝怜悯。她从未如此认真地关注过这个憨厚朴实的男人,不由得想起他拿腔拿调唱豫剧"刘大哥讲话理太偏"的欢乐情景;想起他知道她饭量大,每次打饭都有意多给她一些;想起她感冒了,他特意做了鸡蛋面条,给她端到了宿舍……她蓦然发现,这是一个忠厚善良值得信任的男人,满肚子事先准备好教训他的话,一句也说不出口了。

"本来是给林梦洁煮的,你来了,就给你吧,别嫌弃。"谷满仓掏出两个煮鸡蛋,犹豫着递给安娜,粗糙的手掌衬托出鸡蛋的光柔,那一刻,仿佛有一根羽毛拂过安娜的心头,令她怦然心动。她犹豫着接过鸡蛋,一股暖流蓦然从手掌心扩散开来,温暖了全身。

谷满仓要走,安娜说:"老谷,你是个好人。"谷满仓扭过脸,对安娜憨厚地笑笑。安娜又说,"要不,我再跟林梦洁说说。"

谷满仓说:"不用了,这事不能强求,强扭的瓜不甜。"

那一夜,惊雷都炸不醒的安娜失眠了,她翻来覆去折腾到半夜,眼睛一闭,眼前还是谷满仓的影子。安娜坐起来,叫醒了林梦洁,欲言又止。林梦洁看看天还没亮,倒身继续睡,刚迷迷糊糊睡着,安娜又叫醒了她,林梦洁抱怨,半夜三更不睡觉干吗,天还没亮呢。安娜问她是不是真的看不上谷满仓,林梦洁说什么看上看不上,压根就没想过。

安娜说:"那好,谷满仓人好,实在,我喜欢他。"林梦洁睡意顿消，盯着安娜，瞠目结舌，以为她发呓怔说梦话。

安娜每当回忆起和谷满仓的婚姻，就满面笑容地说，她是被谷满仓用两个煮鸡蛋骗到手的，笑容宛如五月的沙枣花，散发着醉人的芬芳。

五

安娜和谷满仓结婚了,与另外两对新人一起举办了集体婚礼,他们对着毛主席像三鞠躬,夫妻对拜,欢声笑语像幸福的种子,撒满了荒原。婚后,谷满仓把安娜当宝捧在手心里,把她宠成了一朵盛开的雪莲花。

安娜掩饰不住内心的幸福,在林梦洁面前夸赞谷满仓。开始林梦洁不在意,听得多了难免产生几分醋意,觉得安娜故意炫耀,脸色就不好看,话也不中听。安娜不跟林梦洁计较,幸福能使人宽宏大量。

时间稀释了甜蜜,幸福的潮水渐渐退去,裸露出生活的真相,安娜和谷满仓之间的差异逐渐凸现了出来。比如,安娜受不了谷满仓不洗脚就上床睡觉,受不了他跟其他女人嘻嘻哈哈说说笑笑。有一回,安娜看见谷满仓帮林梦洁打水,心里打翻了醋坛子,趁他洗头的机会,把他的脑袋摁在了洗脸盆里。谷满仓再三解释,是正好路过井边碰见林梦洁打水，看她费劲，就顺便帮了一把，安娜竟然吃好姐妹的醋，脑袋被驴踢了。安娜自知理亏，嘴上却不认错，非逼着谷满仓承认他对林梦洁念念不忘，他火了，这是污蔑他的清白，是原则问题，无法容忍。安娜本想使使小性子撒撒娇，谷满仓哄哄她认个错，事情就过去了，没想到他倔驴一样较真了，弄得她一时骑虎难下。安娜也是刚性子，宁折不弯，吃软不吃硬，见谷满仓当真，还叫唤着日子没法过了，顿时就火冒三丈。不过就不过，谁怕谁，离开张屠夫，还能吃带毛的猪不成。话越说越密，理越辩越乱，结果就动起了手。谷满仓把安娜按在了床上，手高高举起轻轻落下，拣肉厚的屁股拍了两下。安娜受不了了，哇哇叫喊着扑腾腿，抬脚把谷满仓蹬倒在地。谷满仓脑袋磕在了板凳腿上，磕蒙了，一阵恍惚。

安娜搬回了宿舍，扬言要跟谷满仓离婚。林梦洁不觉得意外，也不劝安娜，似乎一切都在预料之中，淡然说道："你嫁给谷满仓就是个错误，不冷静，冲动是魔鬼。"

安娜一走，谷满仓就后悔了，思前想后折腾了一宿，第二天一大早，就去宿舍找安娜。安娜脸冲墙壁不理他，林梦洁趁机把他数落了一番，说他不懂得珍惜，懦弱野蛮的男人才动手打女人。林梦洁情绪很激动，水灵灵的眼睛里扑闪着火苗，谷满仓不敢和她对视，低着头，像个被审讯的犯人。没想到，柔弱文静的林梦洁，竟然也有脾气。

连着几天，谷满仓跑到林梦洁宿舍，向安娜赔礼道歉，对天发誓保证再不打她。安娜一声不吭，也不看他，有一回听烦了，赶驴一样把他轰出了门。叶青莲劝安娜，既然谷满仓认识到了错误，日子还得过下去,适可而止见好就收吧,听王有田说谷满仓是牛脾气,万一真把他惹恼了,九头牛都拉不回来。刚开始,林梦洁坚决支持安娜离婚,后来发现,安娜对谷满仓的怨恨像射出去的箭,渐渐没了力量,成了强弩之末,她嘴上说不回去,眼神却摇摆不定。通过这件事,林梦洁明白了一个道理,夫妻间的矛盾,就像家乡庙会上卖的糖人,看似坚硬,其实一咬就碎,还很甜。

那次矛盾后不久,安娜怀孕了,谷满仓高兴得搓手跺脚。谷满仓把安娜像娘娘一样供着,她刚想要喝水,他便把温度适宜的水递到嘴边。她要洗脚,他立刻端来洗脚水,亲手帮她洗脚。安娜开始不习惯,要自己做,他不同意,说不能闪了肚子里的儿子。安娜慢慢接受了谷满仓无微不至的照顾,甚至心安理得了,有时候他做得不尽如人意,她还会甩脸子抱怨发脾气。有一天,谷满仓问安娜想吃啥,她想了想,说想吃酸的,酸儿辣女。他兴奋地说:"要是生了儿子,我就去老乡家买鸡蛋,天天给你吃荷包蛋。"

安娜说:"我现在不想吃鸡蛋,想吃酸杏子。"

谷满仓说:"杏树还没开花呢,哪来的酸杏子。"

安娜撒娇说:"你儿子就想吃酸的嘛。"

谷满仓想了想,进屋端半碗醋出来,让安娜喝。她很生气,说醋能跟酸杏一样吗?谷满仓端着半碗醋,正不知所措,安娜说不想吃酸的了,想吃鸡蛋面条。谷满仓刚要和面擀面条,安娜又说不想吃面条了,想吃葱花油饼,要多放油。看着谷满仓被支使得团团转,安娜心里有种说不出的舒爽幸福。

那年秋天,安娜生了个女儿。谷满仓听说生了个女儿,不相信,非说医院弄错了。护士理解他想要儿子的心情，好意提醒他，回家给妻子做点饭，产妇需要营养。他"哼"了一声说："连个儿子都生不出来，还有脸吃饭。"

因为生了个女儿，谷满仓很失落，对安娜也失去了热情和耐心，去老乡家买鸡蛋伺候坐月子的承诺不再提起，天天煮面疙瘩，吃得安娜胃里冒酸水。营养跟不上，女儿没奶吃，饿得哇哇哭叫。直到女儿半岁了，谷满仓才正眼看她，女儿呜呜哇哇地冲着他笑，他心底一热，眼泪夺眶而出。

腊月的一天夜里，安娜被女儿的哭声惊醒，她看到女儿小脸红通通的，摸摸女儿额头烫手。谷满仓呼呼大睡，女儿的啼哭丝毫影响不了他。安娜拍醒了谷满仓，女儿发烧了得去医院。谷满仓转过脸看看女儿，又摸了摸女儿的脑门，说受凉了不碍事，喂半片阿司匹林就好了。安娜听着窗外寒风呼啸，犹豫了片刻，不再坚持去医院，找出阿司匹林，掰了半片，碾碎化成水给女儿喂下。女儿渐渐安静了下来。

安娜醒来天已大亮，朝阳爬满了窗户。安娜看看身边的女儿，悄无声息，伸手摸摸女儿的额头，冰凉，心"咯噔"一沉，把手凑近女儿鼻子前，感觉不到一丝的气息，她脑袋里一片轰鸣，像是无数只蝙蝠呼啸飞过。

六

路过甘泉子水库,王莹停下车。水库很辽阔,烟波浩渺,风吹皱了水面,波光潋艳,看上去更像一面湖。水库四周绿意盎然,步行栈道曲径通幽,空气中弥漫着沙枣花醇厚的芳香。

"这哪是水库,分明就是湖海啊!"江涛感叹。

王莹说:"现在很少有人叫它甘泉子水库了,更喜欢叫它小海子。甘泉子离大海远,这里大部分人没有见过大海,在许多人的心里,这就是海。"

当年,人们凭着一双手,在荒漠上建造了这片海。王莹说,为了修建水库,安娜的人生彻底发生了改变。

女儿亡故,安娜无法原谅谷满仓。如果及时去医院,女儿就不会死。安娜扑到谷满仓的身上撕扯捶打,他像一截湿木头,任她发泄愤怒。安娜打了谷满仓,又打自己,揪着头发朝墙上撞。谷满仓抱住了她，呜呜痛哭，哭声荒凉，像是荒原上绝望的老狼。女儿病亡三年后，农场开始动工修建甘泉子水库，修建水库的那些日子，为了节省时间，人们吃住在工地，轮班倒，那时的人仿佛不知道苦，不懂得累。这时，安娜怀孕了。谷满仓担心安娜身体吃不消，想找王有田说说，给她调个轻松的工作，安娜不干，坚决不让他找王有田。

怀孕的事，安娜跟林梦洁和叶青莲都没说，她跟大家一样参加大会战，拉沙子扛水泥背石头，一样不落后。水库修了两个多月，安娜肚子里的孩子也一天天长大。叶青莲发现安娜肚子鼓了起来，问她是不是怀孕了，安娜掩饰说不是怀孕，是吃胖了。叶青莲半信半疑，跟林梦洁说了，林梦洁恍然大悟，坚信安娜怀孕了，她曾经看见过安娜背着人呕吐。

不能再让安娜参加会战了，失去女儿对她打击很大，好不容易缓过劲来，万一再有个闪失，真的就没法活了。叶青莲打算休息时回家跟王有田说说，给安娜调换工作，结果没等到休息天，安娜就出事了。

那天，安娜和林梦洁、叶青莲一起，往工地上背石头。石头从山上运来，卡车开不进工地，只能卸在附近，再靠人工背到工地上去。装石头的背篓是用红柳条编的，柔韧结实，可装一百来公斤。装满石头的背篓，把安娜压得像支弓，她能听见汗水滴落到泥土里的声音。安娜感觉肚子隐隐作痛，开始没在意，疼痛越来越剧烈，一股液体顺着大腿流下。安娜颤抖着，装满石头的背篓仿佛一座山压在身上，她已经没有放下背篓的力气，她挣扎着，终于像一根芦苇，被压折在地。

安娜流产了。那次流产，导致她再也无法怀孕，她永远失去了做母亲的权利。

从那以后，安娜变了，过去她饭量大，一顿能吃五个大馒头，如今两个都吃不了，人瘦得脱了形。过去她喜欢热闹，走到哪都是一路欢声笑语，如今不愿见人，见了人也不愿说话。即便是跟林梦洁、叶青莲在一起也很少说话。唯有干活的劲头没变，甚至比过去更加地不要命。

谷满仓也变了，再听不见他哼着悠扬的家乡小调，他时常一个人蹲在角落抽烟发呆，夹在手指间的烟头烧了手，也感觉不到疼。

王莹说："听我奶奶讲，当时，安娜奶奶和满仓爷爷心灰意冷，完全失去了对生活的热情，是建疆叔叔拯救了他们，给他们带来了生活的希望。"

建疆是安娜和谷满仓的养子，林梦洁和赵明的儿子，谷丰的父亲。

林梦洁因为身体瘦弱，差点被赵明拒之部队大门之外，赵明像是做了对不起林梦洁的亏心事，在她面前挺不起腰杆，有意躲着她，以免尴尬。

为了庆祝中华人民共和国成立十周年，场里抽调文艺骨干成立宣传队排节目，赵明是场里的文教，宣传队由他负责。林梦洁被选中，表演琵琶独奏。入伍时，因不方便，林梦洁没有携带乐器，赵明专门去地区文工团借了个琵琶。自从参军离开家以后，林梦洁就再没见过琵琶。她轻轻抚摸着琵琶，像是见到了久别的朋友，心里对赵明充满了感激。林梦洁轻轻拨动了琴弦，琴声如行云流水，触动了赵明的神经。一天排练结束，林梦洁和赵明一起去食堂打饭，赵明突然打破了沉默，说了声对不起。林梦洁疑惑地看着他，他说当年招兵时差点办错事，失去如此优秀的人才。她嫣然一笑说："你也是照章办事，并没有错。"

林梦洁和赵明的家庭背景很相似。赵明老家在江苏宜兴，为了革命，和地主家庭决裂了。同命相怜，惺惺相惜，他们很说得来，谈音乐，谈文学，谈人生。赵明喜欢写诗，把写的诗歌声情并茂地朗诵给林梦洁听。不知不觉，赵明钻进了林梦洁的脑子里，挥之不去。安娜说林梦洁喜欢上赵明了，叶青莲说林梦洁和赵明郎才女貌，俩人般配，要去跟赵明戳破窗户纸。林梦洁有顾虑，万一赵明没那个意思就太丢人了，她想等一等，等着赵明主动把话挑明。

这一等，就等出了许多故事。

那天，谷满仓去县城拉面粉，赵明要去县里办事，就搭便车一起去。场部汽车少，忙不过来，食堂的面粉，一般都是谷满仓赶着马车去县城里拉。办完正事，谷满仓去百货商店，给安娜买了件华达呢格子外罩，赵明去新华书店买了几本书，俩人碰头已经是中午了。他们在百货商店对面的老马丸子汤店，一人要了一碗丸子汤、五个花卷，吃饱喝足，悠哉游哉赶着马车往回走。谷满仓轻轻摇着马鞭，马车小船一样，在荒原土路上颠簸前行。过去，这种时候谷满仓会拿捏着嗓子唱《穆桂英挂帅》，唱《花木兰》，女儿夭折以后便没了心情。谷满仓搂着马鞭听着马蹄声想心事。赵明埋头在日记本上写写画画，他一会儿皱着眉头沉思，一会儿又喜笑颜开。谷满仓纳闷，问赵明写啥，他说写诗。谷满仓觉得有文化的人奇怪,很多做派跟常人不一样,随口说啥湿的干的呀。赵明刚写完了一首诗,很得意,正想找人分享,就念给谷满仓听,谷满仓说:"你要不嫌对牛弹琴,就念吧。"赵明清了清嗓子,深情地朗诵:

荒原浸泡着他

他是一只航行了多日的船

他刚从教室文字的海洋里爬出

又掉进荒漠里。回家是他的岸

一缕炊烟在他视线之外,远远地挥舞着手帕

他闭着眼睛,任时光这支箭

穿透沉默的荒漠

……

谷满仓听得一头雾水,但能从赵明陶醉的模样中,感受到他发自内心的喜悦,那是农民辛苦一年之后丰收的喜悦。

经过八家户村时,一户村民家里发生了火灾,浓烟乌云一样在村庄的上空翻滚升腾。村民们惊慌杂乱的呼喊声,把赵明从虚幻的意境拽回到了现实。这场大火,彻底改变了赵明的人生。

谷满仓和赵明冲到火灾现场,火苗已经蹿出房屋,毕剥作响,仿佛空气也在燃烧。村民们乱成一片,大呼小叫。年轻的阿依夏木嘶喊着儿子艾尔肯的名字并往屋子里冲,村民们抱住了她。

谷满仓双手举起一桶水倾泄而下,水瀑布似的浇向自己的头顶,飞溅的水花化作一束束耀眼的光包围了他。谷满仓扔下空桶，穿过人们惊愕的目光，冲进了熊熊燃烧的屋子。时间凝固了，赵明和村民们屏住呼吸，注视着被大火吞噬的房屋，耳边充斥着火焰疯狂的嘶鸣。终于，谷满仓抱着幼小的艾尔肯冲出了火海，燃烧的房屋在他的身后轰然坍塌。这幅画面，深深地刻在了匆匆赶来的年轻教师克里木的脑海里，成为永不磨灭的记忆。

克里木和村民们终于扑灭了大火，猛然想起了孩子的救命恩人。谷满仓和赵明已经悄然离去。克里木捡到了一个日记本，日记本的扉页上写着：甘泉子农场 赵明。

地区报社记者王小燕来采访赵明，让场长王有田猝不及防。王有田看着漂亮的女记者，以为赵明出了什么事。王小燕解释，不久前八家户村发生了火灾，一位汉族同志冒着生命危险，救出了一个维吾尔族孩子，没留下姓名和工作单位就悄悄离开了，幸亏了这个日记本，才找到了线索。王小燕把日记本递给王有田，他看见了赵明的名字。

两天前，王小燕去八家户采访社会主义新农村建设，村民跟她说起了救孩子的事。日记本是从火灾现场发现的，根据村民们的描述，日记本应该是救孩子的同志落下的。赵明做了如此惊天动地的事，竟然一声不吭，让王有田感到意外。王小燕说，这也正是赵明的可贵之处，她准备就这件事，对赵明进行深度采访，大力宣传，树立他为民族团结的典范。

王有田和王小燕在篮球场上找到了赵明。赵明正在打篮球，穿着蓝色球衣白色回力鞋，潇洒地运球奔跑，左闪右躲冲过层层阻拦，一个漂亮的三大步，把球投进了篮筐，赢得一片喝彩声。王有田把赵明叫到场边，向他介绍王小燕。王小燕大方地伸出了手，赵明慌忙在球衣上蹭了蹭手掌，握住了她的手，像握住了一块羊脂玉，细滑温润。一股奇异的能量，通过手心传遍了全身，赵明的呼吸有一丝紊乱，不敢正视王小燕内涵丰富的目光。王小燕坦然注视着赵明，毫不掩饰敬慕之情，说他跟她心目中的英雄形象不太一样。赵明不明白王小燕在说什么，王有田握着拳头，轻轻擂了下他的肩膀说："你小子行呀，做好事不留名，是条汉子。"

赵明更加丈二和尚摸不着头脑。王小燕从挎包里掏出日记本，笑盈盈地说："赵明同志，这是你的吧？"看到熟悉的日记本，赵明很惊诧，他的笔记本怎么会在她的手里。那天从县城回来，赵明发现日记本不见了，本子上有他写的诗，那些诗是灵感的记录，不可复制，他心疼那些诗。"日记本是八家户村民捡到的，不久前那里发生了火灾，你不顾个人安危，冲进大火救出了维吾尔族村民的孩子，有这事吧？"王小燕扑闪着一双杏眼，脉脉地看着赵明。

原来日记本丢在八家户了，赵明恍然明白了王小燕找他的原因，她把谷满仓救孩子的事误认为了他，他急忙说："记者同志你搞错了，孩子不是我救的。"

王小燕说："谦虚，孩子的母亲和村民们描述得清清楚楚，是你冲进大火救出了孩子。"赵明正要解释孩子是谷满仓救的，王有田打断了他，还用毛主席的话教育他，过分的谦虚就是骄傲。王有田命令赵明全力配合记者的采访工作，这不仅仅是他一个人的事，也是全场人民的事，是政治任务。"赵明同志，希望你不要拒绝，请给我一个学习的机会。"王小燕的声音温婉可人，笑容柔和，她的脸上散发着圣洁的光辉。赵明张了张嘴，咽了口唾沫，把要说的话咽了下去。王小燕有一种无形的魔力，让赵明欲罢不能。

王小燕原计划采访两天，结果到了第四天才结束。赵明自始至终陪着她，从拘谨局促到默契投缘，他们有谈不完的话题，彼此共鸣，相互欣赏。

王小燕说："你脱离剥削阶级家庭投身革命，由衣食无忧的少爷，成为一名出生入死的革命战士，落差一定很大吧？"

赵明说："落差自然会有的，毕竟是两种截然不同的生活。"

王小燕说："如何克服呢？是什么力量？热情、理想，还是信仰？"

赵明说："这个很难说清楚，逐渐适应吧。其实人的适应能力很强的，什么样的环境都能适应，从不知所措到泰然处之，也许这就是所谓的适者生存。"

王小燕说："日记本上的诗，是你写的？"

赵明说："闲着没事，写着玩的，谈不上诗。"

王小燕说："你太谦虚了，真的很不错。我最喜欢那首《身体里的光》，饱含着生命的澎湃激情。"静默片刻，王小燕深情地朗诵：

即使身体里的油烧干，光也不能够熄灭
皮肤的每一处不能有伤痕，一旦冲出皮肤
光的巨大的重量将压塌精神的房舍

光不应该时刻以睡眠的形式藏匿于身体里

……

赵明惊讶不已，王小燕竟然能背诵他的诗，他对眼前这个年轻漂亮的女记者有了新的认识。没经过同意就看了赵明的日记本，王小燕表达歉意，表示要把他的诗带回去，在报纸副刊上发表，像他这么优秀的人才，在农场可惜了，应该去更加广阔的舞台展现才华，发出更大的光和热。"想过当记者吗？"赵明怔怔地看着王小燕，不明白她什么意思，她又说，"如果你愿意，我可以推荐你去我们报社，报社需要你这样的人才。"

太突然了，赵明感觉像喝高了二锅头，头晕目眩。

谷满仓听说报社记者采访赵明没有太在意，赵明是场里的秀才，喜欢写写画画，和记者一样都属于文化人，物以类聚，人以群分，没啥稀奇。谷满仓听说，记者采访赵明，是因为他冒死从大火里救了一个维吾尔族孩子，心里"咯噔"了一下，除了那次他和赵明路过八家户遇见了火灾，没听说哪里着火呀，赵明什么时候又救了一次火？还冒死救了个孩子？谷满仓隐约感到，这事跟八家户有关系。经过场部，谷满仓正准备去找王有田问问情况，正好王有田从办公室出来了。没等谷满仓开口，王有田就问起赵明救孩子的事。谷满仓问王有田到底咋回事，赵明救了谁家的孩子？"装啥糊涂。"王有田说，"一个礼拜前，赵明跟你去县城，路过八家户遇上了火灾，赵明从大火里救出了村民的孩子，你不知道？"

谷满仓脑子有点乱，像煮开的一锅粥，明明是他冲进大火救出了孩子，怎么成了赵明？谷满仓怔怔地看着王有田，不知道说什么。王有田又说："老谷，我得批评你，赵明做了好事不声张，甘当无名英雄，你咋也不吭声呢？这么大的事，咋不向场里汇报呢？要不是记者找上门来，赵明的英雄事迹不就给埋没了吗？"

谷满仓大概理清了头绪，记者张冠李戴，误将赵明当成了救人英雄。谷满仓刚想解释，王有田看见了赵明和王小燕，热情地向他们招手。看见谷满仓，赵明犹豫着站住了。王小燕和王有田打着招呼走上前来，王有田喊赵明，他只好硬着头皮走了过来。赵明不敢正视谷满仓，像是一个被主人当场抓获的贼。王有田向王小燕介绍谷满仓，赵明奋不顾身冲进大火救人那天，他就在现场。王小燕热情地握住了谷满仓的手，谷满仓感觉她的手湿润滑腻，像一条游动的鱼。

赵明陪王小燕吃过晚饭，把她送到场部招待所。赵明回到宿舍，老崔说谷满仓来找过他。赵明心头一颤，明白谷满仓为什么找他。赵明问老崔，谷满仓说什么没有，老崔说啥都没说，看他不在就走了。赵明暗暗松了口气，左思右想，决定去找谷满仓谈谈。记者采访，开始赵明没有太当回事，也准备找机会说出事实真相，但与王小燕一接触，他仿佛被一块磁铁吸引，思维神经萎缩成一团，宛如置身梦幻之中，直到下午看见了谷满仓，才蓦然清醒，惶恐不安。

赵明在谷满仓家门口徘徊，思考着该如何开口。谷满仓端着脸盆出来倒水，见黑暗中站着一个人影，正要问是谁，黑影叫了一声老谷。谷满仓听出是赵明的声音，提着脸盆，默然立在昏暗中，身体像裹了一层霜,寒气逼人,身后敞开的房门,灯光奔涌出来,把他的影子拉得很长,投射在地上。谷满仓默默地把脸盆靠在墙根,轻轻地关上了房门。

赵明跟着谷满仓走到一棵沙枣树下,夜风吹过,树叶沙沙作响,像是丰收时节扬场的声音。谷满仓点燃一支烟,默默地吸了一口,透过黑夜看了赵明一眼。赵明咳了一声,吞吞吐吐,把记者如何将他误认为救人英雄的前因后果说了一遍。沉默片刻,谷满仓说:"这么说,你自己没说过人是你救的?"

"怎么可能。那天回来路上,你叮嘱我不要跟场里说救人的事,甘做无名英雄,我由衷地敬佩,怎么可能颠倒黑白,把你的功劳据为己有呢?我就是觉悟再低,也不能做如此卑鄙无耻的事情呀。"赵明说,"你要是不相信可以问场长,也可以问王记者。"

谷满仓半信半疑,问赵明为什么不跟记者把误会说清楚,一句话的事。赵明说他说了孩子不是他救的,记者不相信,认为他谦虚。

赵明说:"我会说服王记者,不登报,如果她非要宣传,就让她采访你。"

赵明没有敷衍谷满仓,他并不想当英雄上报纸,王小燕也答应了他。关于救人的事,王小燕并没有问多少,她已经从八家户村民和孩子的母亲那里听到了很多,足够她完成一篇生动感人的报道,她跟赵明谈得更多的是诗歌和理想,这也让赵明暂时忽略了她的记者使命和目的,结果导致了他的人生错位,陷入了命运的沼泽,难以自拔。

谷满仓回到家,安娜问他去哪了,好像听见赵明的声音,他敷衍两句,躺下睡觉。脑袋里一团乱麻,翻来覆去睡不着。安娜问他有什么事，有事就说出来，不要憋在心里，两口子得掏心窝子，不要遮遮掩掩藏着掖着。他想了想，说了记者错把赵明当英雄采访的事。安娜听了愣怔了一会儿，谷满仓从来没有跟她说过救人的事，人是他救的，赵明抢功太不地道了。

谷满仓说："都说清楚了，误会。"

安娜说："这么大的事，你怎么不跟场里说。"

谷满仓说："压根就没打算说，现在就更不能说了，说了赵明咋办？不是打他脸吗？他还咋进步？咋活人？"

安娜想想，谷满仓说得有道理，况且林梦洁对赵明一往情深，她和叶青莲正准备撮合他俩，就算不为赵明，也得为林梦洁着想。同时，安娜又有几分莫名的担忧，漂亮女记者采访赵明的事传得沸沸扬扬。有好事者说，亲眼看见女记者和赵明手拉着手，可见赵明和那个女记者，恐怕不仅仅是采访关系那么简单。

七

一个月以后，王小燕的文章配着赵明的照片，赫然出现在报纸上。报纸上的赵明站在一簇红柳旁，抬头挺胸眺望着远方，姿势神态有些僵硬。照片是王小燕采访时拍的。

赵明的先进事迹惊动了上级部门，上级部门指示甘泉子总场，尽快把赵明同志的先进事迹材料呈报上去，要树立他为舍己救人的英雄，民族团结的楷模。一夜之间，赵明成了甘泉子的新闻人物。

看到报纸，赵明很不安，独自坐在水库边，破碎的夕阳在水面跳动，像一簇簇燃烧的火焰炙烤着他。他浑身燥热，感觉神经被烧焦了，在一根根断裂。赵明对王小燕产生了怨怒，他再三强调不想上报纸出名，不想做英雄模范，她也答应了他，结果却违背诺言背叛了他。报纸不像流言蜚语来无影去无踪，白纸黑字，板上钉钉，抹不去，抠不掉，扎扎实实楔进了众人的眼睛里。王小燕把他送上了云端，一旦真相暴露，他必将粉身碎骨，身败名裂。赵明不知所措，巨大的惶恐像一张网，牢牢地罩住了他。他感受到了从未有过的被动无力，后悔一开始没有坚决拒绝王小燕的采访，后悔不该对她心旌荡漾忘乎所以。不经意间，生活跟赵明开了个玩笑。生活横冲直撞一路向前，不可逆行，与生活开玩笑，最终必将成为生活的笑话。

一阵风掠过水面扑面而来，赵明打了个激灵，他想起了谷满仓。看到报纸后只顾惊慌失措，竟然把谷满仓忘了。谷满仓是事情的关键，如果他能保持沉默不拆穿，就永远不会真相大白。赵明不甘心沦为笑话，他要不惜代价挽回残局。

赵明匆匆跑到场部商店，商店已经关门了。他又跑到营业员家，白白胖胖的女营业员正准备做晚饭，他再三央求，营业员才放下削了一半的土豆，冷着脸不情愿地去了商店。赵明买了一条黄金叶香烟，一瓶衡水老白干，两瓶黄桃罐头。营业员扬着下巴说："急吼吼买这么多东西，相亲呀？"赵明不置可否，赧然一笑。

赵明提着礼物来到谷满仓家，谷满仓正在做饭。谷满仓左手端着大搪瓷碗，右手捏着筷子，就着滚开的锅拨面疙瘩。赵明讪讪地打了个招呼，谷满仓看他一眼，没吭声，扭过脸去。赵明喏喏地说道："老谷，报纸的事听说了吧？王小燕确实答应我不登报的，我跟她说了要登报也得登你，你才是英雄，她也答应过的。"

"啥都别说了，还能信你吗？"谷满仓不看赵明，锅里腾起的水雾，扑向他的脸。

谷满仓拨完了面疙瘩，用勺搅着锅，面疙瘩小鱼一样游动。赵明从帆布挎包里掏出礼物，一一摆放在桌子上。谷满仓瞄一眼说："啥意思，堵我的嘴，怕我拆穿你？拿走拿走！"

赵明突然跪在了谷满仓面前。安娜回来了，看见赵明跪在谷满仓面前，忙上前拉他起来："这是唱的哪一出呀？有什么话起来说，起来。"

赵明不起来，惶恐、懊悔、委屈和无助交织在一起，化作泪水奔涌而出。他说："我真的不想欺骗大家，谷大哥我求你了，报纸的事一旦捅破，我这辈子就完了。"

谷满仓心软了，说道："男儿膝下有黄金，跪天跪地跪爹娘，哪能随便下跪呢，有话起来说。"说着，和安娜一起拉起了赵明。谷满仓答应赵明，报纸的事不说，烂在肚子里，该干啥干啥去，就当啥事都没发生过。赵明千恩万谢。安娜留赵明吃晚饭，他坚持要走，谷满仓让他把礼物带走，他说如果谷满仓不把礼物留下，就没真正原谅他。

赵明走后，谷满仓看着桌子上的礼物咕哝："这叫啥事？"

安娜说："耗子逗猫，没事找事。"

有了谷满仓的承诺，赵明心里刚踏实了两天，就收到了王小燕的来信。拿到信的那一刻，赵明的心怦怦直跳，跑到僻静的沙枣树下，小心翼翼地撕开信封，由于激动，手微微地颤抖。王小燕隽秀的字迹映入了眼帘，信笺散发出淡淡的清香。王小燕首先向赵明道歉，没有遵守承诺，写文章宣传了他。王小燕回去以后，经过认真的思考，觉得还是应该让更多的读者知道赵明的英雄模范事迹，作为记者，她有这个责任，而他也有义务通过自身的英雄行为，激励人，鼓舞人。王小燕这样做还有一个重要原因，这件事对赵明的调动发挥着至关重要的作用。事实证明她的做法是对的，赵明的事迹见报以后，引起了极大的反响，报社收到了两麻袋读者来信，纷纷表达对英雄的崇敬之情。王小燕已经把赵明的情况向领导做了汇报，大力举荐，调动之事很有希望。王小燕建议赵明最好能进城去一趟报社，和报社领导见个面，很有必要。

王小燕的来信，化解了赵明的怨尤，理解了她的良苦用心。他听从了王小燕的建议，决定进城去一趟报社，和领导见见面，加深印象。

赵明请假进城，在王小燕的张罗下拜见了报社领导。中午，赵明在东方红饭店请领导吃了饭，喝了酒，领导很满意，夸他做事周到明事理。

饭后，赵明和王小燕漫步在街头。王小燕说报社领导对他印象很好，不出意外，应该很快会给甘泉子农场发商调函。赵明望着人来车往的城市，想着即将成为其中的一分子，心潮澎湃。记者是无冕之王，很神圣也很神秘，赵明担心不能胜任。王小燕鼓励他，记者和其他工作一样，没什么神秘的，革命分工不同而已。赵明问王小燕是怎么从事记者工作的，她说大学毕业分配来的，她从西北大学中文系毕业，主动要求到新疆工作，希望为建设边疆尽一份绵薄之力。王小燕是大学生，这让赵明更加地艳羡，敬慕。

赵明工作调动的事很顺利，和报社领导见面半个月后，场里就收到了报社发来的商调函。王有田很意外，从来没有听说赵明要调走，突然来了封商调函，有种被轻视的落寞。王有田压下商调函，没有告诉赵明。赵明收到了王小燕的信，才知道报社已经给场里发了商调函。

赵明找王有田询问商调函的事，王有田装糊涂，板着脸说啥商调函？商调谁？赵明明白，王有田是在怪罪他事先没有汇报，赔着笑脸说："场长你误会了，我真的不是有意要瞒你，王记者采访的时候，随口问我想不想去报社当记者，她可以推荐，我没当回事，记者哪是想当就能当的，没想到她当真了。场长，我错了，没有及时向你汇报。"

赵明谦卑的态度，让王有田心情舒畅，他从抽屉里拿出商调函。其实，他压着商调函并不是不放赵明走，人往高处走，这道理他懂，赵明有才，当记者能发挥更大的作用，只是想让他懂得，凡事都得讲规矩。

八

听叶青莲说赵明要调地区报社,林梦洁表现得很淡定,仿佛有一种靴子终于落地的轻松释然。自从记者王小燕采访了赵明,两个多月来,关于他们的传言沸沸扬扬。林梦洁也知道他们一直在通信,她看见过赵明收到王小燕的信,一个人躲在沙枣树下偷偷乐的忘形嘴脸。赵明对林梦洁的态度发生了微妙的变化,她跟他讲话,他常常目光游离心不在焉。以前林梦洁向他借书看,他会滔滔不绝地给她讲述书里的内容,介绍作者,讲到动情处,还会朗诵书中的精彩片段。她手托下巴,仰着脸望着他,含情脉脉,荒野的风吹拂着他的头发,他伸开双臂迎着风,像只展翅欲飞的鹰。

林梦洁给赵明还书,是小仲马的《茶花女》。赵明没有接她递上前的书,他说:"留着作个纪念吧,你说过喜欢《茶花女》。"

"现在不喜欢了。"林梦洁把书轻轻地放在赵明的手上。两只蝴蝶从他们身边飞过,林梦洁想起了梁山伯和祝英台。林梦洁说,"玛格丽特真可怜。"气氛有些尴尬,赵明说了句对不起,林梦洁凄然笑了笑:"没什么对不起的,你的人生你做主,这是你的权利,也是你的自由。"说完,林梦洁转身离去,背影悲伤决绝,义无反顾。

　　第二天,林梦洁收到了家乡来信,她母亲病逝了,信是老陈写的。老陈是林梦洁母亲后嫁的男人。老陈在信中大概讲述了母亲病逝的过程,很突然,前后没几天,没受什么罪。林梦洁参军离开家以后,母亲嫁给了老陈。老陈的老婆死了,有一儿一女,老大是女儿,已经出嫁了,老二是儿子,十七了,老陈开始忙着托媒人给儿子说媳妇。从前,老陈开了家小店,卖米豆腐,也顺便卖卤肉小菜。后来不让私人开店了,老陈就在镇上群众饭店当了厨师,炒菜煮米饭蒸馒头,也做米豆腐。林梦洁的母亲爱下馆子,尤其喜欢吃老陈做的米豆腐,一来二去就熟了,老陈倾心于风韵犹存的林梦洁母亲,林梦洁的母亲需要找个依靠,结果老陈没给儿子找上媳妇,先把林梦洁的母亲娶回了家。

　　母亲结婚后,林梦洁就再没有探亲回过家,她不知道如何面对母亲的新丈夫。虽然想念母亲,可总能找出种种借口回避,拒绝踏上回家的路,直到阴阳两隔,母女再无缘相见。

　　接连的打击,把林梦洁击垮了,干活时晕倒在棉花地里。安娜和叶青莲把林梦洁背到医院,医生说是忧伤过度导致的休克。

　　林梦洁出院的第二天,赵明的调令来了。赵明本想悄悄离开甘泉子,王有田坚决不同意,坚持要开欢送大会,热热闹闹欢送他走。

　　欢送会上,王有田代表场领导讲话,首先肯定了赵明为甘泉子的建设和发展做出的贡献，赵明能被地区报社看中，是全场广大干部职工群众的骄傲和自豪。接着又希望赵明到了新的工作岗位，再接再厉，戒骄戒躁，做出更大的成绩，取得更大的进步。

赵明的目光在人群中游移，没有看见林梦洁，心里有一丝落寞。赵明和谷满仓的目光相遇，遽然低下了头。谷满仓的目光像锋利的匕首，刺啦啦剥开了赵明虚伪的外衣，把他赤裸裸展现在众人面前。

王有田让赵明讲话，他心虚不愿讲。王有田执意让赵明讲几句，赵明清清嗓子，嗫嗫嚅嚅地先感谢了领导和同志们的关心帮助，又表示舍不得甘泉子，舍不得大家。有人起哄："舍不得就别走呗，又没绑着你硬拉你走，唐三藏招亲，虚情假意。"众人一阵哄笑。就在这时候，八家户村的克里木和阿依夏木来了，中秋节就要到了，阿依夏木宰了一只羊，前来感谢儿子的救命恩人。阿依夏木不会说汉话，就让小学老师克里木陪同。克里木和阿依夏木牵着马，好奇地张望着热闹的人群，打听哪位是场长，有人指了指主席台上的王有田。

王有田得知克里木和阿依夏木此行的目的，兴奋地说他们来得正是时候，再晚一天，孩子的恩人就去城里报社当记者了。王有田热情地把他们请到主席台上，向大家介绍阿依夏木，她就是赵明不顾个人安危，从大火里救出的孩子的母亲。

看见克里木和阿依夏木腼腆地跟随着王有田走上主席台，赵明心里"咯噔"了一下，感觉似曾相识。听了王有田的介绍，赵明的脑袋"嗡"的一声，好像有人从背后打了他一闷棍，霎时头重脚轻，跌进了巨大的洞穴里。

王有田拍了拍赵明的肩膀，说道："赵明，孩子的母亲感谢你来了。"

面对着阿依夏木,犹如一峰巨浪铺天盖地吞噬了赵明,天地一片黑暗。阿依夏木侧脸看着赵明,摇摇头用维吾尔语说着什么。王有田听不懂,从她的语气神情看,似乎出了什么问题。

"不是他,救孩子的同志不是他。"克里木用汉语翻译了阿依夏木的意思。王有田听懂了,许多人都听懂了。一把盐扔进了滚开的油锅,人群顿时沸腾起来,所有的目光汇聚成烈焰,喷向了赵明。

克里木发现了人群里的谷满仓,激动地指着他大声说:"是他,是这位同志救了艾尔肯!"所有的目光又齐刷刷地转向了谷满仓。那一刻,赵明灵魂出窍,飘浮着,向一个无底的黑洞坠落。

不出所料,地区报社中止了赵明的调动。报社领导和王有田通了电话,态度很严肃,也很愤慨。关于赵明的那篇失实报道,给报社造成了极其恶劣的影响,社长总编受牵连挨了处分,采访赵明的记者王小燕被停职检查。

上级部门领导打来了电话,严厉批评了王有田工作失职,勒令场党委对欺骗组织沽名钓誉的赵明给予严肃处理。

赵明的记者梦,像雨后彩虹一样转瞬即逝,成了人们茶余饭后的笑话。赵明变得沉默寡言,不愿意见人,不愿意跟人说话,对人产生了深深的恐惧感。他做噩梦,梦见被围困在人群里,愤怒的人群像潮水一样扑向他,他无望地挣扎、呼喊。

一天傍晚,林梦洁在场部食堂前堵住了赵明。过去,赵明喜欢在人多的时候去食堂打饭,和大伙一起蹲在操场边,一边吃饭,一边吹牛说笑,那是一天中轻松快乐的时光。如今,他刻意躲着大伙,等过了饭点,炊事员们准备收摊了,他才像幽灵一样出现。有时太晚,饭菜没了,谷满仓可怜他,就切点咸菜,滴点香油,让他就着馍吃。

赵明端着饭菜从食堂出来,林梦洁站在了他的面前。他回避着她怜悯幽怨的目光,低头看着端在手里的饭盆,一只苍蝇落在了苞谷面窝头上,他视若无睹。林梦洁挥挥手,赶走了苍蝇,说:"打算躲一辈子吗?"

"哪还有一辈子。"赵明别过脸去,操场上有一群麻雀在觅食,一条狗跑过去,麻雀们轰然而散。

"有,一辈子很长。"林梦洁注视着赵明,"我相信你。"赵明心头一热,想流泪,忍了忍没忍住,眼泪流了出来,无声无息地奔涌,好像眼珠子也化成了泪水,一起流淌了出来。

虽然有思想准备,但场里处理决定出来以后,力度还是出乎赵明的意料:记大过,取消预备党员资格,停止文教工作,下调到新生连。

王有田和杨振华,本不想对赵明处理得太狠了,赵明已经充分认识到了自己的错误,平时工作表现也不错,又多才多艺,是场里不可多得的人才,场党委研究决定,给予记大过处分。场里有个干事,姓黄,喜欢林梦洁,却遭到了拒绝,便耿耿于怀。黄干事见林梦洁和赵明情投意合,心里就不舒服,把林梦洁拒绝他的缘由,归咎到了赵明的头上。黄干事一直想顶替赵明当文教,见场里只给赵明记大过处分,并没有罢了他的文教,林梦洁依旧对他一往情深,心里不平衡，就跑到上级部门反映场领导包庇赵明。黄干事把赵明如何欺骗组织和广大人民群众，添枝加叶做了汇报，还写了一万多字的书面材料。接待黄干事的上级领导知道赵明，有一次，上级领导到甘泉子指导工作，发言时把脍炙人口说成了"会"炙人口，上级领导发言爱用词，文化程度又有限，经常念错字，大部分老百姓文化都不高，听不出来，就是有人听出来了也不表现出来，心照不宣地为领导的讲话热烈鼓掌。赵明有文化，听得出来上级领导念了白字，没忍住，"扑哧"笑了出来。赵明的不敬让上级领导很恼怒，对他就没什么好印象。听了黄干事的汇报，上级领导立刻给王有田打电话，责令对赵明从严处理。

谷满仓为赵明可惜，后悔当初不该替他隐瞒事实真相，如果及时纠正，事情就不会走到这一步。安娜说怨不得别人，只能怨赵明自己，是他猪油蒙了心，对年轻漂亮的女记者起了邪念，才惹了这么大的麻烦，说一千道一万，是他自作自受。

安娜为林梦洁担心，人人不待见赵明，林梦洁却不弃不离，还要申请跟他一起去新生连。安娜劝林梦洁，赵明已经不是过去的赵明了，头脑一定要清楚，不要一时冲动做傻事，世上可没有后悔药吃。林梦洁说她很冷静，不管赵明怎样，她都愿意跟着他上刀山，下火海。

安娜劝不住林梦洁，就让叶青莲通过王有田给林梦洁做工作。王有田反对林梦洁和赵明一起去新生连，不仅仅担心那里条件艰苦，还考虑到对赵明的影响，赵明犯了错误，是从上级机关下调到基层，有戴罪立功的意思。赵明和记者王小燕的传言上面也有耳闻，如果带着林梦洁一起去新生连,上级领导会怎么想,如果再对他留下生活作风不良的印象,这辈子真就没希望了。这也是王有田的真心话,他了解赵明,虽说有点小知识分子自以为是的习性,可是品质不错。王有田对赵明上报纸的前因后果,又找谷满仓和赵明本人详细了解了情况,自始至终,赵明的确没有亲口说过孩子是他救的,刚开始记者采访他,他也的确拒绝过。然而,事情像泼出去的水,已经无可挽回,王有田只好按上面的意思处理赵明,让他先下去,好好表现,以后再想办法调回场部。

林梦洁觉得王有田说得有道理,想了想,放弃了跟赵明一起去新生连的念头。

九

赵明走的时候没让林梦洁知道，新生连的拖拉机来场部办事，他顺便搭便车走了。他不想见林梦洁，在她面前很压抑，抬不起头。他也不想连累她，他现在这个样子，没有资格谈恋爱，也配不上她。

新生连地处荒原深处，人员组成复杂，有部分人犯过事坐过牢，属新生人员，这也是新生连名字的由来，有重生的意思。

新生连劳动强度很大，每天都有任务，不断挑战人的极限，一天下来，累得说话的力气都没有。为了激发劳动热情，连领导想了各种办法，其中"光荣餐"最为奏效。所谓"光荣餐"，就是让伙房做一桶红烧肉，蒸一筐大白馒头，摆在地头，谁完成规定的劳动任务，就能吃到白馒头红烧肉。为了吃到"光荣餐"，常常有人累得吐血，昏死过去。

赵明吃不到"光荣餐"，即便使出吃奶的力气，他也完不成任务。

不是他不努力，也不是偷懒，他也想吃"光荣餐"，可劳动任务对他而言，实在过于繁重，是不可能完成的任务。

赵明来新生连的原因很快就传开了，他感受到了众人鄙视的目光。

铁牛说："我就说嘛，在场部坐机关多得劲，咋就来开荒了呢？"铁牛姓马，曾经因打架伤人蹲过监狱，长得和他的名字一样，壮实如牛，裸露的皮肤黝黑闪亮，一张大馕饼脸上，镶嵌着比例失调的黑豆眼蒜头鼻和樱桃小嘴。铁牛拍拍赵明的肩膀，"都说喝过墨水的人心眼多，能说会道，你更老到，把报纸都骗了，还把漂亮女记者睡了。"铁牛右胳膊搂住了赵明的脖子，左手指夹着一根烟，吸了一口，然后努着樱桃小嘴，把烟雾喷在他的脸上，"说说，咋把女记者睡了，传传经，送送宝。"赵明扭了扭脖子，想从铁牛的胳膊里抽出来，铁牛的胳膊像老虎钳，牢牢地锢着他。那一刻，赵明感到很无能，恨自己的身体没有铁牛强壮，力气没有他大。所谓的文明，在蛮横的铁牛面前不堪一击。赵明甚至后悔读书而没去练武，如果练就一身武艺，铁牛就不敢这样对待他。读书只是让自己在野蛮人面前好好说话，而练武能让野蛮人在你面前好好说话。

何大锤劝阻铁牛，到了新生连就是一个槽头的驴，要相互担待。铁牛松开了赵明。在新生连，铁牛只听何大锤的话。何大锤有个堂妹，叫金枝，从老家来投奔他，铁牛喜欢金枝。

赵明除了干活吃饭睡觉，有点空闲就看书。他原准备带到城里报社的书，全都带到了新生连。赵明融不进铁牛他们的生活，也很少跟他们说话。铁牛说赵明清高，他也不解释，解释了铁牛也不会相信。

赵明的反应变得迟钝，眼神黯然，有时有人叫他，他半天才回过神来。何大锤说他心思重，有啥想不开的别总憋在心里，说出来就松快了，在这地方得让自己糙一点，别放不下架子。赵明淡然笑笑，心里很感激何大锤。

何大锤老家的一个远房亲戚来投奔他。何大锤回老家探亲时吹牛，在新疆如何有能耐，新疆如何好，老家亲戚记住了他的话，就投奔他来了。亲戚来到新生连，没看见何大锤说的青山绿水牛羊满山坡，很失望。何大锤安慰远房亲戚，包子有馅不在褶上，既来之则安之，慢慢就能品出新疆的好了。何大锤为远房亲戚接风，特意请了赵明。赵明有文化，何大锤对他高看一眼。赵明在何大锤家喝过几次酒，在新生连，何大锤算是他能说上话的人。何大锤对远房亲戚吹牛，可别小看了新生连，卧虎藏龙。那天的接风宴，赵明俨然成了主角，何大锤向远房亲戚吹嘘赵明如何有文化，差一点就去城里报社当大记者了。何大锤是真心夸赵明，可赵明听着心里不是滋味，无地自容。

何大锤的堂妹金枝，端着一盘酸辣土豆丝搁在桌上，远房亲戚看看金枝，又看看赵明，对何大锤说："三哥，小赵恁好，给咱当妹夫妥了。"

金枝心里乐开了花，嗔怨说："狗蛋哥可别瞎说。"说着，热辣辣湿漉漉的目光，水草一般扫在赵明的脸上。金枝喜欢赵明，不仅仅是因为他有文化。金枝头一回看见赵明，她心里一惊，以为是冬生，俩人长得太像了。

冬生是金枝的初恋情人。十八岁那年，金枝情窦初开，爱上了同村一个叫冬生的青年。金枝的爹反对她跟冬生来往,冬生家出身不好,他爷爷当过伪保长,土改时被镇压了。金枝不管,别说冬生的爷爷当过伪保长,就是冬生亲自当过,她也不在乎。那年秋天,金枝和冬生在村南边的废砖窑里幽会,被两个撵野兔的小孩儿撞见了,刹那间,整个村子兴奋成了一锅粥。那个年代,男女私情是大逆不道的事,何况金枝还是黄花大闺女。金枝的爹紧闭大门,躲在屋里无颜示人。金枝不在意村民们的目光,她这辈子认定了冬生,早晚都是他的人,只不过是蒸馒头提前揭开了笼盖。金枝走在村子里,昂着头,挺着胸,遇见有人鬼鬼祟祟地指指戳戳,她大大方方地主动跟人家打招呼:"婶儿,吃了吗?""叔,下地啊?"如此一来,反倒弄得村民们心虚,好像见不得人的是他们。

金枝的爹见治服不了她,就收拾冬生,叫了几个本家后生,冲到冬生的家,打断了他两根肋骨,又拖到街上,扒光了衣服示众。金枝尖叫着扒拉开围观的人群,脱下褂子盖在冬生身上,抱住他放声大哭,哭声像锥子,刺穿了村民们的耳膜,永远刻在了他们的记忆中。第二天,冬生从村子里消失了,从此以后,再没有人见过他。

冬生离家出走一个月以后,金枝也走了,去新疆投奔堂哥何大锤。

三杯酒下肚,何大锤远房亲戚说:"文化人又能咋,皇上还有三门穷亲戚哩。小赵,恁说俺金枝妹子咋样,配不配得上恁?"赵明尴尬地笑笑,何大锤举起杯子,叫大家喝酒。

那天晚上,赵明喝多了,身子软得挑断了脚筋似的,站不住,就睡在了何大锤家。按远房亲戚的意思,让赵明和金枝睡一张床上,生米做成熟饭，何大锤想了想说，咱是正经人家，不能干下作的事。

赵明在何大锤家喝酒，夜不归宿，铁牛心里打翻了醋坛子。铁牛喜欢金枝，隔三岔五提瓶酒去找何大锤，何大锤心里明白，他是醉翁之意不在酒。何大锤打心眼里看不上铁牛。铁牛上初中的时候，因为偷看女生解手被开除了，就这一点，就不能让金枝嫁给他。金枝也看不上铁牛。铁牛时不时给金枝送些发卡香皂雪花膏之类的小礼物，她也不拒绝，对他的多情，却视而不见。自从赵明来了以后，铁牛感觉到，金枝对他更加冷淡了，送的礼物也不收了，有传闻说她看上了赵明，他心里对赵明充满了妒恨。赵明竟然在何大锤家过夜，由此可见，他和金枝的关系确实不一般。

晚上，赵明躺在床上看《钢铁是怎样炼成的》。这本小说他已经看过很多遍了，每当情绪低落意志消沉的时候，都会拿出来翻一翻，从保尔身上汲取生活的勇气和希望，给自己加油打气。铁牛和几个人在打扑克赢烟卷，突然想拉屎，看见赵明躺在床上看书，走上前去。铁牛抽出赵明捧在手里的书，看看封面说，《钢铁是怎样炼成的》，教炼钢的呀，新生连任务是开荒，不炼钢，看这啥用嘛。说着，撕了几页书，当手纸。

赵明说："铁牛你不要太过分了，我忍你很久了，我告诉你，兔子急了还会咬人的。"

铁牛嘴里咬着烟卷，眯着黑豆眼，乜斜着赵明，勾勾手指头，说："来来来，咬我，把你日能的。"说着把书摔到了赵明的脸上，吹着口哨出去拉屎。赵明突然从床上跳起，对着铁牛的屁股踹了一脚，铁牛向前冲去，脑袋差点撞到门框上。铁牛转过身，看见愤怒得鼻眼错位的赵明号叫着向他扑来,就挥起拳头杵在了赵明的脸上,随之飞起一脚,把赵明踹趴在了地上。铁牛又踢了赵明两脚,吐了口唾沫,骂了一声狗日的。赵明久久地躺在地上,抱着头,缩着身子,一动不动,有人担心他是不是死了。那一刻,赵明真心希望就这么死去,永远不再起来。

金枝听说铁牛为她争风吃醋打了赵明,心里七上八下。金枝挑水碰见了铁牛,他颠颠地跑上前来,要帮她挑水,她侧了下身躲闪开,不领他的情,质问他为什么打赵明。他嬉笑说:"我喜欢的女人谁都不许动。"

金枝说:"胡说啥呢,谁是你的女人?要不要点脸?"

铁牛嘿嘿笑笑,说:"反正早晚得是。"

金枝盯着铁牛,盯得他脊背冷嗖嗖的,她冷然一笑:"除了一身蛮力,你还有啥?"

金枝挑着水走了,甩着胳膊,扁担颤动着,屁股左摆右甩,看得铁牛的馕饼脸变成了向日葵。

不久的一天,林梦洁突然来到新生连看望赵明。当时,赵明正在给新开垦的荒地灌溉排碱,看见一个女人站在地头朝他挥手。赵明没有认出林梦洁,以为是找别人,就继续干活,隐约听见叫他的名字,抬起头再仔细看,认出了她。

赵明像一只陷入淤泥里的芦花大公鸡,扭动着身体往地头跋涉,一脚踩空,倒在了泥水里。林梦洁站在地头咧着嘴冲着他笑,满脸汗水,一缕头发粘在额头上,半截裤腿全是灰白的碱土,鞋子已辨不清颜色。场部离新生连将近二十公里,只有一条土路,浮土没脚,踏上

第一章 安娜 | **061**

去,像踩到了面粉里。来往新生连的车辆很少,一天都难得碰见一辆,林梦洁运气不好,没有遇见便车,是走到新生连的。林梦洁背了个包,撑得鼓鼓囊囊,全是给赵明带的东西,还有一条她亲手织的羊毛围巾。

金枝也在地里干活,见赵明和一个年轻姑娘站在地头,就忍不住拧着脖子朝他俩张望。

面对林梦洁,赵明有点无所适从。连长善解人意,让赵明休息。赵明不知道带林梦洁去哪,宿舍脏乱差,人又杂,除了睡觉,他都不愿意多待。这时,何大锤走了过来,看看林梦洁,把钥匙给了赵明,让他们去他家里坐坐。

晚上,林梦洁住在何大锤家,和金枝挤着睡,俩人说了很多话,金枝说她和冬生的故事,林梦洁说她和赵明的故事。第二天,送走了林梦洁,金枝对赵明说,林梦洁是打着灯笼难寻的好姑娘,别三心二意,好好待她。

一年以后,林梦洁和赵明结婚了。

赵明调离场部以后,安娜和叶青莲都不赞同林梦洁和他来往,操心给她踅摸合适的对象,她全都回绝不见。其中一个还是王有田老战友的外甥,在县粮食局工作,年轻有为。安娜纳闷,赵明给林梦洁施了什么魔法,让她神魂颠倒。叶青莲也很无奈,男女感情的事真的说不清,各花入各眼,萝卜白菜,各有所爱。

林梦洁和赵明结婚以后,家安在场部。赵明两个星期休息一天,为了能跟林梦洁多待一会儿,休息的头一天下午,一收工就连夜往家跑。有一次路上遇见了狼，情急之下，赵明爬上了一座烽燧，跟狼对峙了一夜，从那以后，林梦洁再不允许他走夜路。林梦洁和赵明虽说聚少离多，但丝毫没有影响他们的感情，日子艰苦而甜蜜。生活有了奔头，赵明浑身有使不完的劲，年底还被评为先进。

那年年初，林梦洁怀孕了。得知林梦洁怀孕，赵明先是一愣，然后抱住了她，不停地笑，笑着笑着又哭，哭得像个迷失的孩子，重新回到了母亲的怀抱。

为了照顾林梦洁，王有田和杨振华商量，抽调赵明到场部帮忙。回场部的路上，赵明出事了。

连长派老邱送赵明回场部，回来顺便拉一车化肥。老邱是车把式，赶马车十来年了，人很风趣，爱吹牛，说他在北京中南海当兵，为了建设边疆，从中南海迁到了新疆。还说见过毛主席，不是一回两回，是经常见。有人不信，说老邱吹牛，他感叹："人哪，总是假话入耳，真话不听。"这更让人一头雾水，搞不清他说的是真话，还是假话。

老邱边赶着马车，边和赵明说着话，迎面驶来了一辆解放卡车。卡车耀武扬威，裹起漫天尘土。卡车司机很年轻，刚开车一个来月，有点自命不凡。看见马车，年轻司机想提醒马车靠边，也有意张扬一下居高临下的优越感，突然"嘀嘀嘀"地摁响了喇叭。卡车喇叭声，在辽阔的荒野格外尖利刺耳，闷头拉车的马受到了惊吓，嘶叫一声狂奔起来。马车像一叶惊涛骇浪中的小船，赵明牢牢抓着车帮，老邱后仰着身体，双手紧勒着马缰绳，高声喝斥着惊马。惊马失去了理智，嘶鸣着拖着马车迎着卡车冲去。年轻司机手忙脚乱打方向躲避，把油门当成了刹车，卡车咆哮着冲向了马车。

赵明车祸身亡。

林梦洁刚刚怀孕三个多月，幸福的生活刚刚开始，便戛然而止。

林梦洁像一株孤独生长在荒漠的红柳，挣扎着活了下来。如何处置肚子里的孩子，一时成为人们关注的问题。安娜和叶青莲担心，林梦洁年轻，将来还要嫁人，一旦生了孩子会影响未来的生活。林梦洁执意要生下孩子，那是赵明生命的延续。

那年深秋的一个下午，林梦洁正在地里挖土豆，突然肚子疼，预产期还没到，孩子早产了。安娜和叶青莲把林梦洁送到了场部医院。医生说林梦洁骨盆狭窄，胎儿胎位不正，难产。折腾了一夜，林梦洁痛苦的惨叫声，让安娜终生难忘，每每想起都毛骨耸然。

第二天凌晨，林梦洁终于生下了儿子。林梦洁还没来得及仔细看看儿子，突然大出血。安娜和叶青莲为林梦洁输了血，最终也没能挽救她的生命。林梦洁临终前想抱抱儿子，已没有气力抬起胳膊。安娜把孩子抱到林梦洁的面前，她苍白的脸上泛起了笑意。林梦洁的目光从儿子脸上移开，望着安娜，嘴唇蠕动着。安娜贴近，想听清林梦洁说什么，只听见一丝虚弱的啸音。叶青莲恍然明白，林梦洁是要将儿子托咐给安娜。

于是，安娜和谷满仓收养了林梦洁和赵明的儿子，起名谷建疆，百般疼爱，视如己出。

第二章

谷建疆

一

到了喀山牧场,已经下午两点多了。场部坐落在山脚下,车一拐弯,就看见了场部前广场上五星红旗迎风招展,"没有共产党就没有新中国"嘹亮的歌声随风飘来。广场上站满了牧民,一个墩实黧黑身着迷彩服的年轻男子,挥舞手臂打着拍子指挥大家唱歌。他身后的墙上挂着横幅:喀山牧场养殖合作社分红大会,身前的桌子上,摆着一捆捆的百元大钞,像天上落下的一朵粉红色的瑞云。

王莹把车停在一棵榆树下,指指打拍子的年轻男子对江涛说:"他就是谷丰。"谷丰看见了王莹,招了招手,王莹向他摆摆手,示意不用管他们。

歌声结束,谷丰手里拿着麦克风,吹两下,麦克风发出"噗噗"的闷响:"今天召集大家开会,就一个内容。"停顿一下,谷丰看着人群中一个维吾尔族中年男子,问道,"买买提·吐逊,你说,什么内容？"

中年男子羞涩地笑着说："分钱。"

谷丰接着说："买买提·吐逊说得对，分钱。咱们牧场养殖合作社挣钱了，按每家入股的多少分红，股份越多，分的钱就越多。"

中年男子说："书记，我后悔了，我的股份太少了，咋办呢？"

"这得怪你自己，合作社成立的时候你不愿意入股，现在后悔了。"谷丰学着中年男子的声调，"咋办呢？"众人哄然大笑。

中年男子说："书记，我要入股，我要把家里的钱海麦斯（维吾尔语：全部的意思）入股。"

一片欢声笑语，场长卡米力和"两委"们开始给牧民们发钱。谷丰匆匆跑到王莹和江涛面前，握住江涛的手，他的手粗糙有力。谷丰客气地叫王莹为王部长，王莹笑着说："口是心非，少来这一套。"王莹对江涛说，"小时候他总欺负我，叫我丑小鸭。"

谷丰挠了挠头，憨然看看江涛。喀山牧场海拔高，紫外线强，谷丰的脸晒成了紫褐色，咧嘴一笑，牙齿格外地白。

谷丰带着王莹和江涛在场部转了转，场部广场上，竖立着一块LED大屏，大门两侧围墙上写着标语："放牧就是巡逻，种地就是站岗"，白底红字，很醒目。这几年牧场变化很大，过去办公室全是土坯房，很破旧，如今焕然一新，一砖到顶。以前都是土路，刮风尘土飞场，下雨泥泞遍地，如今打了水泥地坪，路面铺上了柏油，路两边架起了太阳能路灯。望着一排排整齐的牧民住宅，江涛赞叹不已。王莹说："牧民们的居住条件也得到了改善，搬进了统一规划建造的安居房，有上下水，很方便。"

吃过午饭，王莹下午要赶回甘泉子，明天上午有个会议她必须得参加，等江涛采访结束下山，甘泉子再见。

晚上，谷丰想和牧场其他领导一起宴请江涛，他谢绝了，他不喜欢兴师动众，希望和谷丰自然相处，不仅仅是形式上的采访，更重要的是内心情感的交流，深层次探索谷丰的心路历程，以及为甘泉子这片土地抛洒汗水与青春，乃至生命的先辈们的精神世界。谷丰曾经接触过不少记者，很信赖他们，结果有些记者并非实事求是，写出的采访文章令他尴尬，慢慢就对记者有了戒备与排斥，王莹打电话说有记者要采访，他一口拒绝。王莹再三解释江涛不一样，是援疆干部，很优秀，很真诚，对甘泉子很感兴趣。经过半天接触，谷丰感受到了江涛的真实与坦诚，渐渐放松了防范，接纳了他。

晚饭在谷丰宿舍吃的，就谷丰和江涛两个人。谷丰亲手做了几个菜，清炖羊肉、炝莲白、酸辣土豆丝和西红柿炒鸡蛋。谷丰打开一瓶伊力老窖，倒入两只口杯。江涛酒量有限，担心喝不了，谷丰说："慢慢喝，能喝多少喝多少。"谷丰厨艺不错，他妻子和孩子在甘泉子，除了休息或去总场开会回家看看，平时就一个人，闲暇时偶尔会自己做饭。场部有食堂，一般都吃食堂，他不挑食，吃饱就行。

酒是润滑剂，谷丰和江涛频频举杯，越聊越投缘。谷丰手机响了，是奶奶打来的，声音很大，江涛能听见安娜的声音："建疆，你在哪呢？回家吃饭喽。"

谷丰说："奶奶，你先吃，我马上就回去。"

安娜说："今天包饺子，韭菜鸡蛋馅，你最爱吃，快点回来吃。"

挂了电话，谷丰说："我奶奶，痴呆了，总把我当成我爸爸。不认识人了,就认识我爸,只记得我爸的名字。"

江涛说:"看得出来,你奶奶很爱你爸爸。"

谷丰说:"是的,说我爸是我奶奶的精神支柱,一点都不夸张。"

二

  谷建疆是上天送给安娜和谷满仓的礼物。
  女儿夭折,安娜流产导致不孕,使他们失去了做父母的机会,安娜和谷满仓一度心灰意冷,没有了生活的信心和希望,像两棵挣扎在沙漠深处的胡杨,被斩断了滋养生命的水分,一天天凋零枯萎。谷建疆宛若一股甘露,滋润了他们,让他们焕发出新的蓬勃生机。谷建疆成了安娜和谷满仓的中心,他们把所有的爱,都倾注在了他的身上。叶青莲提醒安娜,对孩子不能太溺爱了,严父出孝子,慈母多败儿,小孩子的毛病都是惯出来的。安娜说她和谷满仓没有惯着建疆,他们是不忍心让他受丁点委屈。
  谷建疆很懂事,从小就跟别的孩子不一样,不爱打闹乱跑,喜欢一个人安安静静地待着,像是有想不完的心事,比小丫头还文静。谷满仓认为男孩子应该活泼点、调皮点,下河摸鱼,上树掏鸟,那才是男孩子的样子。安娜不认同："文静有什么不好，像黑牡丹家国强那样天天惹事，不是打了别人，就是挨了别人打，三天两头被人找上门，弄得家里鸡飞狗跳不得安宁，你想让你儿子那样吗？"谷满仓无言以对，他争不过安娜，她是常有理。

谷建疆穿戴很规矩，衬衣扣子一直扣到脖子下面的最后一颗。他爱干净，隔三岔五就打盆水洗头，仔细地把海欧牌洗发膏挤在手心里，然后抹到头发上，慢慢地揉，揉得满头泡沫，他的头发总是柔柔顺顺，散发出好闻的洗发膏清香。有一次上课，老师表扬谷建疆爱干净讲卫生，同时，又顺带批评了胡国强，让他向谷建疆学习。胡国强的身上总有一股汗馊味。胡国强很没面子，心里对谷建疆充满了妒恨，给他起了个外号"假上海"。那时，甘泉子有许多上海知青，穿衣打扮说话，跟农场的人都不一样，很洋气，农场一些时髦的年轻人，就模仿他们的衣着打扮言谈举止，被人戏称"假上海"。

谷建疆喜欢上海知青，经常和王平安一起，跑到知青点看他们弹琴唱歌。同学中，谷建疆和王平安关系最要好，跟其他同学不说的话，他会跟王平安说。王平安比谷建疆大两岁多，本来他比谷建疆高两级，因为生病耽误了一年多，就和谷建疆成了同学。四年级那年，王平安总是咳嗽，王有田和叶青莲只顾忙工作，没在意，以为伤风感冒，咳两天就没事了。王平安越咳越厉害，伸着脖子干咳，咳得泪水汪汪，像只误吃了石子卡住喉咙的小鸡。王平安身体日渐虚弱，稍走快几步就喘不过气来，叶青莲带他去医院看病，医生孙明祥用听诊器，在他的胸口仔细听了一遍，又听了一遍，翻开他的眼皮看了看，然后抽出卡在白大褂胸前兜里的钢笔，开了透视单和化验单。

叶青莲说:"孙医生,平安是什么病?严重吗?"

孙明祥说:"可能是肺结核,贫血。先做个血常规化验,透视一下看看。"

检查结果,印证了孙明祥医生的判断,王平安肺门有结核,严重贫血,血色素只有五克。从此,王平安就离不开药,每天去医院打针,注射硫酸链霉素和维生素 B_{12}、口服硫酸亚铁、异烟肼以及复合维生素等等,每顿要吃一巴掌的药,花花绿绿,吃得他反胃呕吐。长时间打针,打肿了屁股,疼得他直不起腰,走路时撅着屁股一瘸一拐,经常遭到孩子们的耻笑。有一次,一个比王平安小的捣蛋孩子,朝他屁股上踢了一脚,疼得他满眼泪花,眼睁睁看着那孩子像兔子一样跑去。吃药刺激肠胃,王平安没有胃口,不想吃饭,身体更加地虚弱,王有田和叶青莲商量让他休学,专心治病。经过一年多的治疗,王平安的身体渐渐好了起来,回到学校继续上学,已经跟不上原来的年级,只好降级到了谷建疆的班级,二人成了同学。王平安也喜欢安静,和谷建疆合得来,加上两家大人关系近,就成了无话不说的好朋友。

夜幕降临,知青点就会传来悠扬悦耳的手风琴声,谷建疆被那美妙的声音迷住了。一天晚上,月亮很圆,很亮,能看清一丈外人的眉眼,谷建疆正蹲在厕所里拉屎,随风飘来了手风琴声,忽强忽弱,像风吹动水面,波浪起伏。当时,他还不知道那是什么曲子,也不知道乐器手风琴,后来知道了,曲子叫《红莓花儿开》,乐器叫手风琴。谷建疆提上裤子出了厕所,寻着手风琴的声音到了知青点。十几个年轻人围在沙枣树下,一个漂亮姑娘坐在一截杨木墩子上,靠着沙枣树拉手风琴,大伙随着琴声歌唱,沙枣树枝叶搅碎了月亮,盐粒子一样洒在拉琴姑娘的脸上。她微微侧着脸,头时而偏向左,时而又偏向右,嘴唇抿着笑意,眼睛里闪烁着清澈的光。拉手风琴的姑娘,叫吴梅兰。

从那以后,谷建疆就经常往知青点跑,有时一个人,有时叫上王平安一起去。知青们喜欢谷建疆,夸他礼貌懂事爱干净,不像农场的孩子。有一次,吴梅兰摸摸他的脑袋,问他会不会唱歌,可以给他伴奏,他很紧张,说不出话来。吴梅兰掏出两颗大白兔奶糖给他,他不要,她拉起他的手,把奶糖放到他手心里,微笑着说:"不要客气,大白兔很好吃的呀。"吴梅兰说话声音很好听,轻声细语,宛如夏天站在水库边,迎面吹来的风。

有一天,谷建疆歪着脑袋看吴梅兰拉手风琴着了迷,她微笑着问他想不想学拉手风琴,她可以教他,他以为听错了,久久回不过神来。由于激动,他说不出话来,只是小鸡啄米似的点着头,咧着嘴冲吴梅兰笑。从那以后,吴梅兰教谷建疆拉手风琴,还教他识简谱,他学会的第一支曲子,就是《红莓花儿开》。

谷建疆和王平安还有一个共同爱好是看电影。那个年代电影很少,一个月难得看一场电影。那时的甘泉子也没有电影院,是露天电影。放映队来了,农场像过年一样,太阳还没落山,人们就搬着板凳聚集在露天电影场。大人们抽烟嗑瓜子高声说笑,孩子们在挂起的银幕下面疯跑嬉闹,调皮的孩子,还蹦着伸手触摸洁白的银幕。放映员老姜看见了,会高声呵斥,担心孩子们的脏手,弄脏了银幕。那一刻,甘泉子的黄昏晚霞缤纷,笑语满天。

谷建疆静静地站在放映机旁，看着放映员老姜和他的徒弟倒片子、对光，当放映机刺目的光对到银幕上，孩子们欢呼雀跃，纷纷举起手掌做出各种动物造型，投射到银幕上。老姜五十来岁，国字脸，络腮胡，嘴角始终叼着烟卷，眯缝着眼，认真做着放映前的准备工作，他的右耳朵上常常还夹着一根烟。跟在老姜左右手忙脚乱的徒弟很年轻，刚工作不久，叫小李子。老姜不时跟小李子交代一句注意事项，小李子专心聆听，认真地回应。有时小李子愣神，老姜就扭脸看他一眼，小李子便立刻打起了精神。

谷建疆羡慕老姜放映员的工作，也羡慕他的徒弟小李子，心想他要是老姜的徒弟该多好，可以天天看电影，天下没有比放电影更幸福的事了。小李子说，放映队工作没有他想象的那么轻松，很辛苦，特别是去边远的农牧场，骑着马翻山越岭，许多地方没有路，马都过不去，很危险，有几回差点跌下悬崖。熟悉以后，小李子跟谷建疆讲了许多他师傅老姜和放映队的事。老姜打放映队一成立就在，十几年了。县电影公司考虑到他年纪大了，调他到电影公司当副经理，他在机关坐了不到一个月，说啥都不干了，整天坐办公室从头到脚不自在，腰酸背疼打不起精神，感觉自己像一块被人遗忘的豆腐，浑身长满了腐败的绿毛。老姜喜欢跋山涉水给农牧民们放电影，在辽阔的天地间游走，呼吸通畅，神清气爽。有一次，小李子跟着师傅老姜去牧区放电影，他发现一位老牧民观影时始终闭着眼睛，脸上的表情随着大家情绪的反应不停地变化，大家笑他也笑，大家惊叹他微张着嘴，大家沉默他也神色凝重。老姜告诉小李子，老牧民是个盲人，看不见电影，他在听电影，放映队一来，他每次都早早地来，面对银幕静静地坐着，等待着电影开始。牧区牧民居住分散，有的放牧点只有一户人家。一次晚上放映结束，小李子和师傅老姜正收拾设备，一位年轻的哈萨克族牧民走上前来，他父亲病了，很严重，他父亲喜欢看电影，但已经起不了床出不了门，希望能看场电影。年轻的牧民看着老姜，目光惶然不安又充满期待，老姜爽快答应了他，连夜赶到牧民家里，专门为年轻牧民的父亲放映了一场电影。第二天，牧民的父亲安详地告别了人间。

小李子说："放映队工作确实辛苦，刚工作时我也打过退堂鼓，慢慢发现电影能给人们带来那么多的快乐，这个工作很有意义，我逐渐喜欢上了放映队的工作。"

谷建疆说："我也喜欢，长大了我也放电影。"

上作文课时，老师出了作文题目《我的理想》，谷建疆写他的理想是长大了当一名放映员。同学们的理想都很宏伟远大，有的要当科学家、艺术家，有的要当教师、医生，还有的立志要当警察、将军的，等等。老师疑惑谷建疆为什么想做放映员，他说喜欢看电影，当了放映员，就可以天天看电影。老师批评他思想不端正，放映员的工作是为人民放电影，是为人民服务，而不是为了满足自己的私欲。

王平安的理想是当一名医生，救死扶伤，治病救人。王平安的理想和他患病有关，那一年多，他几乎天天上医院，闻到医院的来苏尔消毒水的味道，心里就抽搐紧张。孙明祥医生治好了王平安的病，他瘦削的脸颊红润了，疲乏的身体有了力气，他深深感受到了医生的伟大，对孙明祥充满了敬仰，暗自下决心，长大了也要像孙明祥那样当一名医生。高中毕业，高考已经恢复，王平安考上了新疆医学院，毕业后，如愿以偿成为一名医生，实现了理想。

谷建疆最喜欢的电影明星是王晓棠，自从看了电影《野火春风斗古城》，他就被金环银环的饰演者王晓棠迷住了，那是世界上最美的女性。他还偷偷给王晓棠写过信，寄到了北京电影制片厂，他以为王晓棠是北京电影制片厂的，后来知道王晓棠在八一电影制片厂，又往八一电影制片厂寄了一封，不知道王晓棠收到没有，他暗自盼望着王晓棠给他回信，却始终没有收到。许多年以后，谷建疆第一次去北京，专门跑到位于六里桥的八一电影制片厂拜访，大门口有哨兵站岗，进不去，他躲在大门附近的一棵槐树下，盯着出出进进的人，希望能看见王晓棠，盯了大半天，眼看天就要黑了，才恋恋不舍地离开。几十年以后，流量明星们不可一世，谷建疆对他们不屑一顾，他们没法跟王晓棠比，无论相貌还是演技，云泥之别。谷建疆看过多少遍《野火春风斗古城》，自己也记不清了，过去在电影院看，后来有了DVD，买了碟片在电视上看，再后来有了网络，就在网络上看，百看不腻，边看边抱怨现在的电影不好看，演员装模作样装疯卖傻，演啥不像啥。

谷建疆上高一那年，高考恢复，意味着高中毕业可以报考大学了。他不知道哪些大学和电影有关，上海知青见多识广，就向知青们打听，吴梅兰告诉他，电影学院跟电影有关。谷建疆问道："培养放映员吗？"

吴梅兰回答："电影学院培养电影演员，培养拍电影的，不培养放电影的。"

谷建疆想了一夜，决定高中毕业了报考电影学院，放不成电影，拍电影也行。然而，没等到高中毕业，谷建疆出事了，那次事件改变了他的命运，把他推上了一条从未想过的路。

那是一个星期天，谷建疆骑自行车驮着马秋玲去县城看电影，县城电影院正在放映日本电影《追捕》，很轰动。马秋玲是谷建疆的同学，不算班里最漂亮的女生，皮肤有点黑，可性格好，也会打扮，一根皮筋，一只发卡，随手一扎一别，就能倒饬出几分风情。最吸引谷建疆的是她的眼睛，大眼睛，柳叶眉，鲜活的嘴唇，越看越像王晓棠。王平安认为马秋玲和王晓棠一点都不像，是谷建疆走火入魔，为此，俩人还发生了争执。王平安提醒谷建疆，马秋玲不是一般的女生，她很成熟，常跟社会上的人来往，他还看见过她跟男生一起偷偷抽烟。谷建疆说："长得好看的女生才抽烟，电影里抽烟的女人长得都好看。"

王平安说："那是女特务。"顿了顿，又说，"马秋玲还没冯燕好看。"

冯燕也是他们班女同学，文文静静，像一株悄然开放的兰花。冯燕不合群，喜欢一个人待着，走路低着头，溜着墙边，偶尔有同学跟她打招呼，她像只受惊的小鹿猛然抬起头，扑闪着两只黑亮的眼睛，嫣然一笑，露出贝壳一样的牙齿。冯燕的爸爸冯文杰，是四川大学中文系的大学生，因发表不同观点的言论被打成"右派"，下放到甘泉子。刚来时，冯文杰很消沉，一个叫荞麦的姑娘默默地关心他。荞麦没什么文化，但她景仰有文化的人。一天傍晚，冯文杰站在水库边，望着夕阳染红的水面发呆，正想一跳了之，荞麦突然站他身后。

荞麦说："小时候听我奶奶说，盯着水面看久了，水里会伸出一只手，把人拽下去。"冯文杰吓了一跳，扭过脸见是荞麦，目光又移向水面。荞麦又说："一个人要是死都不怕，还有啥可怕的。"荞麦这句话点醒了冯文杰，对她也刮目相看，一堆书本的道理，啰里巴唆，顶不上她这一句话。冯文杰不再郁闷，心慢慢安顿了下来，和荞麦结婚成家，生下了女儿冯燕。

王平安说："冯燕对你有意思，我早发现了，她看你的眼神，和看别人不一样。"

谷建疆瞪着王平安，以为他开玩笑，拿他寻开心，直到他坐牢，冯燕去看他，回想起王平安的话，他才恍然明白，王平安说的不是玩笑话。那是谷建疆刚入狱不久，看守通知有人探视，他以为是马秋玲，没想到是冯燕。冯燕腼腆地坐在他的对面，话不多，不说话时低着头，手指绕弄着辫梢，谷建疆问她为什么来看他，她抬起头说，都是同学。

谷建疆和马秋玲也很少说话，不单单是跟马秋玲，他跟所有的同学说话都不多，在同学们眼里，他有点孤僻。星期六上午放学，马秋玲正在整理铅笔盒，谷建疆经过她身边，迅速把一张纸条丢进了她的铅笔盒里，惊慌逃出了教室。谷建疆约马秋玲星期天一起去县城看电影。

下午，谷建疆没心思听课，满脑子想着字条的事，等待着马秋玲的回复，心神不宁，像是罪犯等待法官的判决。最后一节课下课，放学了，谷建疆边收拾书包，边偷偷地瞟马秋玲，她和一个男生说笑着，仿佛压根就没有字条的事。他背起书包向教室门口走去，她突然叫了他一声，他仿佛摸了电线，僵住了。

"谷建疆，有道几何题怎么都解不出来，你是数学课代表，给我讲讲呗。"马秋玲很大方自然，同学们看不出丝毫的异常，谷建疆却从她的眼神里，感受到了倏然而逝的柔情。

马秋玲答应跟谷建疆去县城，她已经很久没去县城了，也想看电影《追捕》，听看过的同学说很好看。第二天一早，谷建疆骑着自行车到学校门口接马秋玲，她是住校生，家不在场部，在新生连，离场部将近二十公里，她爸叫马铁牛，她妈叫何金枝。谷建疆远远地看见，马秋玲站在学校门口，水红色的确良衬衫，靛蓝色裤子，脚穿白色塑料凉鞋，平时扎着的两条齐肩麻花辫子散开了，用桃红色的发卡拢着，蓬松妩媚。谷建疆看呆了，马秋玲嫣然一笑，他一慌乱，差点摔倒。

甘泉子离县城十多公里，谷建疆奋力蹬着自行车，风贴着耳边飞过。他正琢磨着说点什么，马秋玲突然打破了沉默："谷建疆，你为啥请我去县城看电影？"

谷建疆说："我想看，我想你也想看。"

"没讲实话。"静了片刻，马秋玲又说，"你喜欢我吧？"谷建疆没料到马秋玲会这么直接，突然惊慌失措，自行车扭摆几下，险些摔倒，他及时稳住了车笼头。谷建疆的窘迫，让马秋玲有种猫戏老鼠般的刺激，她悄然笑笑，穷追不舍，"你为什么喜欢我？"

"你跟别的女生不一样。"谷建疆咳了咳嗓子，掩饰着慌乱和尴尬。

"你跟别的男生也不一样，不像胡国强，油嘴滑舌，叫人讨厌。"马秋玲晃悠着腿，拧着脖子望着谷建疆的右半边脸，发现他的耳朵很大很厚，像过年时吃的猪肉白菜馅饺子。谷建疆觉得马秋玲在委婉地夸他，心里像灌了蜜，飘飘忽忽，十多公里的路程，不知不觉就到了县城。

谷建疆载着马秋玲直奔人民电影院。人很多,售票窗口前挤满了人,有的手里举着买到的票往人群外面挤,有的手里攥着钱往窗口挤,喊声骂声尖叫声乱成一团。谷建疆看看挂在售票窗口上方的黑板,上面用彩色粉笔写着上映的电影片名和场次时间,离最近一场开映还有一个小时,他准备先买票,再请马秋玲到对面的"托克逊拌面"吃拌面,他口袋里有五块钱,看电影吃拌面足够了。

谷建疆挤进人群买票,马秋玲站在广告栏前,边吃冰棍边看电影海报。两个流里流气的青年站在了马秋玲的左右,偏着脸摇头晃脑,不怀好意地看着她笑。马秋玲想走开,他们拦住了她,一个满头卷毛的青年,在她脸上摸了一把,她骂了一声流氓,卷毛又摸了一下她的屁股,狎昵地说:"谁流氓?谁流氓?"

谷建疆举着两张电影票挤出人群,看见两个小流氓正在纠缠马秋玲,冲上前去,一拳杵到了卷毛的脸上。卷毛恼羞成怒,掏出一把弹簧刀,轻轻一按,利刃弹了出来。卷毛挥刀刺向谷建疆,他闪身一躲,就势踹了卷毛一脚,卷毛身体失去了平衡,身体向前猛冲了出去,接着一头栽倒在地,手里的刀刺中了自己的腹部,伤了脾脏。谷建疆以打架斗殴致人伤残的罪名,被判有期徒刑七年。他的命运,也由此改变。

谷丰说:"我曾经跟我爸聊过,为一个女同学蹲监狱,把自己的一辈子搭了进去,值得吗?我爸说值不值得看你怎么看,那时候他觉得值得。如果我爸没有进监狱,大概率会上大学,他学习成绩好。"

江涛说:"那将是另一种人生。"

三

谷建疆因在狱中有立功表现，减刑提前一年释放。六年后的世界已改变了模样，面对熟悉又陌生的世界，谷建疆茫然无措。

吴梅兰和大部分知青都返回了上海。谷建疆望着吴梅兰曾经的家，心头无限的酸楚忧伤，失落感像一堵訇然倒塌的破败的墙，深深地掩埋了他。他把自己关在屋里，躺在床上发呆，谷满仓和安娜谨小慎微，生怕说错了话。谷满仓不小心碰到了桌子板凳，安娜压着嗓门训斥："小心点，别吓着建疆。"

安娜做好饭，耳朵贴在屋门上，轻轻地敲两下，叫谷建疆吃饭。谷建疆拉开门，目不斜视地坐在饭桌前，闷头吃饭。安娜给他往碗里夹菜，谷满仓朝她使个眼色，她小心翼翼地说："建疆，有啥心里话跟爸妈说说，不要憋在心里。"

谷满仓说："工作的事别愁，我跟场领导说好了，正想办法解决。

不急,刚回来,先休息休息,你妈给你做点好吃的,补补身子。"

"爸,妈,你们别担心,我没事。"谷建疆低头吃饭,谷满仓和安娜看看儿子,又相互看看。

谷建疆的心事是马秋玲,他进了监狱马秋玲从未去看望过他。在监狱里,谷建疆给马秋玲写过很多封信,都石沉大海,没有收到过她的只言片语。他伤心过,绝望过,也怨恨懊悔过,最终他平静了下来。

谷建疆出狱后,往日的同学伙伴各奔东西。最说得来的王平安已经从新疆医学院毕业,在甘泉子总场医院当医生,他是全班唯一考上大学的同学。冯燕也从地区卫校毕业,在场部医院当护士。胡国强在砖窑厂干活,吃不了苦,三天两头请病假。

谷建疆被关以后,马秋玲学也上不下去了,就退学回了新生连。谷建疆为了马秋玲伤人进监狱的事,已经在新生连传得沸沸扬扬,传说中谷建疆不是她的同学,成了一个有老婆孩子的已婚男人。男人为她打架伤人的地点也不是在县城电影院,而是在县医院,她怀了野男人的种,野男人带她去县医院打胎,打架伤了人。为此,马秋玲的妈何金枝,几乎天天跟人吵架,听见谁在背后嚼舌头,就冲上去骂,有时还动手,抓脸揪头发撕扯衣服,打不过就叫唤着找马秋玲的爸爸马铁牛帮忙。铁牛瞪着眼睛吼:"蠢婆娘,非得把一泡屎搅臭,丢人现眼,回家去!"说着,一把揪住金枝往家拖,金枝坠着屁股反抗,踢掉了一只鞋,嘴里叫喊着要和人拼命。那段日子,马秋玲给新生连沉闷无聊的生活,带来了一抹艳丽的色彩。马秋玲憎恶新生连,不想让自己烂在那里,退学回家待了不到一年,就跟一个采购员去了县城。

谷建疆根据胡国强提供的线索，去县城找过马秋玲。谷建疆找马秋玲并非有什么目的，更不奢望重拾旧梦，只想问问她，为什么不理他，她究竟喜欢过他没有。在县酒厂，谷建疆见到了马秋玲。谷建疆站在一棵杨树下，右手指间夹着一支烟，看见马秋玲走过来，心猛然跳动了几下。马秋玲胖了，脸圆如月，丰硕的胸脯，随着脚步的节奏微微颤抖。马秋玲认出了谷建疆，停顿了一下，抬手拢了拢头发，她的头发似乎比上学时更多了，像一团乌云，萦绕着搽了永芳牌面霜的满月脸。马秋玲走到谷建疆面前，笃定地望着他："你出来了。"

谷建疆"嗯"了一声，注视着马秋玲，她下意识地甩了下头发，抱着胳膊望着别处，回避着他的目光。谷建疆说："听胡国强说你在这上班。"

"临时工。"马秋玲又甩了甩头发。

"我给你写的信，收到了吗？"

"收到了。"

"那为什么不给我回信？"

沉默了一下，马秋玲说："不知道说啥。"谷建疆诧异地看着她，她微笑迎着他的目光，坦然大方。

"我是为了你才坐的牢。"谷建疆肃然望着马秋玲。

马秋玲淡然笑笑："是你要请我去看电影的。"

谷建疆哑然，停了一会儿，问道："你喜欢过我吗？"

"谷建疆你真有意思，你想啥呢？"马秋玲盯着他看了一会儿，突然大笑起来，笑得胸脯七上八下。

谷建疆又问："你喜欢过我吗？"

马秋玲再一次甩了甩头发,说:"没有。"

"那你为什么答应我一起看电影?"谷建疆很惊异,觉得不可思议。

"因为我们是同学呀。"马秋玲说,"我跟许多男同学看过电影,包括胡国强。你们愿意请我,干吗要拒绝。"

谷建疆盯着马秋玲,她的脸有点浮肿,眼睛鼓突,像青蛙的眼,当初怎么会觉得她像王晓棠呢?

马秋玲抬起手腕看看表,说:"快下班了,中午我请你吃饭吧,老同学几年不见。"

谷建疆欲言又止,咽了口唾沫,转身离去。入秋了,一阵风吹来丝丝凉意。

采购员去新生连收购打瓜子,在马秋玲家和她爸铁牛喝酒,认识了马秋玲,后来再去,就给她带点小礼物,再后来,她就被他带到了县城。

采购员人脉广关系多,在县酒厂给马秋玲找了个工作。马秋玲的工作是洗瓶子,洗干净的瓶子送到灌装车间,灌上苹果酒或者葡萄酒,县酒厂就生产这两种果酒,甜酸可口,很受欢迎。马秋玲很满意,下了班,就变着花样给采购员做好吃的。采购员心疼她,累了一天了,随便下碗面就行,马秋玲说,什么都能凑合,吃饭不能,民以食为天,要是连吃饭都凑合,人活着还有啥意思。采购员收入不错,即便是马秋玲不工作,也能养得起她。她不想让人养着白吃饭,想工作,采购员就托关系,让她进了酒厂洗瓶子。

马秋玲跟采购员小日子过得热热乎乎，唯一美中不足的是结婚以后一直没有孩子，为此，他俩还偷偷上县医院做了检查，医生说他俩都没问题。医生开了些药，给马秋玲调理，还真管用，不久就怀孕了。可惜没高兴几天，悲剧发生了，马秋玲是宫外孕，大出血，差点要了她的命。马秋玲的命保住了，但医生说她再也不能怀孕了，采购员不想年纪轻轻就断子绝孙，要跟她离婚，说他家三代独苗，不能到他这断了香火。马秋玲一口唾沫吐在采购员脸上，说："放你娘的狗臭屁，三代独苗你哥是哪来的？石头缝里蹦出来的！"

采购员恼羞成怒，动手打马秋玲，打得她口鼻冒血。马秋玲毫不示弱，跟采购员对打，厉鬼似的往他身上扑，采购员害怕了，夺门而逃，马秋玲疯了似的紧追不舍。街上行人见一个披头散发满脸血污的女人，光脚追赶着一个惊慌逃窜的男人，以为男人是抢财劫色的歹徒，就勇敢地联合起来，把采购员按倒在热腾腾臭哄哄的柏油马路上。那时候的人热血澎湃正气满腔，不像现在，事不关己高高挂起，各扫自家门前雪，不管他人瓦上霜。有人报了警，马秋玲和采购员被带进了派出所。问清缘由，一番教育。教育的感化，也是对马秋玲的畏惧，采购员讨好她，表示不想离婚了，马秋玲眼睛一瞪说："想得美，离，姑奶奶现在就跟你离！"就这样，马秋玲的第一段婚姻，在貌似警匪大片一般的狗血剧情中落下了帷幕。之后，马秋玲又结了两次婚，始终都没能怀孕生育。

和采购员离婚后，马秋玲一个人过了五六年。人近中年，身材也微微发福，她和一个重庆小面馆的老板走到了一起。老板是四川人，四十多岁了，比马秋玲大九岁。重庆小面馆离马秋玲住的地方不远，她不想做饭了，便去吃一碗小面，慢慢就和老板熟络了。客人少的时候，小面老板就点支烟，坐到马秋玲对面聊几句，通过零言碎语，彼此大致清楚了各自的生活状况。小面老板老家在四川内江，来新疆十多年了，老婆跟一个开火锅店的老板跑了。马秋玲有点同情小面老板，问道："孩子呢？"

小面老板说："有过一个儿子，四岁的时候，我蹬三轮车带着他去买菜，躲汽车，儿子从车上摔下来，脑壳撞到了石头上，送到医院就没气了。"小面老板语调平缓，像是在说别人的故事。马秋玲心头一抽，为小面老板，更为那个孩子。

停顿片刻，小面老板吸口烟，又说："老婆不能原谅我，说是我把儿子害死了，不想跟我过了。她跟那个火锅老板好我知道，那是大老板，有钱，她就跟他走了。"

马秋玲说："你就这么让她跟人跑了？不拦着她？"

小面老板又吸一口烟，像是烟雾呛了眼睛，眯了眯，说道："拦啥子么，皮裤套棉裤，必然有缘故，只要她觉得好，随便她吧。"

就这样，一来二去，马秋玲和小面老板越走越近，最终走到了一起，用小面老板的话说，搭伴过日子。马秋玲说她不能生孩子，小面老板说无所谓，日子是他们两个人过，不是跟孩子过。他说："我会把你当老婆爱，当孩子疼。"小面老板的这句话，彻底打动了马秋玲。

和小面老板结婚不久，县酒厂倒闭了，马秋玲洗瓶子的工作没了，就和小面老板一起打理面馆，生意越来越红火，小面老板说她旺夫，给他带来了运气。马秋玲跟小面老板过了十来年，虽然忙碌辛苦，但很幸福。小面老板对她很好，全心全意，把面馆的收入全部交她保管。十年间,他们扩展了门面,在重庆小面的基础上,又增添新的品种,日子是芝麻开花节节高。

一场意外,再一次把马秋玲推向了人生的低谷。

那天,马秋玲起床已经是半中午了,昨晚和牌友打麻将打到凌晨。她莫名地心慌烦躁,右眼皮不停地跳,揪了片纸贴上也没用。她不想吃饭,喝了杯蜂蜜水就去面馆。走到面馆对面,正准备过马路,突然一声巨响,一股强大的气浪把她推到了一棵白杨树上,继而反弹,又摔在地上,一块碎玻璃,划破了她的下巴。她躺在地上,望着灰蒙蒙的天空,两耳嗡鸣,大脑一片空白,久久回不过神来。终于,她听见了嘈杂的惊呼声,她挣扎着爬起来,看见对面的面馆浓烟弥漫,火苗从断裂的门窗里蹿出,像妖娆的蛇。她向面馆冲去,呼喊着老廖,两个消防员,紧紧地抱住了她。小面老板叫老廖。

面馆煤气泄漏引起爆炸,老廖遇难。那场事故,共伤亡六人,马秋玲和小面老板十余年的辛劳毁于一旦。

仿佛一夜之间,马秋玲苍老了,鬓角出现了白发。差不多一年的时间,她心灰意冷,不愿出门,把自己关在家里抽烟喝酒。有一天醒来,她看着镜子里宿醉的脸,苍白憔悴,面颊松弛,目光混浊,不由得心头一颤。她还不到五十岁,还年轻,许多美好的愿望还没有实现,不能就这样醉生梦死。她把没喝完的酒、没抽完的烟,统统扔进了垃圾桶,鼓励自己振作起来,开始新的生活。

马秋玲先去了北京散心,那是她心中的梦想之地,她一直想去看看,看看天安门,打小从课本上就知道,那是红太阳升起的地方。她和小面老板曾经多次计划去北京,总有各种原因没能成行,老是说下次，结果小面老板永远没有了下一次。她顿悟了，生活中的很多事不能等，想做的事立刻去做，想走的路立刻去走，生活，真的不知道明天会怎样。

从那以后，马秋玲便热衷于旅行，她喜欢人在旅途的感觉，陌生的地方，陌生的人，总会给她带来意想不到的奇妙惊喜。她和第三任丈夫，就是在旅途中认识的。

马秋玲的第三任丈夫姓蔡，退休前是单位的工会主席，比马秋玲大十多岁，慈眉善目，开朗热情，风趣幽默。马秋玲和蔡主席参加了同一个夕阳红旅行团，俩人的卧铺挨着，朝夕相处了十来天，话越说越对路，兴趣越聊越相投，到了后来，二人形影不离。蔡主席爱好摄影，开始他给许多人拍照，到了旅行的后半段，只为马秋玲一人拍，成了她的专职摄影师。

蔡主席家在乌鲁木齐，住在幸福路幸福花苑，老伴儿两年前去世了，儿女都已成家，他一个人住。旅行结束回到乌鲁木齐，马秋玲准备转两天再回县城，要去住宾馆，蔡主席说，花钱住宾馆没必要，如果不嫌弃，可以住他家里，他家房子一百多平方米，有地方。马秋玲稍稍犹豫了一下，说："合适吗？"

蔡主席说："有啥不合适，相处这些日子，我是啥人，你心里还没个数？"

马秋玲就跟着蔡主席，打车去了他的家，这一住，就住成了自己的家。

结婚以后，蔡主席对马秋玲好，什么事都听她的，还在房产证上加上了她的名字，马秋玲不让他那样做，说嫁给他是图他这个人，不是图他的财产。蔡主席说："正因为你不图我财产，我才要这样做。"马秋玲感动，抱住蔡主席，在他软绵绵的脸上亲了一口。

蔡主席还说，他年纪比马秋玲大，将来肯定会比她先离开，给她留点东西，她剩下的日子会好过些，蔡主席的话听得马秋玲心头一热，眼泪潸然而下。

四十年以后，马秋玲母亲金枝去世，她回甘泉子，见到了谷建疆。马秋玲打扮得花枝招展，嘴巴上涂着猩红的唇膏，咧嘴一笑，敞露出参差不齐的四环素牙。满头菜花一样的卷发焗成了酒红色，热烈，奔放，张扬。已进入六月，来来往往的人都穿起了短袖，她脖颈上还奓拉着一条粉红色纱巾，松松垮垮长及膝盖，叫人看着都热。谷建疆惑然地看着她，认不出她是谁。

"不认识老同学了？我，马秋玲。"马秋玲说着，"咯咯咯"地笑，笑声清脆，文得细弯的眉毛，拱起了一层层皱纹。谷建疆半张着嘴，马秋玲把自己倒饬得面目全非，丝毫看不到学生时代的影子了。

谷建疆和马秋玲坐在一家名叫栖云阁的茶楼里，马秋玲说："这次回来见你，就想跟你说一句话。"她停顿一下，见谷建疆没有追问的意思，接着说，"四十年前，你问我喜欢过你没有，想听真话吗？"

谷建疆端起茶喝了一口，淡然说道："不重要了。"

马秋玲说："当时，我没说真心话。"

谷建疆望着窗外喧嚣的世界，喃喃自语："一切有为法，如梦幻泡影，如露亦如电，应作如是观。"

四

谷建疆在家闲了一个来月,为他工作的事,谷满仓一趟趟找场领导,王有田已经从场长的位置上退了下来,新场长是外面调来的,不熟,安娜叫谷满仓找找王有田,让王有田跟新场长说说,老场长的面子新场长应该给的。想来想去,谷满仓还是没跟王有田开口,俗话说人走茶凉,新任领导大都忌讳老领导说三道四指手画脚,说对了,显得新领导没水平,说错了,会被人家耻笑。如果谷满仓向王有田开口,王有田肯定会去找新场长,万一新场长不给面子,弄得大家脸上都不好看。

谷满仓决定亲自找新场长。新场长对谷满仓很尊敬,脸上的笑容像春风吹过麦田,绵延不断。新场长一边倒开水,一边称赞谷满仓是甘泉子的功臣,希望他为了甘泉子的发展继续发光发热献言献策,还主动询问他有什么困难,有困难尽管说,场里一定尽力设法解决。新场长的话，听得谷满仓心里热乎乎的，趁机就说了谷建疆工作的事。新场长点了支烟，抽了一口，说道："谷建疆的事我大致了解了一下，放心，工作的事场里会认真研究解决，妥善安排。"

一个星期过去了，没消息。眼看两个星期了，还是没有动静，安娜催谷满仓再去问问。谷满仓又去找新场长，第一次场长去兵团开会了，第二次他正在主持会议，第三次在场长办公室门口，谷满仓终于见到了正要出门的场长，场长边锁门边说，场里研究决定，安排谷建疆去石灰窑工作。安娜对结果不满意，不停地抱怨，石灰窑工作辛苦又危险，大都是临时工，唠叨得谷满仓很烦，他说："你儿子是那种地方回来的，不是金榜题名的大学毕业生。"

安娜又抱怨谷满仓没去找王有田，要是王有田出面，兴许会给儿子安排个像样的工作。谷满仓说："王有田又能咋，屁股下面没了位子，就是个退休老头。"

安娜说："瘦死的骆驼也比马大。"

谷满仓说："你光知道白面馒头好吃，不知道麦子咋种出来的。头发长，见识短。"

听说去石灰窑，谷建疆很平静，嗓子眼"哦"了一声，看不出开心还是失望。他知道石灰窑，胡国强就在那干活。刚出狱回来，胡国强张罗几个同学给他接风，听他说过石灰窑，说得比监狱都不如，又脏又累，工资低，危险大，每年都得炸飞几条人命，胡国强都不打算干了，如今时代不同了，活路多，不像过去，非得在一棵树上吊死。

胡国强说得没错，洞中方一日，世上已千年，短短五六年，沧海桑田，谷建疆恍若隔世。那天，谷建疆在县酒厂见过马秋玲，转到小十字,嘈杂市井中,听出了大头的叫卖声。寻声而去,看见大头一手举条牛仔裤,一手招呼着来来往往的行人:"走一走瞧一瞧了,香港正宗牛仔裤,挥泪大甩卖了,走过看过不要错过了啊……"

大头是谷建疆的狱友,本名张伟,为人仗义,替朋友出头打伤了人,出狱后找不到工作,就自己摆摊卖牛仔裤,一天下来,挣得比那些坐办公室的一个月工资还要多。听说谷建疆没工作,大头鼓动他自己干,谷建疆担心没有本钱,大头承诺可以给他供货,赚了钱他按比例拿提成,不赚钱也亏不了本,旱涝保收,说得谷建疆心里波涛汹涌。

大头比谷建疆大十岁,在狱中对他很关照,让他少受了许多罪。听了谷建疆坐牢的缘由,大头说他被人黑了,充其量他算是过失伤人,最多判三年,七年徒刑应该是故意伤人致残罪。谷建疆看看大头,继续洗脸,即便是在监狱,他也把脸洗得干干净净。谷建疆没在意大头的话,以为他随口说笑拿他逗乐解闷,大头大大咧咧,说话天上一句地上一句,不知哪句是真哪句是假。大头说:"不开玩笑,我也是伤了人进来的,啥是过失伤人啥是故意伤人,判多少年,老子清清楚楚。"

谷建疆犹豫地说:"法院还能判错?"

大头说:"老天爷还睁一只眼闭一只眼呢。"

谷建疆半信半疑,茫然无助。大头给谷建疆出主意,让他申诉。谷满仓探监,谷建疆讲了申诉的事。谷满仓托人找关系为谷建疆申诉,最后也不了了之。

谷建疆半天不说话,安娜忍不住,问他怎么想的,他沉沉地叹了口气说:"爸,妈,我不想去石灰窑。"

谷满仓和安娜愣住了,对视一下,一起看着谷建疆,谷满仓说:"不想去石灰窑,你想去哪?"听他说想自己干,谷满仓急了:"你想当个体户?那哪行。石灰窑虽说苦点,好歹是个正经工作。场领导说了,干个一年半载,一转正就是正式工,铁饭碗,一辈子不愁,个体户哪能比。"

安娜也劝道:"你爸说得对,咱不当个体户,没门路的才去当个体户,咱不丢那个人。"

谷建疆跟爸妈说不通,他们坚决反对他自己干,说到最后安娜还哭着求他。谷建疆心里很乱,嘴上说要自己干,个体户毕竟是新生事物,两眼一抹黑,心里也没底,就沉默不语,不再争辩。第二天,谷建疆去医院找王平安,想听听他的意见,王平安是大学生,见识广,站得高看得远。王平安也反对他干个体,看法和他爸妈大同小异,个体户没保障,还是石灰窑的铁饭碗踏实。

谷建疆去石灰窑的头天晚上,王平安把几个走得近的同学请到一起,为他饯行,冯燕也参加了。冯燕比上中学时胖了点,更滋润俊俏了,也开朗大方了,不再总低着头不敢看人。冯燕以汽水代酒,和谷建疆碰了杯,祝贺他找到工作,他自嘲,石灰窑算什么工作,说白了就是苦力。冯燕说:"不管干什么,只要心里亮着一盏灯,就有希望。"冯燕的这句话,让谷建疆反复琢磨,越琢磨越觉得有道理,可他看不到心里的灯,也看不到希望在哪里。

谷建疆去石灰窑,最开心的是胡国强,他们成了一个战壕的战友,有谷建疆做伴,他不再寂寞无聊。

谷建疆喝多了，脚踩棉花似的回到家，摇摇晃晃地望着谷满仓和安娜，咧嘴笑了笑："爸，妈，你们没出息的儿子回来了。"谷满仓叹了口气，安娜倒了杯水，让谷建疆喝，他接杯子，学着样板戏《红灯记》里李玉和的腔调，道了一句白："谢谢妈！"他豪迈地喝干了水，蹒跚着朝自己房间走去，边走边唱，"临行喝妈一碗酒，浑身是胆雄纠纠……"

安娜扶着谷建疆躺下，他念叨："亮着一盏灯，灯在哪？……"

安娜指指灯说："看，灯在那，亮着呢。"谷建疆渐渐安静了下来，眼角挂着泪水，安娜轻轻拭去他眼角的泪，心里酸楚，"这孩子有心事。"

谷满仓说："他是不想去石灰窑。"

安娜说："要不就依了建疆，咱不去石灰窑，想干啥由他？"

谷满仓说："慈母败儿，这事由不得他。"

石灰窑在十几公里外的黑山头。黑山头全是石头，像烤煳的杂面窝窝头，光秃秃的寸草不生。山石的主要成分是碳酸钙，碳酸钙是烧制石灰的原料。黑山头有大大小小十几座石灰窑，终年浓烟滚滚，空气中弥漫着呛鼻的怪味。烧石灰的工人大部分是临时工，他们来自四面八方，靠卖苦力谋生。黑山头的水碱性大，含氟量高，不能喝，饮用水要从甘泉子拉。石灰窑缺蔬菜，很多工人因身体维生素缺乏，指甲盖凹陷变形，变成黑山头上石头的颜色。

每天炸石头、运石头、装窑、烧窑、出窑，全靠人工，石灰窑的工作，比谷建疆想象得还要辛苦。谷建疆上班的第三天，一名临时工炸石头时受了伤，被飞来的碎石砸伤了脑袋，鲜血冒着泡朝出涌。胡国强说，这样的事情经常发生，不足为奇，死人的事情也是经常发生的，听得谷建疆脊梁骨麻凉。

石灰窑的主任姓牛，和场长老婆拐弯抹角连点亲，整天耀武扬威，当自己是钦差大臣。胡国强提醒谷建疆，刚来的人都得给牛主任送礼，如果不送礼，他就安排最重的活儿，还鸡蛋里挑骨头找碴儿。谷建疆心里本不愿意来石灰窑，便不在意牛主任的感受，没给他送礼，牛主任耿耿于怀，上来就让他干出窑的活儿。出窑活儿最苦，石头烧成石灰得近千摄氏度的高温，整个窑洞都烧透了，窑洞里热浪翻滚，谷建疆没有经验，很快就虚脱了。

有一天，谷建疆和胡国强推着独轮车运送石灰石，刚坐下喝口水喘口气，牛主任就大声喝斥他们偷懒耍滑。牛主任背着手，挺着肚，颐指气使地教训谷建疆："谷建疆，你要珍惜重新做人的机会，好好工作努力表现，不能辜负了组织对你的信任。"谷建疆忍着心头的怒火，默默地盯着牛主任，牛主任又说，"看啥？不服气呀？"牛主任挑挑大拇指，"到了石灰窑，是龙给老子盘着，是虎给老子卧着。干活去！"谷建疆欲发作，胡国强暗暗拽住了他。胡国强急忙掏出烟敬牛主任一支，背着风，双手捂住打火机给他点上，然后一边对牛主任赔着笑脸，一边拉着谷建疆去干活。

"敢给老子夯毛，活腻歪了。"牛主任狠狠地朝地上吐了口痰。

石灰窑一个月只有一天休息。休息那天，谷建疆去了趟县城，自从上次见过大头，就再没有机会见面，大头鼓动他干个体，他却去了石灰窑，也没来得及给他回话。在石灰窑这些天，谷建疆脑子里总想着大头，想起大头，他的心情顿时豁然开朗，像冯燕说的那样，大头仿佛是他心里亮着的一盏灯，是希望。

中午，谷建疆要请大头吃饭，工作挣工资了，同时也感谢大头在狱中对他的庇护。大头不让谷建疆花钱，他一天挣得比他一个月挣得还多，怎么能让他花钱。谷建疆坚持，说大餐也请不起，吃啥不重要，是一片心意。大头不再反对，在摊位附近一家小饭馆，要了一荤一素两个菜，一瓶伊犁大曲。谷建疆嫌菜太少，非要加菜，大头就加了个花生米。俩人边喝边聊，谷建疆去石灰窑上班，大头不觉得意外，不是人人都有胆识当个体户。大头和谷建疆碰下杯，喝口酒，说："不是说好自己干当老板吗，怎么去烧窑了，想当张思德呀。"

谷建疆苦笑笑："我可没那么高的境界，我爸妈死活不同意，石灰窑的工作，是我爸好不容易求人求来的。我刚出来，不想让他们太担心。"谷建疆一仰脖，喝干了杯中的酒。

大头边给谷建疆倒酒边说："也是，石灰窑好赖是公家单位，铁饭碗，稳当。"

谷建疆说："刚去也是临时工，看以后能不能转正。"

大头说："一月工资多少？"

谷建疆说："四十多块。"

"这点钱能干啥。"大头举起杯，又和谷建疆碰了碰。谷建疆不说话，喝口酒，用筷子夹花生米，手有点抖，夹了几下才夹住。大头劝他，既然捧上了铁饭碗就先干着，铁饭碗有铁饭碗的好处，不用操心，有国家养着呢，好混，干好干坏都有饭吃，不像个体户，大事小事都得自己扛，起早贪黑，从早到晚忙得脚后跟打后脑勺，经常顾不上吃饭，那份苦一般人吃不了，个体户赚的都是血汗钱。

谷建疆说："烧一辈子石灰，我不甘心。"

大头说："人活世上，有几个甘心？"顿了片刻，又说，"那你想怎么样？刚上班，总不能把工作辞了吧？"

"迟早的事。"谷建疆说，"头一天到石灰窑上班，我心就凉了半截，说不出的绝望。"

大头给谷建疆一支烟，自己也点了一支，抽了一口，说道："你别忙着辞职，先混着，私下里倒腾点买卖，一来能挣点钱，二来也试试水，感受感受，不行就算了，觉得合适，再辞职大干也不迟，你说呢？"

谷建疆觉得大头的主意好，稳妥。亲兄弟明算账，大头负责给谷建疆供货，拿提成，三七开，他三，谷建疆七。谷建疆认为大头提成太少，要五五开，大头不同意，坚持三七开。大头让谷建疆先拿十条牛仔裤试试，卖好了能把他一月的工资赚回来，卖不掉也没关系，把货还给他就行了。大头说："这就叫摸着石头过河。"

谷建疆骑着自行车回甘泉子，浑身轻松，他松开车把，张开双臂，像是要飞起来了，心里阳光普照，就像冯燕说的，有一盏点亮的灯。他想放声高歌，张了张嘴却不知道唱什么，除了监狱里天天唱的几首进行曲，他不知道当下流行的新歌。突然，一声长啸从他身体深处奔涌而出，排山倒海，波涛汹涌，淹没了辽阔的荒野。

五

  十条牛仔裤放了两天，谷建疆也没有卖出去一条，不知道该怎样卖，他想过像大头那样在甘泉子摆摊，思来想去觉得不妥，一是他有工作，二是抹不开面子，看大头摆摊挣钱易如反掌，一旦自己做起来，就没那么轻松。

  谷建疆把卖牛仔裤的事跟胡国强说了，胡国强一听，两只斗鸡眼闪闪发光，说他有办法，条件是谷建疆得送他一条牛仔裤，他穿在身上做广告，如果牛仔裤全卖了，那条牛仔裤就归他，算是报酬，万一卖不掉，就脱下来还给他。谷建疆犹豫，一条牛仔裤成本价七块多钱，生意还没开张，意味着七块多钱的风险就压在了头上，又无路可走，就一咬牙答应了胡国强。虽然对胡国强缺乏信任，但谷建疆无计可施，只好死马当作活马医，胡国强善走旁门左道，凡人俗世，旁门左道往往比沧桑正道更容易达到目的。

胡国强找牛主任请病假，捂着肚子皱着眉头，比女人临产表情还痛苦，说拉肚子，请假回场部医院看病。牛主任不相信，说他没病装病偷奸耍滑，尾巴一撅就知道他拉什么屎粒子。

"主任，真拉肚子，不是拉屎粒子，是拉稀，一天拉十几回，肠子都拉出来了，浑身拉软了，铁锹都拿不动，根本没法干活。"说着，胡国强掏出一包天池烟，塞到牛主任的卡外套兜里，继续捂着肚子哼哼。牛主任绷着的脸松开了，批了他两天病假。

两天后，胡国强回到石灰窑。谷建疆心里挂念着牛仔裤的事，胡国强诡异地对他挤眉弄眼，看看周围有人，拉着谷建疆去厕所。厕所里有人蹲着吭哧吭哧便秘，胡国强给谷建疆使个眼色，俩人也蹲下来，假装解手。那个人终于走了，谷建疆立刻提起裤子，问胡国强牛仔裤卖了吗。胡国强慢悠悠起身，边系皮带翘着下巴对他微笑，笑得谷建疆火烧火燎。胡国强从口袋里掏出一卷钞票，用皮筋绷着，在谷建疆眼前晃晃："九条牛仔裤，一条十五块，总共一百三十五块，一分不少。"

谷建疆拿着钱，手微微颤抖，有点恍惚，全然感觉不到厕所里刺鼻辣眼的氨气和苍蝇的轰鸣。

胡国强说："说好了，做广告的那条牛仔裤归我了。"

谷建疆不但送了一条牛仔裤给胡国强作为酬劳，还抽出五块钱，额外嘉奖了他。胡国强尝到了甜头，催着谷建疆再去进货，多进点，销路包在他身上。

初战告捷，除下成本和大头的提成，再扣除送给胡国强的牛仔裤及五元奖励，谷建疆净赚了三十三块五毛，快顶上他一个月的工资了。谷建疆兴奋得睡不着觉，脑子里噼里啪啦拨拉着算盘珠子，眼前闪耀着通向未来的金光大道。

第二天，谷建疆向牛主任请假，不能学胡国强装病，也装不像，牛主任不会相信。谷建疆想说爸妈生病住院了，不吉利，灵机一动，就说家里给他说了个对象，要见面相亲。这个理由好，吉祥，喜庆。谷建疆借鉴胡国强的经验，事先在小卖部买了盒雪莲烟，一包水果糖，塞给了牛主任，牛主任装模作样拿把了一下，就批了假，还说等谷建疆结婚时，要去喝喜酒。

谷建疆直奔县城，把所有的钱交给了大头，大头抽取了三成所得，把剩余的钱还给了他，大头说："没错吧，比上班挣得多吧？"

"和上班没法比，一个天，一个地。"由于兴奋，谷建疆的脸上泛着光。

大头说："时代不同了，只要敢干肯干，就能活得滋润。"

谷建疆再一次对大头的知遇之恩表达了一番感谢，请大头喝了顿酒，又带了二十条牛仔裤，心花怒放地回到了石灰窑。胡国强故伎重演，牛主任坚决不准假，他只好下午下班骑着车赶回甘泉子卖牛仔裤，第二天天不亮，再骑车赶回石灰窑上班，由于缺觉，干活时打瞌睡，差点一头栽进滚烫的窑洞里。

胡国强通过熟人推销牛仔裤，先是找同学朋友，同学朋友又介绍新的买主。刚开始确实好卖，慢慢就有了问题，熟人资源毕竟有限，不是长久之计，真要想把生意做大，必须得全力以赴，鱼和熊掌不可兼得，这个道理谷建疆懂，上学时课文里学过。

谷建疆偷偷卖牛仔裤，很快就传到了牛主任的耳朵里，牛主任找他谈话，严厉批评他不安心工作搞投机倒把，提醒他坐过牢有前科，不能穿新鞋走老路，如果再二进宫，这辈子就永世不得翻身了。谷建疆申辩，现在国家允许做买卖，不是投机倒把，牛主任很不高兴，勒令他做深刻的检查。谷建疆正犹豫着写不写检查，放炮炸山的时候出事了。

那天，太阳很毒，把石灰窑晒成了烙饼的锅。谷建疆和小四川一起放炮炸山。小四川比谷建疆大两岁，矮瘦，参加过高考，离大学录取分数线只差三分。小四川老家在四川山区农村，很穷，家里没钱再供他复习考大学，他跟着同乡跑到了新疆打工挣钱，梦想着有一天再考大学。几年过去了，小四川日渐沧桑，大学梦渐行渐远，偶尔想起曾经离大学仅有三分之遥，暗自悲叹，人得认命。谷建疆双手扶着钢钎，小四川抡起铁锤砸下，钢钎在他手中抽搐，震得他手臂发麻。打好眼，装上炸药，小四川双手做喇叭状，伸着脖子冲山下高喊："点火喽，放炮喽——"

小四川瘦小，嗓门却很大，喊声传遍了石灰窑，随着风飘向远方。小四川喜欢点炮前的呐喊。喊毕，小四川站在山岩上，点上一支烟，幽幽地吸一口，烟雾从鼻腔里徐徐喷出，风吹动着他的头发衣衫，他用家乡方言叹道："好安逸哟！"

小四川点燃了导火索，和谷建疆躲藏到远处的岩石背后，等待着惊天动地的巨响。接连响了两声，哗啦啦的碎石声和沸腾的烟尘散尽，第三声爆炸迟迟不来。又等了一会儿，依然一片寂静，小四川嘀咕："哑炮了。"小四川从岩石后面出来，向炮眼走去，突然一声巨响，小四川像一截树桩被连根拔起，随后跌落在了谷建疆的面前。小四川被一块飞石击中了太阳穴，脑袋像一个摔烂的西瓜。很长时间，谷建疆都走不出小四川死亡的阴影，闭上眼睛，小四川死亡的惨相便浮现在眼前。

小四川的死，坚定了谷建疆辞职的决心。谷建疆辞职当个体户，谷满仓担心，个体户终归不牢靠，别看眼前能挣几个钱，哪天政策一变，当资本主义尾巴割了怎么办？安娜说："老脑筋，都什么年代了，还割资本主义尾巴。"

谷满仓说："花无百日红，不管啥年代，谨慎点没坏处，小心行得万年船。"

安娜说："脑袋别在裤腰带上，这饭碗不要也罢，啥都没命重要。"

谷满仓说："凡事得往长远里看，没有远虑，必有近忧。"

安娜说："退一万步说，真要有那么一天，建疆没饭吃了，我就养他一辈子。"

谷满仓想想安娜说得有道理，就不再反对，由着谷建疆辞去了石灰窑的工作，摆摊当个体户。谷满仓跟安娜商量，把省吃俭用存的一千块钱取出来，给建疆用，做生意得有本金。谷建疆坚决不要爸妈的钱，谷满仓说就当借的，等挣了大钱再还他们。

按谷建疆的本意，想去县城摆摊，县城人多，又远离甘泉子，没人认识他，自在。大头建议他开拓甘泉子市场，县城虽然人多，做买卖的也多，光卖牛仔裤的就有七八家，而且还在不停地增加，看别人干啥挣钱，很快就会有人跟风而来。相对县城甘泉子滞后一点，还没人摆摊，应该抓住商机。干什么都得趁早，所谓的成功，就是比别人看得远一点，早走那么一步。谷建疆听从了大头的建议，在甘泉子摆起了摊，专卖牛仔裤，货还是从大头那里拿，三七分成。胡国强也辞了石灰窑的工作，要和谷建疆一起干。胡国强机灵，脸皮厚，能说会道，具备买卖人的潜质，他也需要个帮手，就答应了他。

谷建疆的服装摊生意很火，赶时髦的年轻人争相抢购，最火的一天卖出去二十三条牛仔裤。胡国强也很卖力，从早到晚不停地吆喝："牛仔裤牛仔裤，正宗香港牛仔裤，走一走看一看了，过了这村可就没这个店了哎……"吆喝累了，胡国强端起大罐头瓶咕咚咕咚喝水，谷建疆夸他是天生做买卖的材料，他得意地挑起大拇指，戳戳胸口，"天生我材必有用。"

一天下午，谷建疆正准备收摊，冯燕出现在他的面前，想买一条牛仔裤。她说："医院不少护士在你这买了牛仔裤，想看看有没有适合我的。"

谷建疆说："真不巧，这批货全卖完了，明天我去县城进货，专门给你带一条。"

冯燕说："听说你的生意很火，果真如此。"

谷建疆咧嘴笑着，一时不知道说什么。冯燕走了，谷建疆望着她的背影出神，她扬起手拢了拢头发，优雅中透出一丝柔媚。

第二天去大头那里进货，谷建疆特意为冯燕选了一条牛仔裤，品牌款式和质量，都与众不同。一路上，想着怎样送给冯燕，如果她不接受怎么办。他真心想送她一条牛仔裤，为她曾经去监狱看望过他，为她说过的激励他的话。

谷建疆在场医院大门外等候冯燕,他想进去找她,担心碰见王平安尴尬,就让人带话叫她出来。望着冯燕穿着白大褂款款走来,谷建疆的心咚咚咚直跳。他把装着牛仔裤的塑料袋递给她,脸火辣辣的,说话舌头打不过弯来。他说:"不知道合适不合适,你试试,不合适再换。"

冯燕看看塑料袋里的牛仔裤,说道:"前天我就随便一说,你竟然这么上心,还专门跑一趟。"谷建疆谎称是顺路,冯燕问他多少钱,他说不要钱,她顿时认真起来,"那怎么行,你不收钱我就不要了。"他只好按普通牛仔裤的进货价,收了她七块钱,其实她这条进价就二十块。

离开医院,谷建疆到百货商店买了两瓶汾酒,又去市场买了鱼、肉,送回了家。傍晚收摊回来,谷建疆见鱼和肉只做了一部分,问母亲为什么不全做了,安娜说要留着慢慢吃,他说:"全都做了,不要留,现吃现买。"

安娜说:"又是鱼又是肉的,得花多少钱呀?你辛辛苦苦摆摊能挣几个钱呀。"

谷建疆说:"反正比石灰窑挣得多。"

晚上,谷建疆和谷满仓喝酒,两杯酒下肚,谷满仓回想起几十年一路走来,不由得感伤,眼泪不知不觉流了下来。

谷建疆说:"爸,现在日子好了,该高兴才对,怎么还伤心了?"

谷满仓抬起粗大的手掌抹下脸,说:"高兴,高兴,爸是高兴。"

谷建疆送给冯燕牛仔裤的时候,被胡国强他妈黑牡丹看见了。黑牡丹头疼，去医院开止痛片，无意间看见谷建疆和冯燕站在医院大门附近的杨树下，谷建疆把一个塑料袋给了冯燕。黑牡丹好奇，想知道塑料袋里是什么，冯燕只朝袋子里看了看，并没有把东西掏出来。黑牡丹支棱着耳朵，也听不见他们说什么，怕被发现又不敢靠近，急得心头痒痒。谷建疆走后，黑牡丹立马去找荞麦，阴阳怪气地说看见她的宝贝女儿了。荞麦打心眼里不待见黑牡丹，说道："整天鸭子一样呱呱呱地满街跑，甘泉子你哪个看不见？"

黑牡丹说："你说得没错，看见你们家冯燕没啥稀奇，稀奇的是跟她在一起的人。"

黑牡丹卖着关子，等着荞麦追问，荞麦说："有屁快放。"

"谷建疆！"黑牡丹把看见谷建疆和冯燕在一起的情景，添油加醋地描述了一番，"谷建疆还送冯燕东西，俩人有说有笑，亲热着呢，一看关系就不一般。"荞麦不许黑牡丹胡说八道，冯燕和谷建疆根本就没来往。黑牡丹对天发誓，要是有半句假话，天打五雷轰。

黑牡丹的话像根棍，搅得荞麦心里乱成一团。冯文杰回来，她把黑牡丹的话跟他说了一遍，他不以为然，黑牡丹是甘泉子出了名的喇叭筒，她的话不必当真。荞麦是个急脾气，等不及冯燕下班，非要去医院问她，冯文杰劝住了她，冯燕和谷建疆是同学，碰见了说说话也是人之常情。

荞麦说："不仅仅是说说话，谷建疆还送燕子东西。"

冯文杰说："等燕子回来问问怎么回事不就清楚了，别瞎琢磨。"

荞麦说："谷建疆坐过牢，连个正经工作都没有，躲还来不及呢，燕子不许跟这种人来往，说话也不行。"冯文杰不再说话，说也没用，他说服不了荞麦，索性就不说了。

冯燕下班回来，一进门，荞麦就追着问她和谷建疆见面的事，冯燕敷衍说，正好碰见，便聊了几句。荞麦又问谷建疆给她送了什么东西，冯燕说："妈，你累不累呀？"任荞麦啰唆，冯燕不接话茬，实在受不了，进了自己屋，"砰"的一声，把荞麦连同她的喋喋不休，都关到了门外。

第二天一早，荞麦见冯燕穿上了牛仔裤，断定是谷建疆送的，整个甘泉子只有谷建疆卖这种兜屁股蛋子的裤子。冯燕说裤子是她买的，和谷建疆没关系。冯燕懒得跟荞麦啰唆，早饭也不吃就上班去了。想来想去，荞麦觉得有必要找谷建疆谈谈。

谷建疆送走一位顾客，一扭脸看见荞麦站着，很惊讶，急忙搬来一个小板凳让她坐，又吩咐胡国强去旁边小商店买汽水。荞麦坐在小板凳上，喝着汽水恭维了一番谷建疆生意好。汽水喝完了，荞麦忍不住打了个嗝，要和谷建疆说几句话，胡国强在说话不方便，她指了指斜对面一棵榆树，让谷建疆去那说。谷建疆不知道荞麦葫芦里卖的什么药，狐疑地跟着她来到榆树下。

荞麦说："建疆，你是阿姨看着长大的，虽说坐过几年牢，本质不坏。"

谷建疆说："阿姨，有什么话你就直说。"

"你跟冯燕是同学，碰见了打个招呼聊几句很正常。"荞麦干咳了两声，继续说，"冯燕已经有对象了，是县医院院长的儿子，正准备调冯燕去县医院工作。"她又干咳了两声，"我的意思是，你别跟冯燕走得太近了，免得叫人误会说闲话，影响不好。"

听锣听声，听话听音，谷建疆明白了荞麦找他的目的，忍着心头的不快，平静地说："阿姨，你误会了。"说完，转身走出了树荫，阳光像箭一样射下来，刺穿了他的胸膛。

六

　　一瓶伊力老窖下去了大半，谷丰和江涛都进入了微醺状态，气脉通畅，本真自然。谷丰说："我曾经问过我爸，是不是喜欢冯燕，他说冯燕善良，冯燕离开甘泉子以后，他有一段时间很失落，也很消沉。"

　　江涛说："彼此好感肯定有的，冯燕能去探视你爸爸，充分说明，她对你爸爸怀有特殊的情感。"

　　谷丰说："我爸爸也说过这个问题，当时他的心全在马秋玲身上，没有注意冯燕。仔细想想，冯燕对我爸爸是有好感的，她性格文静内向，不轻易表露出来。"

　　江涛说："冯燕为什么要离开甘泉子？虽然母亲反对她和你爸爸交往，如果坚持，还是有可能走到一起的，社会发展进步，进入了改革开放的时代，一切都在变，观念也在变。"

　　谷丰说："和胡国强有关。胡国强改变了冯燕的命运。"

上中学时，胡国强就暗恋冯燕，经常做出一些自以为出类拔萃的行为，吸引冯燕的注意，比如，上音乐课唱歌，他调门总比别人高，小公鸡打鸣似的抻着脖子唱跑调，惹得同学们哄堂大笑。胡国强得意地偷看冯燕的反应，她没有笑，静静地坐着，仿佛什么都没有发生。再比如，胡国强代表班级参加学校的篮球比赛，冯燕和同学们围在球场边观看，他一边运球一边朝冯燕瞄，故意拿捏着姿势左躲右闪，不及时把球传给队友，结果把球带丢了。有一次，胡国强得到了球，为了在冯燕面前展示三大步上篮，跃起投篮的一瞬间，被对方防守队员死死地盖了帽，一屁股坐在了地上，伤了尾骨，一个多月直不起腰来，走路撅着屁股，像只鹅。放学回家，胡国强会悄悄跟在冯燕后面，直到她像小白杨一样的背影消失在家门口。有一次，胡国强悄悄地跟随着冯燕，她猛然转过身来，吓得他兔子似的蹲到路边的林带里。

"别躲了，早看见你了。"胡国强从林带里出来，满脸通红，对冯燕讪笑。她怒视着他，目光凌厉，"为什么跟着我？"

"我没有跟着你，我回家。"胡国强嬉笑着。

冯燕说："根本就不是一个方向。"

胡国强说："我喜欢走这条路。"

冯燕说："胡国强我警告你，如果再跟着我，我就喊人抓流氓。"

胡国强说："我没耍流氓，我就是想看看你。"

"我不想看见你。"冯燕转身走去，坚定昂然，像电影里的女英雄。

高中毕业，冯燕考上了地区卫校，胡国强去了石灰窑烧石灰，人生的距离骤然拉开,冯燕像一抹彩虹,从他的生命中消失了。没想到,冯燕卫校毕业又回到了甘泉子,成了场部医院的护士,胡国强似枯木逢春,找各种借口往医院跑,接近冯燕。三年卫校上下来,冯燕开阔了眼界,性格也发生了变化,开朗了许多,也能自如应付胡国强的胡言乱语。

那天,冯燕跟谷建疆说想买牛仔裤,被胡国强听见了。新货到了以后,胡国强偷偷地藏起了一条,准备送给冯燕。胡国强看见冯燕身上穿着牛仔裤,款式质量显得更加高档,直觉告诉他,牛仔裤是谷建疆送的。胡国强犹豫了一下,要把带来的牛仔裤送给她,她断然拒绝。胡国强看着冯燕身上的牛仔裤,说道:"谷建疆送的吧?"她微微一笑,转身离去,牛仔裤很合身,巧妙地凸显了曲线。

胡国强回到服装摊,谷建疆正在清点货物,还没开张,莫名少一条裤子。胡国强东拉西扯,让谷建疆再好好数数,他假装清点货,趁谷建疆没注意,把偷走的牛仔裤塞进了一摞裤子中间。

"你数了多少条?"胡国强边数牛仔裤边问谷建疆。

"二十五条。"谷建疆说,"应该二十六条呀,男式十五条,女式的十一条,少了一条女式的。"

胡国强说:"是二十六条,没错呀。"

谷建疆又数了一遍,果然是二十六条:"奇怪,刚才数了好几遍,都是二十五条。"

一位姑娘看牛仔裤,胡国强热情推荐,姑娘问价钱,他说:"别人二十五,像你这样的模特身材,就当替我们做广告了,不赚你钱,成本价给你,二十。"

姑娘长了龅牙，嘴巴向外凸，被胡国强忽悠得心花怒放，捂着嘴"咯咯咯"地笑。姑娘开开心心掏钱买下了牛仔裤，夸张地扭着屁股走了。胡国强右手拿着两张钞票，朝左手掌上啪啪啪甩了几下："老板，大团结两张。"

谷建疆说："别太黑了，差不多就行了，最多十八一条，榔头别举太高。"

胡国强说："钱又不咬手，一个愿打一个愿挨，不赚白不赚。"

谷建疆说："君子爱财，要取之有道。"

胡国强不和谷建疆争，小鸡不撒尿，各有各的道。胡国强经常背着谷建疆高价卖货，一条牛仔裤可以高出六七块的价格，偷偷吃差价。随着生意越来越好，胡国强建议谷建疆摆脱大头，直接去南方进货，那样利润会更高。谷建疆想过这个问题，在他一无所有的时候，是大头帮了他，做人不能见利忘义。看谷建疆犹豫不决，胡国强就自作主张，跑到县城跟大头说，谷建疆想自己干，又碍于面子开不了口，就派他来商谈。大头很生气，他不是生气谷建疆要摆脱他另立门户，他生气谷建疆小肚鸡肠，有话不亲自跟他说，还派个下手来，摆谱装大尾巴狼。谷建疆再去县城提货，大头就不给他，脸也板得三九天的钢板似的。谷建疆不明就里，和大头开玩笑，是不是不认他这个弟弟了，大头说："你哪是弟，你是爷！"

弄明白了大头生气的缘由，谷建疆很气愤，再三解释没有派胡国强来找他，是胡国强自作主张。大头将信将疑，如果谷建疆没有自己干的想法，胡国强咋会想起来找他？大头说："我最恨花花肠子玩心眼，有啥想法你直接跟我说，我是不通情理的人吗？再说了，我稀罕你那点提成？你一天才卖几个钱？"任凭谷建疆怎样赔礼道歉，大头坚决不再供他货，断绝了往来，一别两宽，各自安好。

从那以后，谷建疆只好亲自跑广东进货。初到广东，谷建疆像刘姥姥走进了大观园，贸然撞进了一个新奇的世界。谷建疆把牛仔裤、电子表、太阳镜、游戏机、T恤、蝙蝠衫等等，源源不断地倒腾到了甘泉子，生意越做越大，租了门面，有了自己的店铺。

胡国强终结了谷建疆和大头的兄弟情义，谷建疆要开了他，胡国强说他没有恶意，是真心为生意着想。谷建疆想想自摆摊以来，胡国强和他一起同舟共济，出了不少力，帮了不少忙，说不上是同甘共苦的兄弟，也算上是有福同享的伙伴，心一软留下了他。后来又发生一件事，彻底摧毁了他们的关系。那件事和冯燕有关。

自从荞麦找了谷建疆以后，谷建疆就刻意回避冯燕。虽然心里郁闷，但他能理解一个母亲的心，相比县医院院长的儿子，任何一个母亲都不希望自己的女儿，和一个坐过牢没有工作单位的个体户产生瓜葛。冯燕感觉到了谷建疆态度的变化，直到有一天，她知道了母亲找过谷建疆，才恍然大悟，为此和母亲生气，郁郁寡欢。一天，一个中学同学以过生日为由头，请了几个要好的同学聚聚，冯燕也去了。其实，她不太喜欢聚会，那段时间跟母亲生气心情烦闷，想趁机散散心。谷建疆和胡国强也参加了，冯燕故意不看谷建疆，和其他同学高声说笑，做出很开心的样子。

过生日的是个女同学，在加工厂做豆腐，身上弥漫着酸豆浆的味道。开始的时候，男生喝白酒，女生喝汽水。喝了一会儿，女同学换成白酒，敬大家。冯燕也把汽水换成了白酒，满桌为她鼓掌叫好。谷建疆担心，劝冯燕喝汽水，众人起哄，冯燕难得豪爽一回，同学们聚在一起，就是要开心尽兴。喝到一半，谷建疆突然恶心呕吐，先告辞了。喝到最后，女生们都换了白酒，有两个不知道喝出了什么伤心事，相互搂着脖子哭。

一个叫张爱国的同学出去撒尿，胡国强跟了出去。俩人并排对着墙根撒尿，胡国强问张爱国他爸妈回老家探亲回来了没有，张爱国打了个酒嗝说没有。胡国强说："把你家钥匙给我。"

"干什么？"张爱国又打了个嗝。

"今晚你就别回家了。"胡国强掏出一张十元钞票，塞到张爱国手里。

张爱国看看手里的钞票，疑惑地看着胡国强："你想把冯燕给办了？"

"少废话，钥匙。"胡国强朝张爱国伸着手，向黑夜张望一眼。张爱国犹豫着把钥匙放在胡国强手里，胡国强拍拍他的肩膀，"不该问的别问，你啥都不知道，记住了。"

胡国强睁开眼，天已大亮，瞬间的恍惚之后，注意到了身边依然在昏睡的冯燕，一阵惶恐。昨晚怎样背着冯燕，迷迷糊糊来到了张爱国家，怎样迷迷糊糊把她放到床上，接下来迷迷糊糊发生了什么，像浸泡在显影液里的胶片，渐渐清晰起来。他慌乱地穿上衣服，想夺门而逃，这时，冯燕醒了。冯燕睁开眼，看见胡国强站在面前，蓦然意识到发生了什么，惊叫一声，紧紧地抓着被子，身体剧烈地颤抖。胡国强嗫嗫巴巴地说："昨晚你喝多了，就，就睡这了。"冯燕瞪着胡国强，眼睛燃烧成了两团烈焰，胡国强扑通跪在了她的面前，"冯燕我对不起你，我不是人，我是王八蛋，我喜欢你，上中学时就喜欢你，真心的，我要娶你，和你结婚。"

"滚，滚——"冯燕的声音变了形，像荒原深处母狼绝望的嚎叫，吓得胡国强惶恐而逃。

冯燕一夜未归，荞麦和冯文杰并没有太在意，以为她临时调了夜班，这样的事情经常有，习以为常了。正准备吃早饭，冯燕回来了，荞麦随口问她吃早饭没有，她一言不发，低着头进了自己房间，关上了门。荞麦正在往碗里盛苞谷糊糊，感觉不大对头，左手端着碗，右手举着勺，疑惑地望着冯燕关上的房门，叫了两声燕子，不见回应，扭脸探询地看着冯文杰说："不会有啥事吧？"

冯文杰说："可能工作不顺心，休息一会儿就好了。"

荞麦喝了口糊糊，心里乱糟糟的，盯着冯燕紧闭的房门，愣怔了一会儿，放下碗筷，起身走上前去，推了推门，门被反锁上了。她轻轻地敲了敲门："燕子，燕子。"没有回应，她伸着耳朵贴门上听听，又敲了敲，提高了声音叫了两声，依然没动静。荞麦慌了，冯文杰也觉出了异样，奋力一脚踹开了房门。冯燕躺在床上，一只胳膊垂着，血顺着手腕滴到地上，积了一片，像扔在地上的红绸缎。荞麦惊叫着扑向冯燕，冯文杰撕了条被单缠住了冯燕的手腕，背起她就往医院跑。荞麦紧跟在一旁，举着冯燕割了腕的左胳膊，一边跑一边呼叫着，跑掉了一只鞋，碎玻璃扎烂了脚底板，也感觉不到疼。

正是上班时间，街上人来人往，人们惊愕地望着疯狂奔跑的冯文杰和荞麦。有几个热心肠，也大呼小叫地跟着往医院跑。一个敦实的妇女提着荞麦跑丢的一只鞋高喊："鞋，鞋！"

王平安上夜班，和刚上班的孙明祥交完班，正准备下班，外面传来一片叫嚷声。孙明祥走出医生办公室，看见冯文杰背着冯燕，前呼后拥跑进了医院。

放下冯燕，冯文杰瘫倒在地上，荞麦哭喊着往急救室里冲，孙明祥劝住了她。几个陪着跑来的热心肠也顾不上上班，和荞麦、冯文杰一起，守在急救室外，对冯燕割腕自杀的好奇，远大于对她生命的关心。

幸亏抢救及时，冯燕起死回生。孙明祥安慰荞麦和冯文杰，冯燕已经脱离了危险，他劝围观的人们该上班的上班，该回家的回家。人们打探不到冯燕自杀的原因，带着遗憾离去，边走边相互猜测议论冯燕为什么要自杀，越猜测越觉得蹊跷。

快到中午了，王平安才离开医院。经过谷建疆的服装店，说了冯燕割手腕自杀的事，谷建疆很惊诧。胡国强正举着竹竿往墙架上挂衣服，心里一慌，举起的衣服掉在了地上，他像被点了穴，拧着脖子呆望着王平安，问道："冯燕死了？"

王平安说："万幸，她爸妈及时发现送医院，捡了条命。"

胡国强一屁股坐在圆凳上，满脑门的汗。谷建疆疑惑地问胡国强哪不舒服，他谎称突然肚子疼，回家吃点药睡一会儿。

胡国强离开服装店没有回家，他去了医院。在冯燕的病房门外徘徊了很久，胡国强鼓起勇气进了病房。冯燕静静地躺在床上，闭着眼睛，脸色跟盖在身上的被单一样白，吊瓶里的药液，缓缓滴进了她的身体。

胡国强出现在病房，荞麦和冯文杰很意外，他们看看胡国强，又相互看看。荞麦说："国强，你怎么来了？"

胡国强扑通跪在了荞麦和冯文杰的面前，吓了他们一跳。胡国强说："叔叔阿姨，我对不起你们，对不起冯燕。"荞麦和冯文杰蒙了，脑子一时转不过弯，不明白胡国强唱的哪一出。"我要和冯燕结婚，一辈子对她负责。"

荞麦和冯文杰回过神来，隐约意识到冯燕的自杀跟胡国强有关。荞麦慌忙关上了病房的门，压着嗓子问："你把燕子怎么了？"

胡国强抬手扇自己耳光："我不是人，我是畜生。"

冯燕醒了，看见胡国强，皱了皱眉头说："出去，你出去。"胡国强不知所措，她虚弱地嘶喊，"滚出去！"冯燕像是用尽了全身的气力，痛苦地喘息。

胡国强出了病房，荞麦不安地问冯燕："燕子，胡国强把你怎样了？"冯燕拉起被子蒙住了头，压抑地哭泣。荞麦明白了，昨晚冯燕一夜未归不是上夜班，是跟胡国强有关系，挨千刀的胡国强，毁了她的宝贝女儿。怒火点燃了荞麦，她的身体化为一柄熊熊燃烧的火炬，叫喊着要杀了胡国强，要把他送进监狱，要让他把牢底坐穿。

"冷静点，想让整个甘泉子都听见呀，光彩呀！"冯文杰压着嗓子怒斥荞麦。

冯文杰的话点醒了失去理智的荞麦，她安静了下来，无助地看着丈夫："你说该咋办，不能便宜了胡国强这个王八蛋。"冯文杰沉沉地叹口气。

冯燕割手腕自杀，一时成为人们议论的话题，各种传言四起。冯燕走在街上，能感受到众人投向她的诡谲目光和窃窃私语。冯燕身体恢复后第一天上班，在医院大门口附近，胡国强拦住了她，她不理他，低着头继续走，他抓住了她的胳膊，她想挣脱，他抓得很紧。"放手！"她左右张望，担心被医院的同事看见。

胡国强说："那天我喝多了，不该那样，我是真心喜欢你的，我向毛主席保证，要是有半句假话，天打五雷轰。我要和你结婚。"

"我宁愿死，也决不嫁给畜生。"冯燕用力挣脱了胡国强的手。

"你不答应，我就去派出所自首，说我强奸了你，我去坐牢。"冯燕怒视着胡国强，他一副决绝的神情，莫名的恐惧，蚂蟥一样攫住了她。

胡国强像一片阴云，在冯燕的脑子里挥之不去，她无法集中精力工作，时常忘记了给病人打针，病人家属催问，她才恍恍惚惚拿起药品和注射器，结果用错了药，险些闹出人命。病人家属不依不饶，告到了场部，要挟场领导开除冯燕。孙明祥作为医院院长，主动担责，极力为冯燕开脱，总算保住了她的公职，但调离了护士岗位，去后勤打杂。

胡国强前前后后又纠缠过几回冯燕，向她表白，都遭到了拒绝。有一次，胡国强又以去派出所自首相要挟，她冷冷地说："你就是去北京自首，我也不会跟你结婚。"攻不破冯燕，胡国强改变了战略，开始攻她的爸妈。冯燕爸妈也看不上胡国强，特别是荞麦，态度强硬，有一回还动手打了他。黔驴技穷，胡国强决定铤而走险。那一天，冯燕休息，胡国强去她家找她，被荞麦挡在了门外，他突然拔出一把刀，寒光四射。荞麦以为胡国强要杀她，惊叫着杀人了，杀人了！叫声惊动了冯文杰和冯燕，他们从屋子里跑出来，看见胡国强手里攥着刀。

冯文杰说："国强，把刀放下，有话好好说。"

胡国强说："我想好好说，是你们不听，不想让我好好说。"

"听，我们听，你先把刀放下，好好说。"冯文杰伸着双手，向下压着手掌，示意胡国强冷静。

胡国强说："我喜欢冯燕，我要和她结婚。"

冯燕说："胡国强，你以为拿把刀虚张声势，我就答应嫁给你了，别做梦了！"

胡国强愣怔了片刻，挥刀在自己的左胳膊上划了一下，血流了下来，像一根蚯蚓在爬，他说："你要是不答应，我就死在你面前。"冯燕漠视着他，他又在胳膊上划了一刀，这一刀比上一刀划得更深，更多的血流淌出来。冯燕别过脸去，他把刀尖顶在了手腕上，一点点用力，刀尖刺破了皮肤，血浸了出来，聚成一朵含苞待放的梅花。

荞麦慌了，惊呼："老天爷，要出人命了。国强，快把刀放下，阿姨答应你，阿姨什么都答应你。"

冯燕转身进了屋，"砰"的一声关上了门。

谷建疆不能原谅胡国强，坚决辞退了他。胡国强不生气，还满面笑容说，等和冯燕结婚那天请谷建疆喝喜酒。胡国强背地里私自吃差价，谷建疆睁一只眼闭一只眼，不跟他计较，为一点钱伤了同学情义不值，胡国强对冯燕的非礼行为，让他无法容忍。谷建疆不相信冯燕真心想与胡国强结婚，劝她不要一时冲动，酿成一辈子的痛苦，胡国强是苦肉计，千万别上当。冯燕凄然一笑："就算是苦肉计，起码他敢演。"谷建疆脸上一阵发烧，感受到了她的幽怨。

和冯燕结婚以后，胡国强也准备开服装店，要挣很多很多的钱，让冯燕过上好日子。胡国强夸夸其谈，冯燕不接他的话茬，他说什么干什么，都与她无关。胡国强为了让冯燕开心，不惜委屈自己，说好话，赔笑脸，对自己爸妈都做不到。随着时光流逝，冯燕对胡国强的怨恨也在慢慢消散，她告诫自己，既然嫁给了他，就努力接纳他，女人嫁男人，不就图个被宠被爱吗？虽然心里松动，冯燕表面上对胡国强依然冷漠，他以不光彩的行为得到了她，成为她心头的一块疤，永远无法彻底抹去。

开店需要本钱，胡国强没钱，就找爸妈借。他爸老胡财迷，有钱也舍不得花，喜欢存着，就不想借。胡国强家他妈黑牡丹当家，老胡得看老婆的脸色行事，黑牡丹愿意把钱借给儿子，老胡就不敢再吭声。夜里，老胡躺在床上睡不着觉，心疼他的钱，像蹦上河岸的鱼一样，不停地扑腾翻身叹气，屁股撞着了黑牡丹。黑牡丹打着呼噜睡得正香，突然惊醒很恼火，骂老胡是属驴的，炸蹶子。老胡说："肉包子打狗喽。"

黑牡丹说："啥肉包子打狗？发癔症呢？"

老胡说："钱，钱给了国强，不就是肉包子打狗，你还能指望要回来？"

黑牡丹胳膊肘杵了老胡一下："国强是你儿子，你是他爹吗？闭嘴，睡觉。"

老胡不敢再吱声,也不敢再扑腾。黑牡丹从小就惯儿子,胡国强把冯燕娶回家,儿子在她的眼里更加地了不起,不管用什么方式,过程手段不重要,只要能冲上山头插上红旗,就是胜利。

胡国强把服装店开在了谷建疆的对面。胡国强跟着谷建疆干了一年多,建立了不少客户关系,看见老客户去谷建疆的店,他立刻甜言蜜语迎上去,往自己店里死拉硬拽。胡国强低价销售,抢了谷建疆不少的生意,一个月下来,挣的钱差不多抵冯燕半年的工资。他把钱堆在冯燕面前,说:"全是你的。"

冯燕看着眼前的钞票,从来没有一下子拥有过这么多的钱,心扑通扑通直跳,表面上却装出波澜不惊的样子,说道:"钱是你挣的,跟我有什么关系。"

"我挣的钱就是你的,这个家所有的一切都是你的,连我这条命都是你的。"胡国强的话,让冯燕心头一热,胡国强又说,"我要挣很多很多的钱,让你成为甘泉子最幸福的女人。"

"钱多钱少我不在乎,只要平安踏实过日子就好。"冯燕在看护理学方面的书,胡国强随口说,都不当护士了,看那有啥用。

胡国强的话,勾起了冯燕痛苦的记忆,她说:"我为什么当不成护士,你心里不明白?"胡国强有点尴尬,嘿嘿一笑,拉起她的手打自己的脸,让她出气,她挣脱了他的手,他抱住了她,她没有像以前那样排斥挣扎,任他越抱越紧。

胡国强刚开始卖服装的头几个月赚了钱,半年以后,生意逐渐冷清下来。原因多方面,甘泉子街头卖服装的越来越多,一些商家为了招揽顾客随意降价，恶性竞争，导致利润空间越来越小。随着社会的发展，市场经济繁荣，人们对商品的品质要求日益提高，过去哄抢牛仔裤的景观很难再现。以前跟着谷建疆卖货，胡国强不用操心，只需要把货卖出去就行，自己干了才发现，有太多的心要操，一个细节想不到就会出问题。还有一个重要的因素，胡国强心太黑，敲顾客榔头，时间久了，他的服装店成了闻名的榔头店。

胡国强从早到晚被拴在店里，哪都去不了，喝不成酒，打不了牌，憋得难受，火气越来越大，对冯燕也不像刚结婚时那么有耐心。实在憋不住，就关门和狐朋狗友喝酒打牌。做生意最忌讳三天打鱼两天晒网，一个月下来不但没挣钱，还亏了上千块。冯燕耐着性子劝他，让他把心思放在生意上，别总是喝酒打麻将，像他这样，再火的生意也给做凉了。他听不进去，说她只会朝人屁股上扎针，不懂做生意。冯燕说："不管干什么，都得脚踏实地，别整天做梦天上掉馅饼。"

不到一年，胡国强的服装店开不下去了。那天，胡国强正抖着二郎腿坐在店门口，琢磨着发财门路，朱小军骑着摩托车，屁股冒着烟"突突突"停在了他面前。朱小军是胡国强在县城认识的朋友，路子野人脉广，说是有个大伯在自治区当大官。朱小军摘下头盔，甩了甩头发，学着广东腔说："胡老板，发财呀。"

胡国强说："发财？我他妈想发疯。"

朱小军说："当老板挣钞票，当然是高兴得发疯的啦。"

胡国强说："挣鸟的钞票，两天没开张了。"

朱小军看看墙架上挂着的服装，说如今做服装生意的人太多，利小来钱慢，他有个挣大钱的路子，不知道胡国强有没有兴趣。胡国强当然有兴趣,这年头傻子都在做梦发财,挣钱谁会没兴趣。胡国强急忙问朱小军什么挣大钱的路子,朱小军慢悠悠地点上一支烟,吸一口,烟雾呛了眼睛,他又慢悠悠地揉了揉眼睛,吐了口痰,开口说道:"彩电。一台彩电包你赚一千多块,干不干?"

胡国强说:"彩电可不好弄,得有路子。"

朱小军说:"不好弄才挣钱的啦,要是人人都弄得到就不值钱啦。"

"你真有路子,能搞到彩电?"胡国强半信半疑。

"就是这么个事情,要是想挣钱,哥们儿就给你货,没兴趣就算了。"朱小军不看胡国强,一脸的高深莫测,"觉得你人不错,说得来,才跟你通下气,有钱大家一起赚的啦,一般人我也不鸟他。"

"我这是服装店,卖彩电合适吗?万一出了事怎么办?"胡国强动心了。

朱小军说胡国强难怪挣不上钱,富贵险中求,人有多大胆地有多大产。朱小军给胡国强算了笔账,一台彩电最少挣一千五,十台是一万五,二十台就是三万块,简直就跟捡钱一样,靠一件一件地卖衣服,得卖多少件才能挣三万块?胡国强心潮澎湃了,问朱小军能给他几台,朱小军说得看他有多少资金,太多了不行,最多只能给他二十台,一台给别人两千五,给他两千。胡国强心里算了一笔账,两千一台,二十台要四万块,问题是上哪弄四万块钱呀。

朱小军说:"同样的彩电,县百货大楼卖四千,还得凭票走后门,算算,这一下你能挣多少?"胡国强眼前钞票满天飞,答应朱小军要二十台。

冯燕下班回家，胡国强正在翻箱倒柜找银行存折，两张存折总共只有五千多块钱。见冯燕回来，胡国强问她家里有多少钱，冯燕看看他手里的存折说："不都在你手上吗。"胡国强不相信，冯燕不想跟他费口舌，准备做饭，他不让做，要下馆子吃好的，就要做大买卖挣大钱了，庆贺一下。

冯燕说："连个小店都开不好，还做大生意，做梦吧。"

胡国强说："就算是做梦，也是黄金美梦。"冯燕不理他，开始和面。胡国强不在乎她的蔑视，他现在是虎落平阳，龙卧浅滩，总有一天，他会虎啸龙吟，扬眉吐气。胡国强原想请冯燕下馆子设个鸿门宴，说服她向她爸妈借钱，看她没有出门的意思，又说："做大生意需要本钱，咱就这点钱，不够，我跟我爸妈借点，你也跟你爸妈说说，让他们支持一点。"

"我爸妈可没钱给你瞎折腾。"冯燕和着面，头不抬一下。

胡国强说："又不是白给，挣钱了就还他们，给他们利息，高出银行两倍，三倍也行。"

冯燕说："你要是没挣到钱呢？"

胡国强说："什么话，咋可能，我算了，一笔下来少说挣两三万。"

冯燕说："踏踏实实把服装店开好比什么都强，别总想着天上掉馅饼，小心砸死。"任胡国强怎样哀求，冯燕坚决不向她爸妈借钱，她陪着他折腾是在劫难逃，是命，不能再把父母搭进去。

胡国强的爸妈做不到袖手旁观，从小对他就是有求必应，虽然他爸老胡掏钱时心疼，也就是嘟囔几句，钱一分不能少。胡国强开服装店，他爸妈给了他三千块，现在又要钱，开口就是有多少出多少，把他妈黑牡丹都吓住了。爸妈架不住胡国强软磨硬泡，最终被他的发财梦想蛊惑，把省吃俭用大半辈子的积蓄全部给了他。胡国强又东挪西借，凑够了四万块钱，关了服装店，跟着朱小军踌躇满志地南下，挣大钱去了。

　　胡国强刚走两天，孙明祥院长找冯燕谈话，医院决定恢复她的护士工作，她悲喜交加，当时就哭了，郁积在心头的委屈与无奈喷涌而出。晚上，冯燕炒了两个菜，独自喝了点酒。胡国强不在她很自在，想笑就笑，想哭就哭，笑一阵，哭一阵。因为胡国强，工作失误调离了护士岗位，他刚离开家，她就恢复了护士工作，他真是她的克星。当初胡国强以死相逼和她结婚，嫁给他并非是被吓住了，是她自己破罐子破摔。胡国强在她人生道路上挖了一个坑，她闭着眼睛跳了进去。

　　胡国强离家一个多月，冯燕几乎想不起他，回到父母家，爸妈问起胡国强有没有消息，她才蓦然想起他。她不觉得奇怪，她的心里从来就没有他，虽然是夫妻，她和他同床异梦，更像是熟悉的陌生人。

　　一天晚上，冯燕从父母家回来，天很黑，那时候不像现在，到处都是灯光，嚣张地照得夜晚如同白昼，老鼠都不敢露头。她本来要住在父母家，第二天吃完早饭直接去上班，但是借同事的书说好明天要还，书在自己家里，就回了家。到了家门口，她摸出钥匙准备开门，黑暗处晃晃悠悠地拱起一个人来，吓得她惊叫了一声。

　　"燕子，是我。"黑暗中传来了胡国强的声音，干涩疲惫，像腐烂的朽木砸在了地上。冯燕首先想到胡国强被人骗了，从一开始对他就没有信心。他刚开服装店时，她对他还抱有几分期许，他的所作所为，一点一点撕碎了她的幻想。

冯燕给胡国强煮了碗面，他把脸埋进碗里，几口吃光了面，拧着脖子问："还有吗？"她愣怔了一会儿，又给他煮一碗。

胡国强吃完饭，倒头就睡，一直睡到第二天傍晚。冯燕下班回来，胡国强还躺在床上，眼神空洞地望着屋顶，一动不动。她凑近看了看，问道："你从昨天晚上睡到现在？"

胡国强的眼睛动了动，眼珠子滞涩地转向冯燕："燕子，全完了。"说着，"呜呜"地哭，冯燕漠视着他，丝毫不觉得惊讶，从一开始，她就看到了结局。

胡国强跟着朱小军去南方贩彩电，朱小军认识一个走私彩电的大哥，从他手上进货，结果走私大哥被抓，货被查封，胡国强的四万块钱打了水漂。

胡国强的爸爸老胡一听钱没了，急火攻心，一口气没上来，一头栽倒在地，脑血管破裂，抢救了半天也没能救过来，眨眼间人就没了。黑牡丹哭天喊地，哭得胡国强心烦，后悔不该回来，真该听朱小军的，在南方闯一闯，卧薪尝胆，寻找机会东山再起。

老胡死了以后，黑牡丹整天哭哭啼啼，哭自己命苦。胡国强回家看她，她坐在地上，对着老胡的相片拍着大腿哭喊："老头子你好狠心呀，你眼睛一闭清净了，留下我无依无靠吃苦受罪，老天爷，我命咋就这么苦呀，你把我也带走吧……"

"哭哭哭，就知道哭，人死了还能哭回来？"胡国强很烦。

黑牡丹扭过脸，冲着胡国强说："你个没良心的，你爸白疼你一场，你祸害了他的钱，又祸害了他的命，你就是个讨账鬼，我咋养了你这么个不成器的败家子呀……"

胡国强说："有完没完，惹急了一把火把房子点了。"

黑牡丹从地上爬起来，扑向胡国强，双手抓着他的臂膀推搡着："你点，你点，有本事你把我也给点了吧，反正我也活够了，不想活了……"

胡国强挣开黑牡丹的手，摔门而去。黑牡丹的哭声闷在了屋里，听着令人窒息。

七

　　冯燕的人生，坠入了至暗时刻。

　　胡国强自暴自弃，不自我反省，倒把所有失败的根源归咎于他人，甚至认为是冯燕克他，他才做啥啥不成，干啥啥不顺。胡国强打了一宿麻将回来，冯燕正对着镜子梳头，他嬉笑着站在她身后，手搭在了她的肩膀上，烟味和着口臭汹涌扑来，她侧了侧身子，甩掉了肩上的手。

　　"啥意思，嫌弃我呀？"胡国强伸着一张灰败的脸。冯燕不理他，拿起包准备出门，他一把拽住了她，"问你话呢。"说着，抱住了她强吻，她挣扎着，躲避着。他强行把她拖到了床边，按倒在床上，撕扯她的衣服，她抬起脚猛然蹬在他的小肚子上，他仰倒在地。她匆忙起身向门口走去，他爬起来从身后揪住了她的头发，耳光扇在她的脸上。他失去了理智，像一辆失控的破卡车，横冲直撞。

冯燕去上班的路上，碰见了父亲冯文杰。冯文杰发现了她脸上的伤，怀疑是胡国强打的，她搪塞说是不小心碰的。下班回到家，冯文杰和荞麦说起冯燕脸上的伤，荞麦怒火万丈，不听冯文杰的劝阻，怒气冲冲地去找胡国强算账。荞麦冲到冯燕家，胡国强正仰面八叉地躺在床上呼呼大睡。荞麦揪住胡国强的耳朵，他以为在做噩梦，伸手拨拉耳朵，碰到了她结实的手臂。胡国强睁开眼，看见荞麦愤怒的脸，一个激灵睡意顿消，抓起被子遮盖裸露的身体："妈？你咋来了？"荞麦问冯燕脸上的伤怎么回事，他装迷糊。

荞麦正痛骂胡国强，黑牡丹来了。黑牡丹打招呼，荞麦脸黑得像块膏药，撅着下巴撇着嘴不理她。黑牡丹说："亲家咋不高兴呢，到底咋回事？国强惹你生气了？"

荞麦指着胡国强，骂他屁本事没有还有脸打老婆，天底下最没出息的男人才会打老婆。骂着胡国强，荞麦又搂草打兔子，稍带骂起了老胡一家，上梁不正下梁歪，种瓜得瓜种豆得豆，耗子生不出猫来。

"说啥呢？"胡国强忍不住冲荞麦大声吼叫。

"闭嘴，长辈说话，没你插嘴的份儿。"黑牡丹呵斥胡国强。胡国强气呼呼地出去了。荞麦当着面骂胡国强也就罢了，毕竟他做过对不起冯燕的事，顺带连老胡和黑牡丹一起糟践，黑牡丹就受不了了。胡国强虽然对不起冯燕，罪过再大，能大过气死了他爹老胡吗？想到死去的老胡，黑牡丹悲从心头起，坐到床沿拍着大腿痛哭起来。

荞麦乜斜着黑牡丹："上辈子造了什么孽，让燕子进了你们这样的家门。"

黑牡丹的哭声戛然而止，扬起手掌抹把眼泪，说道："荞麦你这叫啥话，我们家怎么了？我们不是皇亲国戚，你们家也不是宰相侯门，乌鸦落在猪背上，别只盯着别人黑。"说着，擤了把鼻涕，甩在了床帮上，"既然把话说到这个份儿上了，那咱就好好说道说道。知道你们压根就看不上国强，看不上我们这个家，自打俩孩子结婚以来，对我们一家老小鼻子不是鼻子眼不是眼的，我们都忍了。做人不能蹬着鼻子上脸吧？你要面子也不能踩别人的脸呀，总得给别人留点脸面吧？冯燕嫁给我们国强，没有人逼她，你和老冯也是同意的，如果你们不同意，还能硬把你闺女绑到老胡家不成？"

荞麦没想到被黑牡丹数落，恼羞成怒："还不都是国强作了孽，燕子怎么嫁到你们家的，你心里不清楚？还有脸说。"

黑牡丹说："没错，是国强作了孽，你们可以告呀，送他进大狱蹲大牢呀，谁也没有硬逼着你们把女儿嫁给我们国强呀。自个儿一身的毛，好意思说别人是妖精。"

荞麦被黑牡丹抢白，气得说不出话来。荞麦本来想教训胡国强，结果反被黑牡丹挤对，恼羞成怒，发誓一定要让冯燕和胡国强离婚。冯文杰劝荞麦冷静，宁拆十座庙不毁一门亲，真离了婚，对女儿也没有什么好处。荞麦在黑牡丹那里受了委屈，本指望冯文杰同仇敌忾，他却和稀泥，于是便把窝在心里的气，一股脑儿冲着他发了出来："冯文杰，燕子是不是你的女儿？女儿受欺负你一点不心疼？你就忍心看着女儿一辈子，毁在那个混世魔王的手里？"

冯文杰说："国强做生意赔了钱，心情不好，夫妻间闹点小别扭可以理解的，相互体谅一下吧。"

荞麦说："你体谅他，他体谅过你吗？体谅过燕子吗？"

冯燕从自己房间出来，荞麦和冯文杰吵得她头疼，她不想回自己家，下了班就到父母家来了，本想躲清静，结果同样兵荒马乱。她说："爸，妈，你们别争了。"

"燕子，胡国强就是个混世魔王，说啥不能再跟他过下去了。"见冯燕从房间出来，荞麦把目标转移到了女儿的身上。冯燕不让荞麦管她的事，荞麦说她是妈，女儿的事就是妈的事，咋能不管。冯燕很烦，不想听荞麦唠叨，准备回自己家。这时，胡国强来了，要接她回家。胡国强站在门口，像个做错事的小学生。

"你还有脸来呀！"荞麦黑着脸。

冯文杰保持着理性，闹得太僵了大家都下不了台，他让胡国强进屋。胡国强突然跪在了地上："爸，妈，对不起，我不该打燕子，我心里烦一时昏了头，都是我不好，我保证以后再不打燕子了。"冯文杰上前拉胡国强，他不起来，"燕子不跟我回去，我就不起来。"

荞麦说："你就是把地跪出窟窿，燕子也不能跟你回去。一个大男人，动不动就下跪，没出息！"冯燕不看胡国强，径自出了门，荞麦冲着她的背影怒吼，"死丫头，不听老人言，吃亏在眼前，有你哭的时候！"

回到家，胡国强百般讨好冯燕，先是给她倒杯水，她不喝。他又准备好洗脸水，让她洗脸，她不理他，甚至不正眼看他。他终于失去了耐心，把洗脸盆掀翻在地："我都给你们全家跪下了，你还想怎么样？"他怒视着她，太阳穴上青筋暴起，像趴着一根蚯蚓。

"离婚吧。"冯燕脸上波澜不惊，平静得让胡国强窒息。

胡国强冷然一笑："离婚？想都别想，除非我死了。"

冯燕说："我打听了，如果我坚持离婚，你不愿意也没用，法院会判的。"

"好啊，那你就试试看，你敢跟我离婚，我就杀了你们全家。"胡国强凶恶的目光，让冯燕不寒而栗，她可以不在意自己，但不敢拿爸妈的生命冒险，她了解胡国强，他性格偏执，冲动起来不顾一切，能做出令人发指的事情来。

胡国强似乎把住了冯燕的脉，越发地肆无忌惮，整天无所事事喝酒打麻将，还经常把人招到家里玩，乌烟瘴气，冯燕稍有不满，他就对她大打出手。胡国强没有收入，全靠冯燕的工资生活，喝酒打麻将需要钱，就向她要，不给就抢。

有一天，谷建疆遇见了冯燕，看她脸颊青紫，猜测是胡国强打的。冯燕低着头，谷建疆叫住了她，问是不是胡国强又打她了，她装出轻松的样子笑了笑，看见他关切的目光，心里一阵委屈，鼻子一酸流下了眼泪。谷建疆要找胡国强谈谈，冯燕劝阻他，胡国强就是个魔鬼，她不想让谷建疆蹚浑水。谷建疆没有听从冯燕的劝阻，找到了胡国强，劝他不要打冯燕，好好过日子。胡国强嘴角叼着烟，歪着脑袋斜睨着谷建疆，一脸轻薄的笑容："谁说我打冯燕了，她告诉你的？"

谷建疆说："我看见了她脸上的伤。"

胡国强说："看得挺仔细，心疼了？"

谷建疆说："胡国强，以前只觉得你无赖，现在你简直就是无耻。"

胡国强说："别以为自己多高尚，心里惦记着别人的老婆，那才叫无耻。"

谷建疆一拳杵在胡国强脸上，胡国强趔趄几下站稳，朝谷建疆扑了过来,两个人你一拳我一捶,继而搂抱在一起摔倒在地,滚作一团。看热闹的人群围成一个圈,把他俩围成了中心。

谷建疆拳打胡国强,一时成为甘泉子人们津津乐道的话题。经过多个版本的演绎,谷建疆和胡国强的战争核心是争风吃醋,谷建疆插足胡国强的家庭,冯燕红杏出墙,背着胡国强与谷建疆暗度陈仓。对乱七八糟的传言,谷建疆置若罔闻。安娜受不了,坚信自己儿子的人品,不会干偷鸡摸狗的事,听见谁在背后议论谷建疆,就冲上前去理论,谣言就像麻线团,越扯越乱。安娜坐在家里生闷气,谷满仓劝她,身正不怕影子斜,让那些嚼舌根的胡咧咧去,说几天没趣自然就闭嘴了,人活在世,谁人背后无人说,谁人背后不说人。传言听多了,安娜也动摇了,怀疑谷建疆是不是真的和冯燕有事,就去问他。谷建疆一听火冒三丈,别人胡说八道,当妈的竟然也不相信自己的儿子。安娜说:"传得有鼻子有眼的,你和冯燕从小就是同学,也不是没可能。"

谷建疆说:"我要是真想跟冯燕怎么样,还能轮到胡国强?还能等到现在?"安娜想想,谷建疆的话有道理,自己儿子哪哪都比胡国强优秀,这么一想,心里敞亮了许多,那些流言蜚语,也不再那么刺耳。

对于谷建疆和冯燕的谣言,胡国强不申辩,似乎是默认了事实。黑牡丹在好事的女人们面前,态度也是模棱两可,暗示冯燕不守妇道,表面上温文尔雅,其实骨子里风骚放荡。胡国强对冯燕更加地残暴,完全失去了耐性与克制,稍不如意,便对她拳脚相加。冯燕不再忌惮胡国强的威胁,坚决要跟他离婚。胡国强又去求冯燕的父母,劝麦不理他，他就求冯文杰，冯文杰说："你们夫妻闹矛盾，过去我都是劝冯燕，夫妻之间要相互理解、包容，不主张你们离婚。这回我不劝了，感情的事硬凑合，两个人都难受，分开了也许不是坏事。"胡国强故技重演，又跪在了冯文杰的面前，冯文杰偏过脸，长长地叹了口气，"国强啊，别动不动就给人下跪，男儿膝下有黄金，得把自个儿当人。"

央求不成，胡国强使出最后一招，拒绝在离婚书上签字，以为只要不签字，冯燕就休想离婚。胡国强不愿意离婚，已经不是舍不得冯燕，是想报复她，她不想让他好过，她也别想自在，耗也要耗死她。冯燕要向法院起诉离婚，胡国强说："老子又没犯法，凭啥起诉我？"

半个月以后，一天上午，胡国强还在睡觉，被敲门声惊醒。胡国强不耐烦地打开门，一个穿制服的法院工作人员来给他送传票。"传票？什么传票，传谁？"胡国强疑惑地问道。法院工作人员说是他的传票，胡国强又问，"传我干什么，我又没犯法。"工作人员见胡国强一脸蠢相，无意跟他啰唆，让他签了名收下传票。工作人员走后，胡国强打开信封，见是离婚传票，顿时火冒三丈，愤怒地骂着冯燕，摔杯子砸碗踢凳子。

胡国强怒气冲冲地去医院找冯燕，冯燕正在给病人挂液体。听见胡国强在过道里叫喊，冯燕急忙走出病房："喊叫什么，这是医院。"

胡国强的叫喊声，吸引了一些病人和护士，聚在过道看热闹。胡国强挥动着手里的传票，像挥舞着冲锋的旗帜："冯燕你够狠的，把老子告上法庭了。"冯燕劝他有什么话出去说，他怒视着她，"就在这说，我不怕丢人，又不是我要离婚。"

王平安听到动静,从办公室出来,劝胡国强,冯燕在上班,影响不好。胡国强说:"她脸都不要了,我怕什么。"

院长孙明祥匆匆走上前来,胡国强立刻迎上前去,抓住了他的胳膊:"孙院长你来得正好,冯燕把我告上法庭了,我又没犯法她凭什么告我,你给评评理。"

孙明祥问清了缘由,耐心劝说胡国强,医院是公共场所,现在是上班时间,他已经影响了冯燕的正常工作,扰乱了医院的正常秩序。胡国强不听劝,继续大喊大叫,孙明祥说:"胡国强,冯燕没有告你,是起诉离婚。冯燕申请离婚你不答应,向法院起诉,是正当的法律程序。"

"离婚是两口子的事,她向法院起诉个锤子?"胡国强说,"我不离,坚决不离,法院能把我咋的?有本事枪毙我。"

孙明祥说:"国强啊,跟你说什么都没有用,你不会明白的,抽空多读点书吧。人不可以无耻,无耻之耻,无耻矣。"胡国强琢磨半天,也不明白孙明祥的话什么意思,人一旦肚子里有点墨水,就不好好说话,七绕八拐的,叫人摸不着头脑,难辨东西。

法院判决冯燕和胡国强离婚,冯燕搬回了父母家。冯燕什么都没要,只带走了自己的衣物用品。冯燕以为,离了婚日子就安生了,没想到,胡国强像一个噩梦,挥之不去。

一天早上,医院大门口贴了张大字报,说冯燕和谷建疆搞婚外恋,还跟医院的医生关系不一般。正是上班时间,大字报前挤满了兴奋的脑袋,苍蝇一样猜测着与冯燕关系不一般的医生是谁。王平安看见了大字报,愤然撕了下来,围观者目光诡异地看着他,看得他手足无措:"看我干什么?什么意思?"人们打着哈哈散去,有两个护士边走边扭过脸看了看王平安,脑袋抵到一起叽叽咕咕,像两只春天的猫。

  胡国强正在睡觉,冯燕破门而入,他惊坐起来。冯燕手里攥着一把刀,眼睛里喷着火苗,胡国强山羊一般蹿下床,夺门而逃。失去理智的冯燕举着菜刀紧追不舍。胡国强身上只穿条三角裤衩,螳螂似的狂奔,边跑边喊,救命啊!杀人了!胡国强一口气跑过了铁匠铺、磨面房、红星食堂、工农兵照相馆、东方红电影院,一头钻进了谷建疆的服装店,像只煞了气的破轮胎,瘫在地上。谷建疆看见冯燕凛然举着刀,像侠女十三妹一样怒奔而来,冲上前抱住了她。冯燕疯狂地叫喊着,挣扎着,突然身体一软,昏倒在谷建疆的怀里。

  几天以后,冯燕悄然离开了甘泉子。她给父母留下一封信,没说去哪,叫他们别担心,她会好好活着。从那以后,冯燕就再也没有回过甘泉子,也不和甘泉子的任何人联系。有好事者套冯文杰和荞麦的话,试图打探冯燕的消息,他们只是淡然笑笑,不接话茬儿。

  关于冯燕的归宿,在甘泉子有多种版本的传说,有说她去了乌鲁木齐,有说她去了北京,有说她去了南方,人们按各自的意愿揣测着冯燕的生活。真实的情况是,冯燕离开甘泉子走南闯北,最后在深圳认识了开诊所的福建莆田人老白,老白有家室,两口子关系不好,他把老婆丢在老家,自己跑了出来。老白比冯燕大将近二十岁,冯燕在他的诊所打工,老白看上了她。老白对冯燕真心好,回老家莆田跟老婆离了婚,与冯燕结了婚。老白上山下乡插队时当过赤脚医生,后来又到医学院进修了两年,就开起了诊所。老白头脑灵活,为人和善,脸上总是挂着喜气洋洋的笑容，诊所生意很红火。老白胸怀大志，不仅仅满足于开诊所，他的目标是开医院，开一家拥有国内乃至世界先进医疗水平的综合医院。十多年以后，老白的理想实现了，他不仅把诊所变成了医院，还在全国各地开了数家连锁分院。虽然冯燕身家赫然，但她没有像许多显贵们那样，衣锦还乡回到甘泉子招摇。冯文杰和荞麦退休以后，冯燕把父母接到了深圳，从此，和甘泉子彻底断了联系。

胡国强决定去寻找冯燕。走的头一天，胡国强请谷建疆喝酒，他拒绝了。自从胡国强用不正当手段得到了冯燕，谷建疆就与他断绝了来往。胡国强说："我知道你不愿搭理我，看不起我，我只想跟你说一句，对冯燕我是真心的。"谷建疆不看他，望着洒满了阳光的街道默默地抽烟。胡国强又说："冯燕走了，我的魂也丢了，我不能没有冯燕，我要把她找回来。"说完，胡国强出了店门，走进了阳光里，腰有点塌，也消瘦了许多，失去了往日的跋扈。

胡国强不顾母亲黑牡丹的啼哭哀求，执意离开了家，离开了甘泉子，去了乌鲁木齐。胡国强站在人来车往的街头茫然四顾，冷静下来才发现，要想在茫茫人海中找到一个人，和大海里捞针一样的难。胡国强身上的钱花光了，就去建材市场打零工，推着小车替人卸货送货，挣点辛苦钱。这期间，胡国强认识了卖瓷砖的黄文秀。黄文秀也是打工的，替店老板卖瓷砖，伊犁霍城人，结过婚。三年前，黄文秀和丈夫一起来乌鲁木齐打工，她帮人卖货，丈夫开皮卡车给人送货。一年前，丈夫开车打瞌睡，撞到了停在路边的大卡车上，没等到救护车来，人就断了气。黄文秀有个儿子，上小学一年级了，在霍城，她的妈妈带着。丈夫死后，黄文秀不想回霍城，就继续在乌鲁木齐打工，幻想着将来有钱了，在乌鲁木齐买套房子，把儿子和母亲接过来团圆。有顾客买了黄文秀店里的瓷砖，胡国强帮着送货，一来二去就熟了。

六月的一天傍晚，胡国强正在市场旁边的牛肉面馆吃饭，看见黄文秀进来了，就热情地打招呼，正好他对面座位空着，黄文秀就坐了下来。黄文秀要了个小份儿清汤牛肉面，胡国强又要了十串烤肉，请她一起吃。吃完饭，胡国强抢着把黄文秀的单一起买了。俩人出了牛肉面馆，热腾腾的暑气扑面而来。天已经黑了，四周影影绰绰。沿着街边走了一段，黄文秀指着一幢旧楼房说，她就住在那。胡国强仰着头看了看沧桑的楼房，黄文秀说："要不要坐一会儿？"

胡国强的心怦然一动，黄文秀的邀请令他喜出望外。他跟着黄文秀，恍恍惚惚到了她的家。房子不大，卧室加上厨房卫生间，总共不到四十平方米。屋子里闷热，黄文秀倒了一杯凉白开，胡国强喝了两口，感觉舒爽了许多。他们东拉西扯聊天，主要是黄文秀在说，温润的目光不时地往胡国强脸上飘，他有点魂不守舍。当黄文秀搂住他时，他没有太惊讶，仿佛从牛肉面馆遇见她的那一刻，就预料到了此时此景。

胡国强离开黄文秀的家，已是第二天清晨。从那以后，胡国强就时常在黄文秀家过夜，后来两人就同居了。黄文秀冲淡了胡国强对冯燕的思念，瓦解了他寻找的壮志。一年后，他们结婚了。

结婚以后，黄文秀把儿子小志接到了乌鲁木齐。胡国强很喜欢小志。开始,小志怯生,跟他不亲,更不叫他爸爸,半年以后,两个人就亲如父子了。小志放学回家,看不见胡国强,就问黄文秀,爸爸去哪了?胡国强回家看不见小志,就问黄文秀,儿子呢?有时过了放学时间,迟迟不见小志回家,胡国强不放心,就去路上迎他。有一次,小志被两个同学欺负,胡国强追了半条街,要揍那两个同学,替小志出气。

家里就一间卧室,小志和胡国强黄文秀一起睡。一天夜里,胡国强和黄文秀做爱,正昏天黑地,发现小志眯着眼睛偷看。第二天,胡国强买了张行军床,支在厨房和卫生间门口的空地上,夜里让小志睡觉,白天收起来立在卧室。

胡国强像变了个人,十分恋家,进了家门就不想再出去,有说得来的朋友叫他喝酒打麻将,他也不去。黄文秀想给胡国强生个孩子,他不想生,说小志就是他的亲生儿子,要把全部的爱都给小志。胡国强越是这样,黄文秀就越觉得应该为他生个孩子,胡国强拗不过她,就顺其自然,但黄文秀始终没有怀孕。

胡国强和黄文秀憧憬着幸福的未来,努力挣钱,在乌鲁木齐买房,把小志抚养成人,上大学,进机关,别像他们没出息叫人看不起。小志说他长大了不想进机关,要当警察抓坏蛋,他当了警察,就没人敢欺负爸爸妈妈了,小志的话,听得胡国强心里热乎乎的。心中有梦,生活就有奔头。小志上高中时,胡国强和黄文秀有了自己的铺面,不再为他人打工,在乌鲁木齐也有了属于自己的房子。小志高中毕业,考上了警校,毕业后,如愿成为一名人民警察。

生活条件好了,胡国强把母亲黑牡丹接到了乌鲁木齐。黑牡丹住不惯,找不到人说话拌嘴,不像甘泉子,出门满眼都是熟面孔,想喊就喊,想叫就叫,想吵就吵,舒心自在。黑牡丹不顾胡国强和黄文秀的反对,执意回到了甘泉子,胡国强要给她雇保姆,她死活不同意,直到她腿脚不再灵便需人照顾,才不得不雇了保姆。黑牡丹嘴碎心眼小,对保姆横挑鼻子竖挑眼,保姆领一次工钱,她能心疼半个月,唠唠叨叨嫌人家拿钱多干活少。保姆吃饭,她会数落半天,嫌人家饭量大吃得多。保姆跟她难以相处,不愿意干,胡国强就在电话里给保姆说好话,看在他的面子和钱的分儿上,保姆咬牙坚持,实在坚持不住了就走人,前前后后换了几个保姆。三年前的一个早上,保姆做好早餐叫黑牡丹起床吃饭,不见回应,凑近一看,人已经僵了。虽说黑牡丹人去得突然,倒也没受罪,能在睡梦中远行,也算是前世修来的福分。

黑牡丹活着的时候,胡国强经常回甘泉子看望老娘,每次回来,都会跟谷建疆坐坐,有时滔滔不绝,有时默默无语,静静地坐着,抽烟,喝茶。唯有一个话题他们从不触碰,就是冯燕。冯燕是他们心头的一团火,一块疤。

八

冯燕离开甘泉子，谷建疆莫名地惆怅，仿佛手腕上伴随他多年的一颗痣突然不见了，总忍不住习惯性地摸一下，看一眼，摸不着看不见，怅然若失。谷建疆没心思开店，也想离开甘泉子，又不知道去往何处，便想起了大头。自从与大头终止了合作，再没有和他联系过。谷建疆有时进县城，想去看看大头，一想起他愤然失望的样子，就没有了勇气。虽然是胡国强自作主张得罪了大头，但谷建疆的心里始终充满了愧疚感。回想起大头的诸多关照和情义，谷建疆心潮起伏，大头像棵树一样长在了他的心里，成为他的一个亲人，难以忘怀。

谷建疆走进大头的服装店，店主换成了一个中年妇女。半年前，大头盘了服装店，承包了红旗饭店的餐厅。

红旗饭店建于1955年，原本是县委招待所，当时中苏友好，加上县城地处边境地区，与苏联接壤，红旗饭店就照着苏式风格建造，绿顶黄墙，地面铺着木地板，刷着紫红色油漆，踩上去发出厚重庄严的回声，让人惶然肃穆。三年前，县委建了新的招待所，设施条件远非红旗饭店能比，起了个气象万千的名字：红旗迎宾馆。红旗饭店成了明日黄花，萧条落寞，终于难以为继，拖工资欠医药费，职工们怨声载道人心涣散，昔日的荣光是他们仅存的一点骄傲和自尊，也是他们安抚无奈灵魂的麻药。大头从颓败的红旗饭店捕捉到了商机，在一片疑惑的目光和议论声中，他毅然承包了红旗饭店的餐厅。红旗饭店共有三层，一层是餐厅，二层三层是客房。在过去的二十多年里，红旗饭店的餐饮和住宿是全县城最好的，能去红旗饭店吃顿饭住一宿，俨然成了身份的象征，有见过世面的人，称红旗饭店是县城的北京饭店。自从有了红旗迎宾馆，红旗饭店的日子便每况愈下，经营者不思进取，看不清社会发展波涛汹涌的浪潮，理念僵化，服务差，价格贵，一副皇亲国戚的懈怠与傲慢，结果红旗饭店像一件烂衣裳被人抛弃。近几年，越来越多的大小饭馆旅店，在县城的大街小巷开张揽客，服务好价格低，让客人感受到了温馨与尊重，如果谁还去红旗饭店吃饭住宿，会被人讥笑腆着热脸贴冷屁股，伸着脖子挨宰，脑瓜子被驴踢了。

大头打点疏通关系，终于拿到了红旗饭店餐厅的承包权。餐厅面积很大，总共将近一千平方米。经过反复的考察调研，结合本地具体情况，大头决定把餐厅一分为二，一部分做餐厅，一部分改造成舞厅。

大头先装修了餐厅，除了散台，增设了包厢，菜品以湘川特色为基础，与新疆风味相结合，价格适中。大头高薪从乌鲁木齐请了大厨，招了十个俊男靓女做服务员。一切就绪，感觉餐厅的名字不理想,不能再像过去那样,和客房部混为一谈统称红旗饭店,得给餐厅起个新名。想了一堆名字,都不是十分满意,一天晚上,大头一仰脸看见天上挂着一轮月亮,很圆,很亮,不由得想起蹲监狱时的一个月夜。那天大头姐姐来探视,告诉他父亲去世了。父亲对大头很失望,也很想他。那一夜大头失眠了,牢房里充斥着呼噜磨牙放屁声和浓重的恶臭。透过窗户,大头看见一方被钢筋栅栏切割得支离破碎的天空上,悬挂着一轮蓝色的月亮,他很诧异。从那以后,大头再也没有见过蓝色的月亮,但他坚信有蓝月亮。于是,大头灵机一动,给餐厅起名为蓝月亮大酒店。

蓝月亮大酒店开张以后,头一个月略有亏损,第二个月基本持平,第三个月有了盈利,第四个月生意开始火爆,包厢需要事先预订,散台也时常一座难求。蓝月亮大酒店饭菜比迎宾馆可口,而且量足价格低,环境温馨舒适,不像红旗迎宾馆,总是一副高高在上的傲慢冷漠。蓝月亮大酒店抢了红旗迎宾馆的不少生意,一些原计划去红旗迎宾馆的婚庆宴请,纷纷改到了蓝月亮大酒店。坊间议论,"红旗"吃的是虚荣,"蓝月亮"吃的是实惠。相对而言,老百姓自己花钱吃饭,更多讲的是实惠。

谷建疆仰脸注视着蓝月亮大酒店几个大字发呆。字是红色的,四周装饰着霓虹灯带和彩色灯泡,每当夜幕降临,闪烁出五彩缤纷的灿烂,为呆板沉重的黑夜增添几分妩媚。一个戴着头盔身穿皮夹克牛仔裤的男子,骑着一辆铃木摩托,"突突突"地停在了谷建疆身旁。谷建疆一惊,慌忙后退几步。男子摘下头盔,谷建疆认出是大头。大头左胳膊肘夹着头盔,右手指插进头发向后梳理了几下。大头过去是平头,如今留起了背头,头发上抹了头油,湿漉漉油汪汪的,像香港枪战片里的黑社会老大。谷建疆叫了声伟哥,有些尴尬,大头微笑着说:"大老远就认出是你。"

谷建疆说:"去店里看你,才知道你把服装店转让了。"

"服装干腻了,换换口味,你知道的,我这人天生不安分。"大头学着周润发的样子笑了笑,有几分做作。

大头请谷建疆进酒店看看,指导指导,谷建疆自卑地说:"伟哥是站在山顶上的人,一眼能望到百十里外,我鼠目寸光,哪敢指导,伟哥你打我脸呢。"

大头说:"话不能这么说,三个臭皮匠顶个诸葛亮。孔老二也说过,三个人里面,就有一个能当我的老师。大概这个意思吧?"

"差不多,三人行,必有我师焉。"谷建疆说,"是孔子《论语》里的话。"

大头说:"看,这你就比我懂得多。"

大头领着谷建疆参观了酒店,讲了做酒店的心得,对酒店的前景充满了信心。大头乐观豁达的人生态度让谷建疆羡慕,哪怕是在监狱里,他也能把千疮百孔的牢狱生活过得繁花似锦。临近中午,大头吩咐大厨弄几个拿手菜,开了瓶五粮液。大头说,当初与谷建疆终止合作心里很难受,他知道是胡国强的主意,之所以狠心那么做,不仅仅是因为一时冲动气愤,也想借机让谷建疆甩掉拐棍,早日独立,对今后的发展有好处。这两年多,大头没有主动跟谷建疆联系有各种原因,其实一直都在关注他。谷建疆突然很伤感,一阵酸楚,想流泪,忍了忍没忍住,眼泪流了下来。两个人喝光了一瓶五粮液,谷建疆已经脚踩五色祥云。大头意犹未尽，又开了一瓶，继续喝，结果俩人都喝多了。

谷建疆醒来，已经是第二天早上，发现睡在酒店的席梦思床上，片刻恍惚过后，回想起了昨天与大头喝酒的情景。喝了碗小米粥，又喝了一碗奶茶，谷建疆感觉胃里舒服多了。大头问他考虑得怎么样了，他不知所指，狐疑地看着大头。

大头说："真不记得了？一起干舞厅啊。"

谷建疆隐约想起，大头好像说过要开舞厅，想让他一起干。谷建疆说："你真的要开舞厅啊？"

大头说："当然真的。我把餐厅一部分留出来，就是为了开舞厅。"

县城里没有舞厅，谷建疆听说，有人偷偷跳交谊舞被当流氓抓了。大头说那是老黄历了，现在跳舞不犯法，口里（内地）城市，还有乌鲁木齐，舞厅多得很。谷建疆说："咱这小县城不比大城市，从来没人开过舞厅，太冒险了。"

大头说："前不久我去了口里，在乌鲁木齐也了解了一下情况，只要遵纪守法不乱来，准许开舞厅。舞厅生意特别火，卖门票，卖饮料，比开饭店还挣钱。撑死胆大的，饿死胆小的，等人家都干了，还挣啥钱。全县城我第一个摆摊卖服装，挣上钱了，等大家一窝蜂开服装店，我开酒店办舞厅了，我就喜欢做第一个吃螃蟹的人。正好你也不想做服装了，想换换环境，一起干舞厅，正合适。"谷建疆犹豫，他连舞厅都没见过，两眼一抹黑，不知道怎么做。大头说："你会拉手风琴，也能弹电子琴，你负责乐队就行，其他不用管。"

谷建疆跟吴梅兰学会了拉手风琴，这一技之长帮了他大忙。服刑期间，监狱里把有文艺特长的人员组织起来，成立了一个宣传队，在节假日和重要的时间节点排节目演出，丰富文化生活，陶冶情操。谷建疆表演手风琴独奏，有时也给合唱伴奏。后来监狱买了架卡西欧电子琴，因为有手风琴和乐理知识做基础，谷建疆无师自通，掌握了电子琴的演奏。谷建疆还被评为文艺宣传积极分子，结合平时的良好表现，受到嘉奖表彰，先后获得两次减刑，提前一年释放出狱。谷建疆心动了，冯燕离家出走以后，他始终无法摆脱忧郁的情绪。虽然冯燕是被胡国强逼走的，但总觉得自己有不可推卸的责任，无尽的懊悔，像磨盘一样压在他的心上，难以摆脱的厌倦感纠缠着他，他心灰意冷，对任何事情都提不起兴趣。大头仿佛一剂兴奋剂，重新激活了他麻木的神经，一簇火苗在他的身体里渐渐燃烧了起来。

多年以后，谷建疆回想起随着记忆的河流渐渐逝去的时光，和大头一起开舞厅办舞会的那段日子，是他生命里永不磨灭的一朵绚丽的浪花，镶嵌在记忆深处。

歌舞厅也以蓝月亮命名，叫蓝月亮歌舞厅。那时的舞厅简单，一架电子琴，一把贝斯加上一个歌手，就算是豪华乐队了。大头买了一架雅马哈电子琴，谷建疆练了一个星期，准备了十几首舞曲。大头找了个玩贝斯的小伙儿，又三顾茅庐，请县中学年轻漂亮的女音乐老师当歌手，三个人，成了蓝月亮歌舞厅乐队的鼻祖。

女音乐老师是县城的名人，模样嗓音与歌星董文华有几分相像，被誉为县城的董文华。女音乐老师参加过省级歌手大奖赛，拿过一个优秀奖，优秀奖给女音乐老师身上镀了一层金，走到哪都光彩照人，是县城的骄傲。女音乐老师对大头的邀请不屑一顾，甚至很羞愤，让她去舞厅卖唱，简直是对她的侮辱。大头不在意热脸贴了女音乐老师的冷屁股，始终赔着笑脸甜言蜜语，一次不行两次，两次不行三次，演出费潮水一般往上涨，只要功夫深，铁杵磨成针，女音乐老师终于破防，接受了大头的邀请。两年后，女音乐老师再一次华丽转身，由歌手成为蓝月亮歌舞厅的老板娘。女音乐老师下嫁蓝月亮歌舞厅老板，一度成为轰动县城的爆炸新闻，上至政府职员，下至肉铺掌柜，无不为女音乐老师惋惜，哀叹一朵鲜花插在了牛粪上，一棵好白菜让猪拱了。更有怒不可遏者，抡起石头砸了蓝月亮歌舞厅的门窗玻璃，以示愤怒。然而，一切都无法阻止女音乐老师义无反顾地投入了大头的怀抱，她与大头盛大的婚礼，像一块通红的烙铁，烙在了人们悲愤绝望的心头。

  歌舞厅刚开张生意冷清。当时，歌舞厅是新生事物，在人们的意识里，那不是正经人去的地方，尽管有人心里想去，表面上也装出一副卫道士鄙夷的清高模样。大头不着急，歌舞厅每天准时营业，没有客人乐队也照常演奏，顶棚上的彩球灯，给空旷的舞池旋转出斑驳迷离的色彩。大头开展优惠酬宾活动，所有光临蓝月亮歌舞厅的顾客一律免门票，免费提供汽水一杯。大头还号召服务员充当顾客跳舞，烘托人气。不用干活跟着乐队伴奏跳舞，年轻的服务员们很开心，生疏的舞步很快娴熟起来，走路干活都带有几分舞步的律动。

  经过短暂的赔本赚吆喝阶段，蓝月亮歌舞厅的生意渐渐火了起来，客人们不再扭扭捏捏羞羞答答，越来越多的人大大方方地走进了舞厅，搂着心仪的舞伴翩翩起舞，酣畅淋漓热血沸腾。大头见时机成熟，先是取消了免费汽水，接着开始卖门票，由一人两块涨到了五块，再后来涨到了十块，客人却有增无减。来舞厅跳舞的也不仅仅是年轻人，不少中老年人也纷纷卸下了铠甲走进了舞厅。去蓝月亮跳舞，一度成为县城的时尚。

谷建疆喜欢在舞厅弹琴的感觉，心随着电子琴的节奏飞舞，迷离的光线和影影绰绰的男女，让他宛如置身梦幻，忘却了现实的烦恼忧愁。一个周末，舞厅客人很多，谷建疆弹奏《金梭和银梭》，明快的旋律，仿佛给人们脚下装上了弹簧，舞池里波涛汹涌，热烈成一锅沸腾的粥。谷建疆受气氛感染，推开椅子，站起身弹奏，身体随着节奏晃动。

谷建疆的忘我吸引了何丽萍，她站在角落里，抱着托盘痴迷地望着他。谷建疆抬头之际，无意间看见了迷离灯光下的何丽萍，她像被火烫着似的，遽然扭身消失在昏暗之中。何丽萍是舞厅服务员，谷建疆认识她，很少说话，有时碰面，她不像其他服务员朗声叫他哥套近乎，总是羞赧地浅浅一笑低头而去。何丽萍的与众不同，引起了谷建疆的注意。一次，何丽萍入神地注视着弹奏的谷建疆，怠慢了客人，引起客人的不满，大头要处罚她，谷建疆替她求情，免于处罚。谷建疆的温暖善良，令何丽萍动容。有一天，舞会结束，谷建疆走到何丽萍的身边，她的心莫名地咚咚咚乱跳。谷建疆问她有没有空，想请她吃夜宵，她愣住了，傻呆呆地看着他。"没空就算了，没关系。"谷建疆暖暖地微笑着，她脱口而出："我没事，我有空。"

那天晚上，他们坐在蓝月亮歌舞厅对面的烧烤摊吃烤肉喝啤酒，夜风习习，裹挟着烧烤的燎雾像海浪般扑来。何丽萍吃着烤肉望着谷建疆，眼睛里灯火璀璨。她说她家也是甘泉子农场的，谷建疆惊讶怎么没见过她，她垂下眼帘，长长的睫毛像蝴蝶翅膀一样微微颤动，她说："我家在新生连。"

谷建疆又一惊，问道："你认识马秋玲吗？她也是新生连的。"

何丽萍说："认识，她是我表姐。"谷建疆目瞪口呆，久久说不出话来。她疑惑地看着他，"马秋玲的妈妈是我姑姑。你认识马秋玲？"

"哦，我们是同学。"谷建疆回避何丽萍的目光。

何丽萍说："她也在县城，跟一个采购员结婚了。你见过她吗？"

"没有。"谷建疆端起杯子喝啤酒，啤酒冰镇过，很清爽。

"马秋玲上中学时，有个男的喜欢她，还为了她打伤人坐了牢，你知道吗？"何丽萍默默地注视着谷建疆，眼睛像两粒炭，他不置可否地"哦"了一声，何丽萍说，"要是有男的敢为我坐牢，我就嫁给他。"

谷建疆说："坐过牢你还嫁给他？"

何丽萍说："那得看为什么坐牢。"

"马秋玲跟你说过，那个为她打架坐牢的……男的吗？"谷建疆有点支支吾吾。

"没有，她的事从来不跟我说，她看不起我。"说着，何丽萍洁白的牙齿咬着一块烤肉，顺着铁扦子扯进了嘴里，慢慢地嚼着。

谷建疆问道："那你怎么知道有男的为她坐牢？"

"新生连谁不知道，巴掌大点地方，没有秘密。"谷建疆的好奇心被何丽萍勾起，问她新生连怎样议论有男人为马秋玲坐牢的事，她说说啥的都有。何丽萍红嘟嘟的嘴唇油汪汪的，在昏黄的灯光下泛着幽光。"他们说的都不对，为马秋玲坐牢的是她的同学，马秋玲跟她妈说的，我亲耳听见了。"何丽萍歪着脖子侧着脸，笑眯眯地看着谷建疆，"马秋玲自以为聪明，其实她就是个傻瓜。"

谷建疆说："马秋玲是你表姐，你不该这样说她。"

何丽萍嘴角微微一翘，似笑非笑地说："马秋玲可从来没有把我当表妹，在她眼里，我就是个要饭的。"

想起马秋玲自以为是的孤傲模样，谷建疆感同身受，他理解何丽萍满腔的怨恨和屈辱，不由得对她产生了怜惜之情，有一种想要呵护她的冲动。

回到宿舍，已经是凌晨两点多了，谷建疆躺在床上辗转反侧，何丽萍淡淡的忧郁的笑脸在他眼前游荡，像深邃夜空中皎洁的月亮。

谷建疆与何丽萍恋爱，成为蓝月亮歌舞厅的焦点话题，平时小猫一样不声不响的何丽萍，竟然高攀上了二经理，令人匪夷所思。由于谷建疆和大头的亲密关系，服务员们私下称他为二经理。也有女服务员对谷建疆暗送秋波，他从不为所动，说不清怎么就对何丽萍动了心。感情的事很玄妙，说不清道不明，没有标准的公式定理可以解答。

大头也很意外，刚听到谷建疆与何丽萍谈对象的传言他没在意，以为谷建疆只是逢场作戏。大头默默地抽完一根烟，觉得有必要和谷建疆谈谈，提醒他不要冲动。对大头的规劝，谷建疆不以为然，他的心已经被何丽萍摘桃子一样摘了去，看不见她就魂不守舍，干什么都没心情。每天舞会结束，他都要请何丽萍一起吃夜宵，然后缠绵不舍地分手。终于有一天，他们吃完夜宵没有分手，一起去了他的宿舍，灵与肉完美地融合，他们的关系发生了质的变化。谷建疆提出去看看何丽萍的父母，她说她没有父母，在她很小的时候他们就死了。他更加心疼她，轻轻地把她搂在怀里，决心好好地呵护她，一辈子对她好。

谷建疆要带何丽萍回甘泉子见父母，她犹豫不决，是不是太快了？谷建疆说一万年太久，只争朝夕，见了父母，他们的关系就算正式确定下来了。虽然大头不赞同谷建疆与何丽萍谈对象，谷建疆要带何丽萍回甘泉子见父母，还是大方地让谷建疆骑着他的铃木摩托衣锦还乡。

谷建疆骑着摩托驮着何丽萍回到甘泉子时，谷满仓正在老榆树下跟人下象棋。谷满仓退休了，无所事事，每天和人下棋消磨时间，经常为了一步棋争得鸡飞狗跳不欢而散，发誓再不下棋。一觉醒来，誓言怨气烟消云散，谷满仓又跑到老榆树下继续下棋，继续不欢而散。谷建疆把摩托车停在老榆树下，两脚撑地掀起头盔，冲谷满仓叫了声爸，才有人认出了他。谷满仓手里捏着一匹马，拧着脖子仰脸看看谷建疆，又看看搂着谷建疆腰的何丽萍，像棵千年胡杨似的呆住了。黑牡丹像兴奋的老母鸡一样咯咯咯地围上前来，说道："谷满仓，建疆把儿媳妇给你领回来了！"

谷满仓踩了电门似的，"噌"地站起身，嘿嘿笑着朝家跑去。棋友喊马，马！谷满仓回过神来，扔了手里捏着的棋子。慌乱中，谷满仓被半截儿砖头绊了脚，险些摔倒，狼狈的样子引得老榆树下的人们哄然大笑。谷满仓跑进院子，安娜正望着天发呆。从一年前开始，安娜经常望着天发呆，上街买菜出门前望着天发一会儿呆，做饭前望着天发一会儿呆，撒苞谷粒子喂鸡前望着天发一会儿呆，甚至上厕所前也会望着天发一会儿呆。谷满仓冲进院子，正发呆的安娜被吓了一跳，觅食的鸡惊得咕咕咯咯地满院子乱窜。安娜说："大白天撞见鬼了？"

"回来了，建疆回来了，带对象回来了……"谷满仓上气不接下气。

安娜一愣，继而两眼骤然熠熠生辉："人呢？建疆呢？"

谷满仓指了指院门，动作有点鬼祟。安娜正要往外跑，何丽萍跟着谷建疆进了院子。安娜像被点了穴，傻愣愣地看着何丽萍。何丽萍嫣然微笑着，大方地叫了谷满仓一声伯父，又叫了安娜一声伯母。谷满仓悄悄拽了拽安娜的胳膊，她回过神来，热情地招呼何丽萍进屋。

谷建疆突然带着女朋友回家，让谷满仓和安娜措手不及。安娜吩咐谷满仓去市场割肉打酒买菜，又从柜子里取出存折，让谷满仓去银行取五百块钱。谷满仓说买菜花不了那么多钱，安娜说是给儿媳妇的见面礼。

"头一回见面，就一口一个儿媳妇，八字才一撇。"谷满仓嘴上这么说，心里也乐开了花。打看见何丽萍的第一眼，就认可了她。

安娜对何丽萍也很满意，模样好又懂事。安娜拉着何丽萍的手舍不得松开，问长问短，眼珠子像是粘在了她的脸上。

晚上，何丽萍睡了，谷建疆对父母说，何丽萍的父母都不在了，也没有兄弟姐妹，她在姑姑家长大，姑姑家在新生连。何丽萍不幸的遭遇更加让安娜怜惜，等将来过了门，会把她当亲生女儿疼。说到结婚，安娜问谷建疆有什么打算，准备什么时候结婚，他表示听爸妈的。安娜想了想，现在是八月，还有一个多月就中秋节了，婚礼就定在中秋节。谷满仓说，过完中秋节没几天就是国庆节，还是国庆节好，举国欢庆的节日，比中秋节更有意义。安娜觉得谷满仓说得有道理，同意把婚礼定在国庆节。接着，又商量应该跟何丽萍的姑姑姑父见见面，父母不在了，姑姑姑父就是她的娘家长辈。

谷建疆带着何丽萍回家见了父母，进一步明确了两人的关系，大头不再让何丽萍当服务员，把她调到吧台收银。吧台收银员，都是老板信得过的人，何丽萍由服务员到收银员，不仅是身份的变化，也表明了她和老板的关系，是老板的嫡系。服务员们对何丽萍羡慕嫉妒，哀叹自己命运不济，没有她攀高枝的运气。何丽萍没有因为身份转变而忘乎所以，依然沉静如菊，走路溜着墙根，生怕挡了别人的道，逢人见面三分笑。

离国庆节不到两个月时间，花好月圆的日子近在咫尺，谷建疆有许多事情要做。首先得有婚房，眼下谷建疆和何丽萍都住宿舍。在红旗饭店二楼宾馆，大头出钱包了一间客房，给谷建疆做宿舍。大头的意思是谷建疆跟何丽萍结婚后，可以住在他的宿舍里，房费继续由他付，谷建疆谢绝了大头的好意。谷建疆在县城东街租了两间房，带院子，院子里有杏树、苹果树和梨树，葡萄藤顺着架子爬上了屋顶，遮天蔽日。房东是一位维吾尔族大叔，老伴儿去世了，子女不在身边，偌大的院子独自一人居住，空寥孤寂，很乐意把房子租给谷建疆。大头找了几个小伙子，把房子用石灰刷了一遍，拉了新顶棚。家具不用谷建疆操心，谷满仓请甘泉子最有名的木匠打了全套家具，当时流行的大衣柜、高低柜、五斗橱、八仙桌、沙发、椅子、双人床，一应俱全。考虑到做饭取暖，安娜还让谷满仓准备好了煤铲、火钩、铁皮炉子。电器必不可少，彩色电视机、双卡录音机、洗衣机，应有尽有，等新房收拾好了，雇辆大卡车一趟拉到县城。

谷建疆环顾着空荡荡的新房，指着不同的位置，兴致勃勃地设计着哪里摆床，哪里摆大衣柜，哪里摆何丽萍的梳妆台。空气里弥漫着石灰的气味，那是迎接他们的甜蜜生活的味道。

"我们离开这里吧。"何丽萍搂着谷建疆的胳膊，蓦然说了一句，谷建疆愣住了，不明白她什么意思，何丽萍又说，"我不喜欢这里。"谷建疆明白了，何丽萍想要离开县城，随口问她想去哪，她说，去乌鲁木齐，去大城市。

谷建疆说："我爸妈在甘泉子，我们走了，他们怎么办？"

何丽萍说："我们先去，以后可以把你爸妈接过去啊。"

"再说吧。"谷建疆敷衍了一句，没有把何丽萍的话太当真，认为是她心血来潮随口一说。

有爱的日子飞逝如电，转眼到了中秋节，谷满仓和安娜想借机跟何丽萍的姑姑姑父见面，不能拖了，再拖就是国庆节了。谷建疆又一次跟何丽萍提起双方长辈见面的事，她照着镜子梳着新烫过的头发说，没什么好见的。谷建疆说："我们就要结婚了，双方家长连面都没见过，不合适。"

"结婚是我个人的事，与他们无关。"何丽萍语气冰凉，眼睛里透出掩饰不住的冷漠，谷建疆的心一抽，仿佛被马蜂蜇了一下。他想起与何丽萍从甘泉子回来后的一个周末，马秋玲来蓝月亮歌舞厅跳舞，温馨一刻时段,播放舒缓的乐曲,乐队可以借此休息。舞厅里空气浑浊闷热,谷建疆趁机出去透透气。谷建疆正站在门口的台阶上抽烟,马秋玲像幽灵一样站在了他身旁:"一个人想心事啊?"

谷建疆吓了一跳,扭脸看见马秋玲,像是咬了口酸杏子,咕咚咽下口水。蓝月亮歌舞厅刚开张不久,马秋玲便成了常客,有时和采购员丈夫一起,有时和朋友为伴。她来跳舞,很少和谷建疆说话,有时打个照面儿,她脸一仰扭着屁股就过去了,好像从来不认识一样。有几次,谷建疆本想主动跟她打招呼,见她目中无人的样子,就把蹿到嗓子眼的话咽了回去。谷建疆没太在意,认为马秋玲嫁了人,是刻意避嫌,不希望过去的枝枝蔓蔓,牵绊了她的幸福生活。马秋玲跟何丽萍也很少说话,何丽萍主动打招呼,她也爱搭不理,只是跳累口渴了,才招呼何丽萍拿汽水,十有八九都是何丽萍买单。有一次,马秋玲喝了汽水又让何丽萍付钱,谷建疆忍不住替何丽萍讨公平,马秋玲说,何丽萍是妹妹,妹妹请姐姐喝瓶汽水有什么大惊小怪的。何丽萍上前拉着谷建疆的胳膊,说马秋玲喝汽水没让她付钱,是她自己要付的。何丽萍私下抱怨马秋玲吃白食,当着面又口是心非,谷建疆糊涂了,不知哪个是真,哪个是假。

马秋玲说:"跟何丽萍搞对象了?"

"也不是。"谷建疆咳嗽一声,借此掩饰着窘迫。

马秋玲说:"得了吧,都带回家见爹娘了,有啥遮遮掩掩的。"

"我爸妈说,看你爸妈什么时候方便,长辈们见个面,何丽萍没有父母,在你们家长大,你爸妈就是她娘家长辈。"马秋玲毕竟是何丽萍的表姐,跟何丽萍结了婚,他们也就算是亲戚了,言谈之间便有几分示好。

马秋玲说:"何丽萍不会让他们见面的。"

"为什么?"谷建疆疑惑地看着马秋玲。

"你去问何丽萍吧。"马秋玲莫测地一笑,停顿片刻,又说,"看见的不一定都是真的。何丽萍不一般,自求多福吧。"说完,马秋玲转身进了歌舞厅,高跟鞋咔咔咔踩着水泥地面,扬长而去。

马秋玲的话像一颗石子投进了平静的水面,谷建疆的心里泛起涟漪,他不愿相信马秋玲的话,细琢磨又有几分道理。犹豫再三,谷建疆没有把马秋玲的话告诉何丽萍。他找各种理由宽慰自己,最有说服力的是马秋玲吃醋嫉妒,故意挑拨他跟何丽萍的关系。

谷建疆沉溺在甜蜜的旋涡里,一心忙着结婚的事,很快就把马秋玲的话抛到了脑后。恋爱中的男女智商几近为零,他对马秋玲的那点青春期荷尔蒙泛滥产生的好感早已殆尽,丝毫没有在意她委婉的忠告。

中秋节前的一个上午,谷建疆在和大头商讨进一步改进歌舞厅经营的事,两个穿警察制服的人进来,一男一女,男的三十多岁,女的二十多岁。大头心里一咯噔,以为歌舞厅违法惊动了警察,急忙从椅子上起身,满面春风地迎上前去,递烟敬茶赔笑脸。

男警察说:"唐丽萍在你们这里上班吧?"

大头看看谷建疆,谷建疆也疑惑地看他,大头说:"警察同志,我们这里有个叫何丽萍的,没有唐丽萍。"

男警察说:"没错,就是她,何丽萍以前名字叫唐丽萍。"

谷建疆脑袋里嗡嗡直响,像有一辆解放牌卡车碾过,身体飘飘忽忽，仿佛一脚踏空，掉进了枯井里。

男警察又说："唐丽萍，哦，何丽萍在吗？有事找她。"

大头说："何丽萍出啥事了？"

男警察说："有件事需要找她核实一下，配合调查。"

大头让一个服务员去叫何丽萍。由于紧张，谷建疆手心潮乎乎的，全是汗。何丽萍来了，看见警察愣怔了一下，局促不安地站在门口，女警察向她招招手，让她进来。何丽萍半拉屁股坐在椅子上，看看警察，又看看一脸懵懂的谷建疆。

"你是何丽萍？"男警察说，"过去的名字叫唐丽萍？"

何丽萍身体一震，轻轻应了一声，低下头，右手攥住左手大拇指，好像那根大拇指是多余的累赘，要把它掰断。

男警察审视着何丽萍，问道："你跟刘春秀什么关系？"

何丽萍一怔，忐忑地问："我妈妈怎么了？出什么事了？"

男警察追问道："刘春秀是你母亲？"

何丽萍感觉到了疼，松开了大拇指，抬起头，默默地看着男警察，点了点头。男警察从一个牛皮纸文件袋里掏出一张照片，递给何丽萍："这是你母亲吗？"

何丽萍注视着照片，照片上是一个中年妇女站在一棵杏树下，杏花盛开，满树粉白。她烫了头发，用一个湖蓝色塑料发卡箍着，水红色的确良衬衣外边罩着白色针织开衫，灰裤子，黑皮鞋。她的右手翘着兰花指捏着一枝杏花，偏着脸对着镜头微笑。一滴眼泪落在照片中女人的脸上，何丽萍匆忙拭去，看着警察问道："我妈妈怎么了？她在哪？"

男警察说:"刘春秀在乌鲁木齐,与一起刑事案件有关,一些事情需要你亲自去乌鲁木齐处理。"

"我妈妈出什么事了?"何丽萍惶恐不安。

男警察沉默片刻,说:"具体情况,去了就知道了。"

第二天一早,何丽萍就坐长途班车去了乌鲁木齐。

何丽萍说很小的时候,她的父母已不在人世,如今她母亲突然复活,并且牵扯到一起刑事案件,突如其来的急转弯,让谷建疆难以接受,他宛如置身梦境,何丽萍陡然变得虚无缥缈,仿佛神话电影里的仙女,降临人间嬉闹一番,然后腾云驾雾飞向了无尽的天空。谷建疆想起了马秋玲的话:看见的不一定都是真的。马秋玲还告诫他自求多福,仔细想想,话中暗藏玄机。何丽萍并非看上去那么柔弱简单,她像莽莽的原始胡杨林,隐藏着不为人知的秘密。

警察走后,谷建疆问何丽萍怎么回事,她沉默不语,他追问,她说等她从乌鲁木齐回来就告诉他一切。然而,何丽萍去了乌鲁木齐就再没有回来。

九

何丽萍一走便杳无音信。大头办公室有电话，何丽萍答应，到了乌鲁木齐会给谷建疆打电话，一个星期过去了，也没有等来她的消息。眼看着结婚的日子就要到了，谷满仓租了辆卡车，把准备好的结婚用品拉到了县城，听说何丽萍去了乌鲁木齐，顿时就急了，问谷建疆何丽萍去乌鲁木齐干啥？啥时候回来？眼瞅着国庆节了，婚还结不结？问题多得像被捅了窝的马蜂，围着谷建疆的脑袋嗡嗡直叫，谷建疆恼怒地撑了谷满仓一句："你问我我问谁去？"

谷满仓瞪着眼说："问何丽萍啊，都要结婚了，新媳妇肉包子打狗有去无回，这唱的是哪一出呀？一个大老爷们，连个媳妇都看不住。"

"腿长她身上，我还能把她拴裤腰带上。"

"该拴就得拴，你就不该叫她去乌鲁木齐，跑野了。"

"警察让她去，我能咋样。"

一听警察找何丽萍，谷满仓惊诧地朝谷建疆伸着脖子，问道："警察叫她去乌鲁木齐干啥？"

"爸，你先回去吧。"谷建疆心里很乱，无心回答谷满仓的问题，也回答不了。

谷满仓看看一卡车东西，说："东西都给你拉来了，找人帮忙搬新房里吧。"

"拉回去吧。"

"说啥呢，不结婚了？"

"人都没了还结啥婚？先拉回去吧。"谷建疆心里很乱。

看见谷满仓又把一卡车东西拉回了甘泉子，黑牡丹打了鸡血似的跑上前来打探。谷满仓窝了一肚子气，一股脑儿冲着黑牡丹撒了出来，黑牡丹不生气，反倒有几分幸灾乐祸的欢欣，谷满仓气急败坏的样子，让她更加断定谷建疆的婚事出了岔子。一大早，谷满仓指挥着一辆大卡车，轰轰隆隆开到了家门口，又吆五喝六地指挥着，把披红挂绿的结婚用品装上车。谷满仓家门口围满了人，七嘴八舌称赞谷满仓两口子厚道，待谷建疆比亲生儿子还亲。装好车，谷满仓撕开一包大重九牌香烟，逢人就散，嘴笑得合不拢，邀请大家国庆节来喝喜酒。街坊邻居都知道谷满仓去县城给儿子送家具，结果又灰头土脸地原车拉了回来，谷满仓像一头栽进了开水锅里，脸火辣辣地疼。安娜不知缘由，跟在谷满仓身后问东问西，谷满仓不理她，闷头撞进屋，"砰"地关上了门。安娜责怪谷满仓，不把事情弄清楚就把东西拉回来，谷满仓说："何丽萍跑了，你儿子婚结不成了，还咋清楚？"

"好端端的,何丽萍怎么就不见了,鸡鸭猫狗丢了还得找找呢,一个大活人说不见就不见了?"安娜说,"眼看就到吉日了,婚说不结就不结了?锣鼓家伙敲得震天响,该上场了主角拉稀不唱了?不行,我去县城找建疆,问问到底咋回事。"

安娜去县城找谷建疆,自然问不出个所以然。安娜在谷建疆面前痛哭了一场,感叹老天不长眼,让不幸全都落在了可怜的儿子头上。送走了安娜,谷建疆发了一会儿呆,决定去果酒厂找马秋玲。马秋玲在果酒厂洗瓶子,刚出狱时,谷建疆去找过她,问她到底喜欢过他没有,现在想想真可笑。谷建疆站在果酒厂大门口,马秋玲边拽下胳膊上的袖套,边朝他走来。

"啥事?"马秋玲站在谷建疆的面前,很平静,像是面对天天见面的家人同事。

"何丽萍去乌鲁木齐了。"谷建疆说。马秋玲淡淡地"哦"了一声,不见一丝惊讶。"警察来蓝月亮找她,说她妈妈在乌鲁木齐出事了,让她去一趟。"马秋玲又"哦"了一声,用袖套拍打身上的灰尘。"何丽萍不是孤儿吗?她妈妈还活着,你知道吗?"

"知道。"马秋玲淡然说道,谷建疆怔怔地看着她,马秋玲看了一眼他,"你来就为这事?"

"何丽萍为什么要撒谎,说她爸妈早就死了?"

"她爸死了,她妈没有。"

谷建疆想不通何丽萍为什么要骗他,明明她母亲活着,却说死了。

"所以说,你看见的不一定都是真的。何丽萍不是一般人,很不简单。"马秋玲又说。

快到下班时间了,谷建疆要请马秋玲吃饭,让她好好跟他说说何丽萍。如果不是谷建疆问,马秋玲不会跟他说何丽萍的任何事,虽然她不喜欢何丽萍,也不想断她的路,人生在世都不容易,猪往前拱,鸡往后刨,各有各的活法。

十年前,何丽萍十二岁,那时她还没来甘泉子,在中原老家黄河边一个叫高寨的小镇。那时她也不叫何丽萍,叫唐丽萍。唐丽萍上小学五年级,是班上最漂亮的女生,嗓子脆甜,是学校宣传队的文艺骨干,代表学校参加县里的文艺会演,一段样板戏《红灯记》里的《我家的表叔数不清》,惊艳全场,赢得一片叫好声,一个评委激动地赞叹,简直就是个小铁梅啊!从那以后,小铁梅的称号就叫开了。唐丽萍成了学校和高寨镇的名人。

唐丽萍的爸爸唐成是个木匠,一年四季骑着一辆飞鸽加重自行车,走村串镇给人打家具做木匠活,有时天黑路远,就在东家留宿。后来,唐成留宿不回家的情况越来越多,有时几天都不回,说是东家活儿要得急,晚上加班赶活儿。唐丽萍的妈妈刘春秀感觉不对劲,起了疑心。一天早晨,太阳还没露脸唐成就出门了,说是去张店干活。刘春秀悄悄跟踪了唐成,发现他没有去张店,而是去了李庄的孙寡妇家。刘春秀强忍着满腔的怒火与冲动,没有立刻戳穿唐成的谎言。一分一秒熬到了太阳落山夜幕降临,不见唐成回来,刘春秀抓起一把菜刀,又直奔李庄。刘春秀砸开了孙寡妇的家门,砸门怒喊声惊动了半个村子。唐成惊慌藏进了厕所,由于做贼心虚慌不择路,一脚踏空掉进了茅坑，别折了左腿，成为人们茶余饭后的笑谈。从那以后，刘春秀和唐成的关系一落千丈。唐成要和刘春秀离婚，她坚决不离，不甘心便宜了一对狗男女。原本五香可口的日子，变得缺油少盐寡淡无味。唐成更加不着家，与孙寡妇明铺暗盖，毫不在意人们的闲言碎语。

刘春秀也发生了变化，整天打扮得像一朵牡丹花，走起路来屁股扭成了钟摆。刘春秀也不再和人们一起面朝黄土背朝天地侍弄土地当农民，摇身一变，成了高寨镇百货商店的售货员。关于刘春秀乌鸦变凤凰，在民间有许多叫人亢奋的传说，最具说服力的是，她和供销社主任有一腿。刘春秀自打当上了百货商店售货员，风不吹日不晒，皮肤更加地白皙，像游进大海的鱼，风情万千。刘春秀也不再把唐成放在心上，回不回家无所谓，有时唐成讨好她，她也爱搭不理。风言风语传到了唐成的耳朵里，他讥讽刘春秀抱上了供销社主任的大腿，刘春秀说："只许你州官放火，不许我百姓点灯？"

唐成说："日子过到这个份儿上，没必要再纠缠一起了，早分早安生。"

刘春秀嘴一撇说："让我给狐狸精腾地方，这辈子都别想。"

话不投机，唐成恼羞成怒，就动了手。刘春秀也不是等闲之辈，施展出十八般武艺，抓脸揪头发咬胳膊，像只发了疯的狸花猫，叫唐成难以招架。唐成一不做二不休，索性住进了李庄孙寡妇的家，出双入对，缠缠恩爱，乐不思蜀，俨然一对幸福美满的夫妻。唐成一早出门去做工，太阳落山回到孙寡妇家，孙寡妇已经做好了饭菜，满屋子飘荡着饭菜温馨的香味。孙寡妇准备好洗脸水，把热毛巾递到唐成的手上，温在手上暖在心里，一天的疲惫顿然消散。孙寡妇给唐成斟上酒，给自己也倒上一杯，两人一边喝酒，一边说些甜蜜的废话。唐成想，啥叫好日子？啥叫幸福？这就叫好日子，这就叫幸福。这一切，唐成在刘春秀那里感受不到，刘春秀的心思不在做饭干家务上，心思全用在了打扮臭美上，唐成做工回来，家里经常不见刘春秀的踪影，冷锅冷灶，女儿唐丽萍饿得直叫唤。唐成劝刘春秀把心思放在家，放在女儿身上，刘春秀反驳，你一年四季满世界逍遥，没有资格教训我。唐成说"我是为了挣钱养家"，刘春秀说"我也没闲着"。话越说越多，越说越恼火，就吵，然后就动了手，唐丽萍吓得鬼哭狼嚎。唐成和刘春秀过得家不像家，日子不像日子，当他遇见了贴心的孙寡妇，像雪人遇见了火，顷刻间便被融化，缴械投降。

唐成和孙寡妇相遇是个春天，桃花满天红，空气中弥漫着暧昧的芬芳。孙寡妇要做一个梳妆台，找到了唐成，梳妆台牵线搭桥，把他俩装扮成了一对情人。孙寡妇给了唐成刘春秀没有的温柔体贴，让他真正感受到了什么叫男人，什么叫女人。好景不长，秋末的一天，唐成干完活儿，骑着飞鸽自行车回李庄，天已经擦黑了。干活的村子离李庄有十几里地，途中，唐成尿急，就支起自行车，站在河沿对着奔流的河水撒尿，尿液画出一道抛物线落到了河里，他舒坦地呻吟了一声。突然，一只黄鼠狼从抛物线下蹿过，猝不及防，他惊叫一声，身体失去了重心，像一截木头，栽进了河里。

孙寡妇等了一夜不见唐成回来，胡思乱想，要是干活晚了借宿在了东家家倒没啥，要是回高寨了她心里就不是滋味，虽然唐成和刘春秀是夫妻，但孙寡妇认为，她才是让唐成念念不忘的女人。

第二天中午，两个在河边割草的小孩发现了唐成的尸体，人已经被河水泡变形了，有人认出是唐木匠。一个爱凑热闹的愣头儿青，自告奋勇去高寨通知刘春秀，她男人掉河里淹死了。刘春秀听到唐成的死讯，没有表现得过于悲伤，只是愣怔了一会儿，便接受了她也成为寡妇的现实。那一年唐丽萍九岁，上小学二年级。

唐成的死亡终结了和刘春秀十余年的夫妻关系，刘春秀感觉像是突然切掉了六指，刚开始不习惯，很快便体会到摒弃了累赘的轻松与欣慰。刘春秀枯木逢春，妖娆的身影吸引了高寨镇男人和女人们的目光，百货商店的销售额，因为她节节攀升。有人戏言，刘春秀把全镇的男人都吸引到了百货商店。男人们有事没事都喜欢往百货商店钻，买包烟，买瓶酒，买盒火柴打瓶醋，或者什么都不买，绕着柜台转几圈，眼睛不看柜橱里的商品，却在刘春秀的身上溜来滑去。有大胆的男人买了烟不急着走，眼睛看着刘春秀，慢悠悠撕开口，手指头轻轻一磕，弹出一支烟来。男人点上烟，身子倚着柜台，透过烟雾眯缝着眼跟刘春秀调情，有的还把烟雾喷到她的脸上，她不生气，"咯咯咯"地笑，很开心的样子。

唐成死后，虽然有不少男人倾心于刘春秀，一想到她和供销社主任的传说便望而却步，熄灭了蠢蠢欲动的心火。在高寨镇男人们的眼里，刘春秀是一尊供奉的塑像，只能看，不能碰，她有一种高处不胜寒的悲凉。日子像一条污浊的河，裹挟着她，浑浑噩噩地向前方流去。

唐丽萍十二岁那年发生了一件事，导致刘春秀带着女儿离开了高寨镇，远走异乡。

一天晚上，唐丽萍和几个小伙伴去邻村看电影，回家途中路过一片玉米地，一个小伙伴提议掰些玉米回家煮着吃。唐丽萍和小伙伴们钻进了玉米地掰玉米，她有个毛病，一紧张就想撒尿，她刚蹲下撒尿，黑暗中突然蹿出了一个人。小伙伴们做贼心虚，以为是看玉米的，像受惊的蝙蝠一样哗啦啦向黑夜里奔逃。唐丽萍慌忙提起裤子，没跑几步，一只大手牢牢地钳住了她。

夜深了，唐丽萍还没有回来，刘春秀站在院子里侧耳倾听临村的动静，电影已经结束。刘春秀走出院子，街上静悄悄的不见行人，一只猫卧在不远的墙头上，怪异地叫了两声，瘆得她头皮直发麻。刘春秀一阵莫名的心慌，关上院门，朝唐丽萍的同学小凤家走去，看看小凤回家了没有。吃晚饭时，小凤和另外两个小伙伴，来叫唐丽萍去邻村看电影，她饭都没吃完，抓起半个馒头就跟她们走了。

小凤家的院门已经闩死，院子里黑洞洞的。刘春秀拍打着门板，惊醒了小凤的父母。吊在屋檐下的灯泡亮了，昏黄的灯光填满了院落。"吱扭"一声，屋门打开，小凤的爸爸趿拉着鞋，啪嗒啪嗒跑了出来。小凤的爸爸打开院门，没等他说话，刘春秀便急切地问小凤回家了没有，小凤爸爸说，啥时候了还不回家，都睡一觉了。刘春秀慌了，推开小凤爸爸冲进了屋，叫醒了小凤，问唐丽萍去哪了。小凤揉着眼睛，看看她爸。小凤没有告诉爸妈偷玉米被人追赶的事，害怕挨打，她爸脾气暴躁，动手比动嘴的时候多，半句话不入耳，一巴掌就扇了过来。小凤不敢说话，刘春秀着急，小凤的妈披着衣裳催她快说，她吞吞吐吐说了玉米地里发生的事。

刘春秀问："丽萍呢？丽萍跑哪了？"

小凤说:"我跟小梅、小琴跑到村东头,才发现丽萍不见了,我们害怕,就回家了。"

小凤爸爸抓起手电筒,和刘春秀一起去找唐丽萍,小凤妈妈把一把镰刀塞到男人手里,以防万一。刘春秀和小凤爸爸刚出院门,小凤妈妈追了出来,要一起去,半夜三更唐丽萍没回家,她心里猫抓似的,在家也坐不稳睡不着。小凤妈妈不是真的关心唐丽萍,是不放心刘春秀和自己的男人在一起,况且又是夜深人静时分。刘春秀和小凤的爸妈一路寻找,终于在一片倒伏的玉米地里,发现了昏迷的唐丽萍。

从此,唐丽萍无论走到哪里,都能感受到人们鬼鬼祟祟的目光和窃窃私语,脊背上像有无数只蚂蚁在爬。她拒绝出门,拒绝上学,把自己关在屋子里,恐怖的记忆像蛇一样缠绕着她,缠得她窒息透不过气来。她害怕黑暗,睡觉也得开着灯,整夜做噩梦,梦见一个只有半拉脑袋的怪兽向她扑来,她惊叫着醒来,瞪着爬满了窗户的黑夜,瑟瑟发抖。唐丽萍瘦成了一只螳螂,一天说不了几句话,一个人发呆,原本灵动顾盼的眼睛黯然呆滞,刘春秀跟她说话,她怔怔地看着她,久久没有反应。刘春秀不忍心眼看着女儿被断送,一个多月以后,带女儿离开了高寨。

刘春秀母女去哪了众说纷纭,有的说去了宁夏,有的说去了山西,也有人说去了新疆。刘春秀有个相好在新疆,她带着女儿投奔相好去了。

刘春秀所谓的相好是她的高中同学,初恋情人,叫何志伟,俩人曾经海誓山盟,无奈情深缘浅。高中毕业后,刘春秀阴差阳错嫁给了唐成，何志伟对刘春秀痴情难忘，爱意浓时情已殇，一咬牙远离家乡，去新疆投奔他的姐姐金枝。何志伟的姐姐金枝在甘泉子新生连，嫁给了一个叫马铁牛的男人。

何志伟跟马铁牛不对卯，相互看不起。何志伟待得憋屈，他认识了一个拉煤的卡车司机，听卡车司机说煤矿需要工人，就跟着卡车司机去了煤矿，当上了挖煤工人。挖煤虽然辛苦危险，但能挣钱，也不用再看马铁牛的脸色，过寄人篱下的日子，何志伟很满意。煤矿上女人少，找对象难，加上何志伟心里忘不掉刘春秀，晃悠到了三十多，也没有结婚成家。刘春秀的到来，让何志伟喜出望外，全然不在意她结过婚，还带着一个十多岁的女儿，他热情地张开怀抱，接纳了刘春秀母女。为了表示感激与诚意，刘春秀让女儿唐丽萍随了何志伟的姓，改名为何丽萍。

有了家，何志伟不再喝酒打牌赌钱，工作更加卖力，发誓要让刘春秀母女过上好日子。刘春秀心疼何志伟，不想让他提着脑袋下井挖煤拿命换钱，想开一家小商店。离开家之前，刘春秀变卖了家产，开商店的钱她有，她又在家乡高寨镇百货商店当过售货员，懂得开商店的门道。何志伟很感动，想趁年轻力壮再干几年，等干不动了再说。结果没等他干不动就出事了，煤矿冒顶，他和十几个矿工，被捂在了矿井里。那是刘春秀来到煤矿的第三年。

何志伟死后，刘春秀开了家小商店，勉强维持母女俩的生活。刘春秀又把女儿的名字改回唐丽萍，何志伟死了，女儿也就没必要姓何了，不管怎么说，唐成是女儿的亲爹，应该姓唐。

刘春秀懂得笼络人心，客人买东西，分分毛毛的零头说免就免

第二章 谷建疆 | 167

了，没带钱先赊账，下回一起结。女人带着小孩来买东西，她伸手摸摸孩子的脸，不停地夸人家孩子可爱，稀罕死人，看着干净顺眼的，还会抱过来亲一口，剥个棒棒糖塞到孩子嘴里，糖吃在孩子嘴里，甜在娘的心头。男人来店里买烟，没等男人把烟叼嘴上，刘春秀便"啪"地摁着打火机送到了眼前，温暖的火苗顿时融化了男人的心。商店的生意，像初升的朝阳一样眼瞅着红火起来，以往在别家买东西的客人，纷纷转投到她的门下。同行是冤家，刘春秀遭到了同行嫉妒，各种闲话满天飞，不知谁把唐丽萍在老家的事也给扒了出来，情绪刚刚恢复正常的唐丽萍，再一次受到了打击。

在刘春秀最无助的时候，杨烧饼走进了她的生活。杨烧饼在刘春秀商店斜对面开了家烧饼店，她经常去他店里买烧饼。杨烧饼也常来她店里买烟，一来二去就熟了。刘春秀再去买烧饼，杨烧饼就多给她一个，后来就不收钱了。杨烧饼来买烟，刘春秀帮他点上火以后，顺手把打火机揣进他的口袋，柔软的手隐隐触碰着他的胸脯，麻酥酥的，让他飘飘欲仙。杨烧饼的老婆病死了，儿子十五岁那年夏天跳水库里游泳，被水草缠住了腿脚溺亡了。

刘春秀和杨烧饼成家以后，头半年相安无事。杨烧饼对刘春秀言听计从，对唐丽萍也很关心。杨烧饼满脸谄媚讨好唐丽萍欢喜，唐丽萍对他却不冷不热。刘春秀安慰杨烧饼，别着急慢慢来，总有一天唐丽萍会认他这个爹。杨烧饼说，既然他现在是唐丽萍的爹，她应该随他的姓，叫杨丽萍，刘春秀说脱裤子放屁，多此一举。杨烧饼腆着脸说："你嫁给何志伟，丽萍为啥随了他的姓？"

刘春秀说："你能跟何志伟比吗？"

唐丽萍不喜欢杨烧饼，刘春秀劝她，杨烧饼人不错，对她们母女好，家里得有个男人，忍几年吧，等将来长大嫁了人远走高飞，过自己的日子，不喜欢这个家就别回来。有一天，刘春秀感觉杨烧饼瞅唐丽萍的眼神不对劲，开始没太在意，后来越发异常，就警告他。他嬉笑着说："想哪去了，不管咋说丽萍也算是我女儿，当爹咋能对女儿动歪心眼。"听他这么一说，刘春秀觉得是自己敏感多心了。

夏天的一天傍晚，刘春秀发现杨烧饼偷看唐丽萍洗澡，冲上去打他。杨烧饼自觉理亏，没还手，举起胳膊肘嬉皮笑脸地抵挡着。刘春秀越打越狠，越骂越难听，祖宗八代都骂了，还咒骂他死去的老婆儿子。咒骂他老婆就罢了，咒骂死去儿子杨烧饼受不了了，他愤怒地拽住了刘春秀的胳膊，一使劲，刘春秀像面粉袋子一样甩了出去。刘春秀撞在了桌子上，疼得趴在桌子上起不来。杨烧饼似乎还不解气，上前摁住她一顿乱摇，边摇边骂她整天跟男人骚眉弄眼，是勾引男人的骚母狗。骂刘春秀不解气，又骂唐丽萍是跟她一样的贱货。刘春秀挣扎着扭过脸，一道寒光闪了她的眼睛。那是一把水果刀，水果刀旁放着一只烂苹果，她伸手抓住了水果刀，一转手腕，攮进了杨烧饼左侧的肋骨。杨烧饼脾脏被扎伤，命保住了，刘春秀被判五年有期徒刑。

那年，唐丽萍十五岁。

刘春秀放心不下女儿，让她去甘泉子的新生连，投奔何志伟的姐姐金枝。刘春秀与何志伟结婚后，去过金枝的家，金枝也见过唐丽萍，不住嘴地夸她长得讨人喜欢，还给她买了条花裙子。唐丽萍不想去何志伟姐姐家，刘春秀劝她，她还小，一个人在煤矿她不放心，去了甘泉子，好歹有个落脚的家，金枝看在死去的弟弟的情分上，也不会将她拒之门外。刘春秀还说，甘泉子没有人知道唐丽萍的过去，到了那里，就可以安安静静地生活。刘春秀告诫唐丽萍，去了新地方，不要跟她联系，别让人知道她有个坐牢的母亲，不是当娘的心狠，是不想影响她的前途。

刘春秀入狱后，唐丽萍一个人悄悄地离开了煤矿，去甘泉子新生连投奔何志伟的姐姐金枝。唐丽萍叫金枝姑姑，从此，她又改名为何丽萍，开始了隐姓埋名的生活。

金枝一家，总体上说对唐丽萍不错，特别是马秋玲的哥哥马明亮对她尤其关心。马明亮小时候得过小儿麻痹，落下了后遗症，右腿萎缩，比左腿细，短了一截，走起路来一瘸一拐的。马铁牛讨厌何志伟，却喜欢何丽萍，看见女儿马秋玲欺负她，还替何丽萍说话。何丽萍到金枝家时，马秋玲已经不上学了，金枝问何丽萍还想不想上学，她想了想，点了点头，又摇了摇头。金枝说："不想上就不上了，反正也考不上大学，看你秋玲姐，高中毕业一样回家种地干活。"

铁牛说："秋玲考不上大学，不代表丽萍就考不上。"

金枝说："鸡窝里飞不出金凤凰，别白日做梦了。"

铁牛说："好歹得念完高中吧。"

于是，何丽萍就去甘泉子上中学。

见马明亮处处关心何丽萍，金枝灵机一动，有意亲上加亲，想收何丽萍做儿媳妇，何丽萍心里不乐意，嘴上什么也不说，只是低着头微笑。何丽萍勉强上到高中毕业，就离开了金枝姑姑家，去县城闯荡。

上高一的时候，何丽萍的一个男同学，叫高小龙，偷偷给她塞了张纸条，说喜欢她。何丽萍悄悄把字条藏在铅笔盒里，被一个借橡皮的同学发现了，于是传得沸沸扬扬，惊动了老师。老师进行家访，把这件事告诉了高小龙的爸妈，严肃地指出中学生早恋的危害性，高小龙的爸妈频频点头，连连称是，表示会对高小龙严加管教。老师走后，高小龙的爸爸一拍大腿，好小子，长大了。高小龙的妈妈翻了丈夫一眼说："一点正经没有，你儿子犯了作风错误，你不以为耻，反倒为荣。"高小龙的妈妈是单位的股级干部，说话往往夸大其词，上纲上线。高小龙妈妈想了一夜，决定让高小龙转学，去县城上高中，一是及时把高小龙跟何丽萍的爱情萌芽扼杀在摇篮里，二是县城中学教学质量相对要高一些，有利于高小龙的提高，为考大学奠定基础。

高小龙转学去了县城，距离并没有割断他与何丽萍的联系，他给何丽萍写信，把抑制不住的青春冲动，化作文字装进信封寄给何丽萍。何丽萍也给他回信，不是每封都回，高小龙抱怨她不及时回信，心里没有他，她在信中说，不是她心中没有他，是她没有钱，一封信要八分钱邮票，一个信封也得两分钱，寄一封信的钱，顶得上她一顿饭钱。高小龙写信道歉，他只站在自己的角度，没有考虑到她的具体困难，并随信寄给她十块钱，让她买信封邮票，给他写信，钱用完了再给她寄。何丽萍与高小龙书信来往，断断续续直到高中毕业。何丽萍没考上大学，高小龙也没考上，高小龙的爸妈让他在县城继续复读，来年再考。

金枝三番五次跟何丽萍说，做她的儿媳妇。何丽萍不情愿嫁给马明亮，并不仅仅因为马明亮腿有残疾，她也不喜欢新生连那个地方，不甘心一辈子将自己沤在那里，于是，她不顾金枝的愤怒、铁牛的失望,以及马明亮的伤心,毅然离开了金枝姑姑家,离开了新生连。

高小龙住在县城舅舅家,他舅舅是县商业局的副局长,求他办事的人很多,也有很多人替他办事。高小龙在县中学复读班复读,何丽萍在县城找活儿干。那时的县城不像现在,机会多活儿好找。高小龙一个同学的爷爷瘫痪了,需要人照顾,他就介绍何丽萍去同学家当保姆。

高小龙复读一年,考上了新疆工学院,去乌鲁木齐上大学。何丽萍在县城继续当保姆,期盼高小龙的来信,成了她暗淡生活的一丝希望。过了一年多,高小龙的来信越来越少,从开始的每周一封到半个月一封,然后是一个月一封,两个月一封,再然后就收不到他的信了。何丽萍不停地给高小龙写信,问他为何不回信,其实她心里已经预想到了答案,只是不愿正视残酷的现实。那年初冬,何丽萍收到了高小龙最后一封信。那天,县城下了入冬后的第一场雪,白雪藏污纳垢,将世界装扮得宛如纯洁的少女。高小龙信中说,他与何丽萍不合适,他们之间的距离像天池一样宽阔,难以逾越,经过深思熟虑,决定结束他们的关系,他很抱歉。何丽萍不甘心,连续给高小龙写了三封信,均泥牛入海,不见回音,他们的青涩爱情,无疾而终。

几年以后,何丽萍到乌鲁木齐,专门去了一趟天池,原以为天池是一条河,到跟前才发现是一面湖海。望着浩渺的水面,何丽萍想,原来她与高小龙之间的距离如此宽阔,的确是难以逾越。

十

　　谷建疆没有想到，何丽萍竟然隐藏着如此多阴沉的秘密，他有点蒙，有种玩鹰被鹰啄了眼的羞愤沮丧。他点燃一支烟，深吸一口，一团烟雾像何丽萍一样，在他眼前稍作绻缱停留，便随风而逝。

　　马秋玲说，别看何丽萍不哼不哈，鬼着呢，有一次她俩聊天，马秋玲问她将来想嫁个什么样的男人，她脱口而出，嫁一个能带她远走高飞的男人，去大地方，越远越好。谷建疆猛然想起，何丽萍曾经动员他去乌鲁木齐。"何丽萍还勾引过陈国庆，让陈国庆带她来县城。你信吗？"陈国庆是马秋玲的采购员丈夫，谷建疆将信将疑，马秋玲说，"信不信由你。"

　　何丽萍去乌鲁木齐一个多月后，谷建疆终于收到了她的来信，她在信中说不要等她了，她不打算回县城了，顺带感谢了他一番。谷建疆愣怔良久，觉得有必要去乌鲁木齐找何丽萍当面谈谈，他们彼此爱着对方，都要结婚了，怎么能说分手就分手呢。谷建疆想通过信封，找到何丽萍在乌鲁木齐的地址，才发现信封上没写寄信人地址，很显然，她不希望他去找她。

何丽萍到了乌鲁木齐，才知道母亲刘春秀死了。望着刘春秀冰冷的尸体，何丽萍神情恍惚，与刘春秀失联多年，设想过她的生活，从没想过会遭遇不幸。刘春秀对生活有着无限的眷恋，再苦再难，都会以她的方式努力快乐地活着。

八年前，刘春秀入狱，何丽萍按照她的吩咐离开煤矿，去新生连投奔金枝姑姑，刘春秀再三告诫何丽萍不要来监狱看她，不能让人知道她有一个坐牢的母亲，将来找个能带她远走高飞的男人，走得越远越好，去没人知道她的地方，好好过安生的日子。何丽萍牢记着母亲的话，把对母亲的思念埋在心底，谨小慎微地过着寄人篱下的生活，等待着长大成人，等待着一个可以带她远走高飞的男人，过安生的日子。何丽萍抑制住了去监狱探望母亲的冲动，她给母亲写过几封信，却从未接到过回信，她知道母亲故意不回信，害怕影响了她的学习和生活。

何丽萍算着刘春秀出狱的日子，偷偷去监狱迎接她，因为表现好，刘春秀已提前半年释放，监狱方面也不知道她去了哪里。刘春秀出狱时留下了一封信，她断定何丽萍会来，她了解自己的女儿。她在信中说，何丽萍已经长大了，应该有属于自己的生活，她不想影响她的前途，不想打扰她。刘春秀还说会好好活着，等将来时机成熟了，她们母女再团聚。

刘春秀刑满出狱后，和一个叫钱卫国的男人去了乌鲁木齐。刘春秀跟杨烧饼在一起之前，钱卫国曾经追求过她，经常跑她店里甜言蜜语。钱卫国成天四处游荡，胡吹冒料，老婆看不见希望，跟一个卖臭豆腐的男人跑了，刘春秀打心眼里看不起他。刘春秀坐牢时没有人探视，有一天钱卫国去看她，她很意外，也很惊喜，一感动忍不住哭了。钱卫国像满肚子学问的导师开导她，坐牢没啥大不了的，就当上大学了，五年一眨眼就过去了，他等她出来。刘春秀没把钱卫国的话当真，哪个男人会有耐心等待一个坐牢的半老徐娘，何况他俩又不是青梅竹马，更没有一见钟情。没想到，刘春秀出狱那天，钱卫国果真在监狱门口等着她。

去乌鲁木齐是钱卫国的主意，刘春秀也没想好出来以后去哪。钱卫国说，她在里面这几年，外面变化很大，不像过去了，人像老母鸡似的趴着窝舍不得离开，现在不一样了，农村的人往城里跑，城里的人往国外跑，一个个像打了鸡血，浑身使不完的劲。钱卫国一无所有，生活全靠刘春秀的一点积蓄。刘春秀租了个门面开商店，城市里开商店成本高，竟争激烈钱难挣，一年忙下来不但没挣钱，还亏了五千多。赔了钱，刘春秀的心情不好，把怨气一股脑儿撒在了钱卫国身上，把他数落得一无是处，骂他是吃软饭的小白脸。刚开始钱卫国还能忍受，嬉笑着逗刘春秀开心，可她的话越说越难听，他面子挂不住了，就反驳了几句，你一言我一语，话越扯越多，气越吵越盛，就开始对骂，接着就动起手来，对方的好都看不见了，满脑子都是怨怒、愤恨、懊悔，净挑狠话说，恨不得一句话把对方噎死。

商店开不下去了，坐吃山空，刘春秀的积蓄眼看着见底了，逼着钱卫国出去找活儿干。刘春秀喜欢跳舞，经常去一家叫难忘今宵的舞厅跳舞，认识了舞伴宋宝林。宋宝林比刘春秀大十几岁，身材匀称，腰板直挺，头发梳得整齐服帖，从头到脚收拾得利利索索，不像奔六十岁的人。宋宝林在群艺馆工作，年轻时在文工团当过舞蹈演员，风流倜傥，幽默风趣。除了跳舞，刘春秀和宋宝林还有一个共同的爱好，打麻将，隔三岔五，宋宝林就约刘春秀去他家打麻将。宋宝林阅人无数，自然读懂了刘春秀的眼神，你情我愿，便从麻友升级为床友。宋宝林离婚多年，一个人住，刘春秀设想，如果成为这个家的女主人，后半辈子便有了依靠。钱卫国了解刘春秀的本性，男人两句骚情话一撩，就糖人遇见火似的站不住了。一天夜里，两点多了刘春秀还没回家，钱卫国就先睡了，睁开眼，天已大亮，依然不见刘春秀，愤然骂了一句骚货。

　　门锁响了一下，门轻轻打开了一条缝，刘春秀踮着脚尖野猫似的挤进来半个身子，一抬眼，看见钱卫国正坐餐桌前吃早饭，手里捏着半根油条，目光阴冷地看着她。刘春秀讪讪地打着呵欠捶着腰说，打了一宿麻将累死了，得好好补补觉，边说边往卧室走。钱卫国说，是让人干了一宿吧。刘春秀一怔站住了，扭脸看着钱卫国说："你他娘的啥意思？"钱卫国撇了撇嘴说："啥意思你心里不清楚？烂货！"刘春秀上前，端起半碗豆腐脑儿扣在了钱卫国的头上，钱卫国随手把油条摔到刘春秀的脸上，他薅她的头发，她揪他的裤裆，刹那间鬼哭狼嚎。从此，日子就再没有消停过，两天一骂三天一打。过不下去了，钱卫国提出分手，刘春秀爽快答应，钱卫国向刘春秀要分手费，补偿青春损失，刘春秀朝他吐了口唾沫说："不要脸的货，吃软饭吃顺嘴了,还青春损失,脸都没有,哪来的青春!"钱卫国搬走以后,刘春秀难过了一阵,毕竟俩人在一起三年多了。刘春秀抽完一支烟,挥手一扇,飘浮在面前的烟雾散去,咕哝了一句:"全他娘的过眼云烟。"

刘春秀搬到了宋宝林的家,宋宝林要和她领结婚证,踏踏实实做夫妻,她提条件,得把他银行存款工资卡交她保管,房产证上也得写上她的名字。宋宝林犹豫不决,说这些东西迟早都是她的。她说并不是贪他的钱财,是要看看他对她是否真心。宋宝林黏黏糊糊,始终不松口,刘春秀也就不着急跟他领结婚证,两个人就凑合在一起,心猿意马,同床异梦。

钱卫国舍不得刘春秀,忍不住去找她,赔礼道歉,骂自己不是东西,扇自己耳光,希望重归于好,刘春秀不为所动。跟宋宝林同居了一段时间,刘春秀心里忘不掉钱卫国,有时候还挺想他,想坐牢的时候他去看她,出狱的时候他去接她,当然也想他们在一起缠绵销魂的曼妙时光,越想就越觉得对不住钱卫国。宋宝林年纪大了,没有钱卫国强壮的体魄和激情,常常在刘春秀风起云涌的浪尖上偃旗息鼓,她怀念和钱卫国在一起时的激情四射电闪雷鸣。于是,刘春秀不再拒绝钱卫国的骚扰,开始编织谎言,瞒着宋宝林和钱卫国鸳梦重温。宋宝林发现刘春秀和钱卫国暗度陈仓,十分痛心,认定刘春秀接近他是个阴谋,以结婚的谎言骗取他的钱财,用心险恶,要结束关系,撵刘春秀走。刘春秀冷笑说:"当初是你求着我住进来的,想撵我走没那么容易,把我当什么人了,我可不是招之即来挥之即去的野鸡。"

宋宝林说:"你连野鸡都不如。"

刘春秀气急败坏,张牙舞爪扑向宋宝林,又抓又挠。想到被算计，宋宝林霎时怒火中烧，两个人扭打成一团。宋宝林毕竟比刘春秀大十几岁，体力渐渐不支，被刘春秀骑在身上扇耳光，边扇边骂他是老流氓老色鬼。宋宝林在女人面前向来都是众星捧月，哪受过这般的轻蔑侮辱？愤怒产生了力量，他一把薅住了她的头发，猛然把她从身上拽了下去，随之双手掐住了她的脖子，他那双曾经挥动出迷人舞姿的手，像一个夸张的舞蹈造型，定格在刘春秀的脖子上，直到她彻底安静下来，无声无息。

宋宝林不相信刘春秀死了，以为她装死吓唬他。他把手伸向她的鼻子，感觉不到一丝的气息，叫了两声没有回应。看着躺在地上的刘春秀，宋宝林感觉很不真实，一个人的生命就如此轻易地溜走了，实在是匪夷所思。

处理完刘春秀的后事，何丽萍爬上红山，站在红山塔旁俯瞰乌鲁木齐，她从来没有见过这么多的高楼大厦，也从来没有见过这么多的汽车行人。这应该是刘春秀说的远走高飞的地方。何丽萍明白了刘春秀出狱后为什么来到了乌鲁木齐，明白了高小龙来乌鲁木齐上大学以后，为什么发现他们之间的距离像天池一样宽阔。风撩起何丽萍的衣角和头发，像旗帜一样飘扬，她没有靠男人引领，已经到达了远走高飞的地方，那一刻，她暗下决心要留在乌鲁木齐，不再回僻远的县城。

何丽萍给谷建疆写了封信，告诉他不回去了，一切都结束了。她本想像高小龙那样，写和谷建疆之间的距离像天池一样宽阔，难以逾越，犹豫了一下没写。高小龙是大学生可以那样写，她和谷建疆之间的距离，似乎也没有天池那样宽阔。

很长一段时间，谷建疆接受不了何丽萍离开的现实，幻想着她随时会回来，蓦然站在他的面前，黑葡萄似的眼睛，笑意盈盈地望着他。谷建疆魂不守舍，大头劝他忘了何丽萍，何丽萍像一片云彩一样飘走了，不会再回来了，谷建疆说，云彩能飘走，就能飘回来。半年过去了，何丽萍也没有回来，谷建疆失去了往日的激情，弹琴时常常心不在焉，一个曲子反复弹了许多遍也不知道结束，引起客人的不满，影响了舞厅的生意。大头和谷建疆谈话，不能因为一个无情无义的女人耽误了正经事，谷建疆默默地吸了口烟说："行，你要是觉得耽误你挣钱了，我可以走。"

大头说："啥话嘛，我是那意思吗？我是为你着急，不能因为何丽萍把自己废了。好女人多得是，干吗非得一棵树上吊死。"

谷建疆没有一棵树上吊死，两个月后，他不顾大头的挽留，离开了蓝月亮歌舞厅。谷建疆走不是因为何丽萍，是因为另一个女人，姜慧兰。

十一

一个星期六的晚上，歌舞厅人很多，舞池像一锅翻滚的饺子，云蒸霞蔚。一支快四步舞曲结束，服务员走到谷建疆面前，说八号台的客人点《我们的生活充满阳光》，服务员还说，八号桌的客人说认识他。谷建疆朝八号桌方向望了望，灯光幽暗，影影绰绰。他没有太在意，经常有客人说认识他。舞会结束，谷建疆正在收拾东西，一个中年男子走上前来，微笑看着他，问道："还认识我吗？"

谷建疆端详着中年男子，遥远的记忆喷泉一样涌了出来。眼前这个中年男人，看上去似乎没有从前高，也没有从前挺拔，谷建疆还是认出了他："你是小李子叔叔？"

"现在成老李了。"中年男子微笑着。他是当年电影队的放映员小李子，经常跟着师傅老姜去甘泉子放电影，电影队一来，谷建疆就欢天喜地围着他们转，看他们挂幕布，倒片子。有时，老姜还会把断裂的胶片送给他，他把胶片对着太阳，能看见上面的小人。十几年过去了，小李子不再跟着电影队放电影，他现在是县城人民电影院的李经理。他的师傅老姜已经去世，一次去牧区放电影，心脏病突发，没等送到医院，人就不行了。

李经理对谷建疆很关心，询问他工作情况、家庭情况，得知他还没成家，满脸的急切和遗憾，表示一定把他的个人问题放在心上，替他留意，找个好姑娘成家。李经理的话，谷建疆没放在心上，以为是随口一说的客套。半个月以后，谷建疆接到李经理的电话，说有个姑娘挺合适，让他们见个面。谷建疆还没有从何丽萍的忧伤中走出来，对找对象缺乏热情，碍于李经理的面子，就答应了下来。第二天，谷建疆如约来到人民电影院对面的川菜馆，李经理已经到了，身边坐着一个姑娘，柳眉杏眼，皮肤有点黑，右下巴上有颗痣，嘴唇有点厚，红润，像切开的草莓。看见谷建疆，李经理起身招呼，姑娘也跟着站起身，匆匆睃了他一眼，便低眉垂眼，站在李经理身旁。李经理向谷建疆介绍，姑娘是县食品厂工人，叫姜慧兰。

除了丰润的厚嘴唇，谷建疆对姜慧兰没有特别的印象，更谈不上一见钟情。吃饭期间，基本上都是李经理一个人在说话，偶尔问一句姜慧兰什么，她就简短回答，脸上浮起一丝羞涩的红晕。姜慧兰静静地坐着，吃得也少，李经理和谷建疆让她，她才拿起筷子攥一点菜放进嘴里，低垂着眼睑慢慢地咀嚼。吃完饭，李经理把两张电影票塞到谷建疆的手里，让他和姜慧兰去看电影。李经理告辞了，姜慧兰低头看着脚尖，不说话，谷建疆看看手里的电影票，说："想看电影吗？"

姜慧兰看了他一眼说："看你。"

谷建疆希望姜慧兰拒绝，没想到她把决定权交给了他，他犹豫了一下说："李经理让看，那就去看吧。"

"要是不想看，不必勉强。"姜慧兰从谷建疆的话中捕捉到了勉强，她急忙违心地否定，说想看。

谷建疆和姜慧兰走进电影院，电影刚刚开始，银幕上赫然推出《人生》两个大字，气势磅礴，像一扇门，撞在谷建疆的胸口。观众很多，四周一片毕毕剥剥嗑瓜子的声响，浑浊的空气里弥漫着瓜子的闷香。谷建疆没顾上买瓜子，电影院门前有摆摊卖瓜子的，一毛钱一杯，刚到电影院门前，电影开映的铃声响了，他们就匆忙进了电影院。姜慧兰坐在谷建疆的左边，身上隐约散发出食品厂糕点的甜香气味。她的右手握着左手，出神地盯着银幕，被高加林和刘巧珍的爱情深深地感动，看到动情处，她侧过脸去，偷偷地抹眼泪。

走出电影院，天已经黑了，谷建疆犹豫着是不是应该请姜慧兰吃晚饭，她和他告别，他说："这么晚了，要不吃了晚饭再回吧。"

姜慧兰说："不了，我跟人换了班，该交接班了。"说完，姜慧兰走了，很快消失在人群和夜幕下，顿时，谷建疆有种轻松感。下一场电影观众正在进场，谷建疆挤到售票窗口，买了张票，重新走进了电影院，专心看了一遍《人生》。

谷建疆和姜慧兰见面一周过去了，再没有消息，他想可能姜慧兰没看上他。他对姜慧兰的感觉也是可有可无，就没太放心上，以为这事不了了之了，结果李经理又突然找他，问为什么不主动跟姜慧兰联系，是不是看不上她，谷建疆说要论看不上，也是姜慧兰看不上他。"姜慧兰那边没问题，她对你印象不错。"李经理说，"知道姜慧兰的爸爸是谁吗？"谷建疆摇摇头，李经理又说，"她爸爸是我师傅，老姜。"谷建疆吃了一惊，姜慧兰的形象顿然高大起来。李经理吸了口烟，停顿一下，问道："想不想当放映员？"谷建疆不明白李经理什么意思，狐疑地看着他。"如果你跟姜慧兰成了，我就让你去人民电影院放电影，当放映员。"谷建疆又吃了一惊，从小树立的人生理想之树，早已枯萎凋零，突然天降甘霖，枯木逢春。

弯拐得太猛，谷建疆有点蒙，一时不明白当放映员跟姜慧兰有什么关系，经李经理一点拨，他恍然大悟。姜慧兰的爸爸老姜是县电影公司元老，为县电影公司奉献了青春和生命。老姜去牧区给牧民放电影时突发心脏病去世，属因公牺牲，他的先进事迹，得到了地区和县里的表彰，组织上决定，全力帮助解决老姜家里的困难，妥善安置子女的工作。老姜就姜慧兰一个女儿，已经工作，没有待业子女需要安置，如果谷建疆成了姜慧兰的丈夫老姜的女婿，一个女婿半个儿，说是老姜的子女也不为过。关键还有李经理助力，他是老姜一手带出来的徒弟，情同父子，眼下又是掌管人民电影院的经理，有话语权，解决谷建疆的工作问题，不是难事。谷建疆动心了，不是姜慧兰让他动心，是姜慧兰能让他当上放映员，让他心里的那棵理想之树，重新焕发生机。

谷建疆刚到人民电影院，单位没有住房，姜慧兰是女职工，食品厂不给女职工分房，谷建疆和姜慧兰结婚以后想租房子住。姜慧兰家有两间房，她母亲一个人住。姜慧兰没有兄弟姐妹，她母亲想让他们住在家里，没必要再花钱租房子。姜慧兰认为母亲说得在理，谷建疆觉得还是租房子住方便，最终姜慧兰听从了他的建议，在食品厂附近租了房子。谷满仓又找了辆大卡车，把为谷建疆准备的结婚用品重新拉到了县城，摆进了新房，终于松了一口气。那年春节，谷建疆和姜慧兰举行了婚礼，开始了他们五味杂陈的婚姻生活。

结婚之后，谷建疆问姜慧兰，他没有正式工作，坐过牢，还谈过对象差点就结婚了，她怎么会看上他？姜慧兰说，李经理介绍，说他人好，她相信李经理。姜慧兰说："我也谈过，结婚证都领了。"谷建疆愣怔了一下。"小李子叔叔没跟你说吗？我让他一定要告诉你的。"李经理没有跟谷建疆说姜慧兰领过结婚证的事，他蒙在鼓里，脸上爬上了一丝被愚弄被欺骗的怨意。姜慧兰要找李经理，问问他为什么要对谷建疆隐瞒她领过结婚证的事，谷建疆劝阻她，没必要，他不在乎。姜慧兰说："你不在乎我在乎，我最讨厌撒谎骗人不说实话。"

姜慧兰领结婚证的对象是个老师，在县中学教体育，穿着左右两侧匝着白色条纹的蓝色运动装，指挥学生做操跳马踢足球，挺拔潇洒。姜慧兰和体育老师相处了一年多，领了证准备结婚，体育老师和一个教语文的女老师幽会东窗事发。姜慧兰不能忍受体育老师的背叛，不顾体育老师的忏悔哀求，也不顾亲朋好友的劝说，毅然和他分手。姜慧兰虽然还没有和体育老师举办婚礼，但领了结婚证，属于合法夫妻，分手也就意味着离婚，她就是一个离过婚的女人。

姜慧兰确实让李经理告知谷建疆她结过婚，李经理想了想，先没有跟谷建疆说。李经理并非成心要隐瞒，想等事成之后再跟他解释，他不想让谷建疆觉得姜慧兰离过婚低他一等，让他误以为当放映员是交换条件。休息天，李经理专门把谷建疆叫到家里，让老婆炒几个菜，一边喝酒，一边跟他解释为什么没有及时把姜慧兰领结婚证的事告诉他。谷建疆说:"就是说了我也不在乎,别说只领了个证,就是真结过婚我也不在乎,我在乎的是姜慧兰这个人。"谷建疆说的不全是真心话,也不全是假话。虽然说姜慧兰没有何丽萍漂亮,也没让他一见钟情,但接触之后发现,她身上有许多何丽萍所不具备的优点。姜慧兰处处替他着想,凡事都听他的,他征求她的意见,她总是说"听你的"。他给她买东西,她不让他乱花钱,有点好吃的舍不得吃,给他留着。跟姜慧兰接触时间越久,谷建疆越能品味出她的好。刚开始,偶尔想起姜慧兰隐瞒了领过结婚证的事,有点耿耿于怀,慢慢释然了,跟她的好相比算不了什么,瑕不掩瑜。

谷建疆到了人民电影院,李经理安排一个经验丰富的老放映员带着他。放电影没有想象的那么难,没出一个月,谷建疆就能独立放映了。望着经自己手投射到银幕上的画面,谷建疆心潮澎湃,悄然流下了激动的泪水。

谷建疆离开蓝月亮歌舞厅去人民电影院当放映员,大头没有反对,当放映员是他的理想,不是人人都有机会实现理想,虽然工资跟办舞会收入没法比,但放映员工作体面。谷建疆和姜慧兰结婚大头也支持,他对姜慧兰印象不错,跟这样的女人过日子踏实。大头心里舍不得谷建疆走,俩人从歌舞厅筹建到开张,一路摸爬滚打,歌舞厅走上了正轨,生意也越来越好。大头建议,谷建疆白天在人民电影院放电影,晚上继续在蓝月亮办舞会,工作赚钱两不耽误。谷建疆谢绝了大头的好意,放映员的工作主要在晚上,和舞会的时间冲突,难以兼顾。

谷建疆对放映员工作很满意,一般每天就放一两场电影,很轻闲，上班下班，吃饭睡觉，生活有规律，两个月下来，胖了不少，脸色红润，不像在蓝月亮歌舞厅办舞会，每天折腾到凌晨两三点，昼夜颠倒，脸色暗黄。

第二年秋天，谷建疆和姜慧兰有了儿子，他们给儿子起了个丰衣足食的名字，谷丰。

第三章 谷满仓

一

江涛被嘈杂声吵醒。

昨晚和谷丰喝酒聊天,不知不觉已是凌晨三点,很兴奋,睡不着,满脑子都是谷丰讲述的故事,天麻麻亮才迷迷糊糊睡了一会儿。江涛打开门走出房间,空气仿佛被天山雪水洗涤过,他深吸一口,感觉一条小溪流进了身体内,神清气爽。

广场上停着一辆皮卡车,几个年轻的小伙子在卸面粉。谷丰在和一位维吾尔族老人交谈,老人气定神闲,紫铜般的脸上,洋溢着祥和的笑容。老人说的是汉语,很流利。江涛很诧异,在牧区,这样年纪的维吾尔族老人,会说汉语的不多见。场长卡米力手里拿着一份名单,按名单给牧民们发放面粉,牧民们把领到的面粉放在电动车上,对老人施礼致谢,驱车离去。

谷丰向江涛介绍老人,老人谦和中带有几分腼腆。江涛双手握住老人的手，用维吾尔语问候：亚克西木塞斯（您好），老人则用汉语向江涛问好。老人名叫克里木，曾经是牧区小学的老师，已经八十三岁。江涛想起王莹讲过，几十年前，谷丰的爷爷谷满仓曾经在一个叫八家户的村子，冒着生命危险救出了一名维吾尔族孩子，村子有个小学老师就叫克里木。谷丰说眼前的克里木老人，就是当年的小学老师。

  谷丰说："古尔邦节快到了，克里木爷爷自己拿出一万块钱，购买了两百袋面粉，分给家庭生活困难的牧民。克里木爷爷经常帮助有困难的牧民。"

  克里木老人说："我有退休工资，花不完，能帮助一下生活困难的人，我心里也高兴。"

  注视着精神矍铄的克里木老人，江涛心头涌起一股暖流，不由得肃然起敬。江涛采访接触过无数的人，其中不乏名人显贵，却很难从他们的话语和眼睛里，感受到克里木老人朴素的真诚。克里木老人要开电动车回家，卡米力不放心，坚持要送他。望着卡米力驾驶着电动车，载着克里木老人出了场部院子，江涛问道："克里木老人是卡米力场长的爷爷？"

  谷丰答道："是的，克里木爷爷收养了卡米力的爸爸，他们之间没有血缘关系，但比亲生的还亲。"卡米力的爸爸，就是当年被谷满仓从大火中救出的小男孩艾尔肯。

  谷丰说："我们家和克里木爷爷一家很有缘分，我爷爷还在这里的小学当过老师。我爷爷没上几天学，文化不高，阴差阳错，他成了牧场小学第一个汉语老师，这一切与克里木爷爷有关。"

二

当年，有人为了把王有田从场长的位置上搞下来，整他的黑材料，谷满仓维护王有田，得罪了工作组组长，结果遭到打压，被扣上了"叛徒特务"的帽子，下放到砖窑厂劳动，巧遇克里木老师。那天，克里木到砖窑厂拉砖，谷满仓推着一车砖从他身边走过，克里木认出了他。克里木惊讶谷满仓怎么会在砖窑厂干活，他找到砖窑厂负责人了解情况，负责人说谷满仓是"叛徒特务"，下放到砖窑厂劳动改造。克里木不信，谷满仓那么好的人，怎么可能是"叛徒特务"。

回到牧场，克里木立刻去找肉孜场长，想通过肉孜场长把谷满仓要到牧场来，不让他在砖窑厂受罪。一见克里木，肉孜场长就问砖拉回来没有，一定要把教室修得结结实实的，孩子们学文化的地方不能出问题，砖不够再去拉，不要舍不得，这个钱一定得花。肉孜场长五十来岁，敦实健壮，和蔼幽默，脸上总是挂满了笑容。克里木让场长放心，保证把教室修得像馕坑一样结实。

克里木说："场长，有一件事情需要你的帮助。"

"你想要天上的月亮，我就帮助不了。"肉孜场长幽默地说。克里木向肉孜场长介绍了谷满仓的情况，肉孜场长说："这么说，谷满仓是好人了，咋样子帮他？"

克里木说："想办法让谷满仓到牧场来劳动改造，我们就可以照顾他了。"

肉孜场长想了想说："这个办法好是好，可是，有什么理由让他来我们牧场呢？"

克里木说："场长，你的办法像树上的杏子一样多，谷满仓的事情，你一定会有办法的。"

肉孜场长乐呵呵地说道："克里木老师，一有问题你就给我戴高帽子，高帽子一戴，你的问题我就得想办法解决。"

孙明祥去牧区巡诊，得知谷满仓从砖窑厂转到了牧场，告诉了安娜。安娜不知内情，乍一听说谷满仓转到了喀山牧场，心头一惊，不知道又发生了什么事。变幻无常的生活，把人变成了惊弓之鸟。孙明祥说谷满仓转到喀山牧场是好事情，安娜不解，喀山牧场比砖窑厂还要偏远，又是民族牧区，能好哪去。孙明祥说："还记得老谷曾经在八家户，冒着大火救孩子的事吗？"安娜不明就里，惑然点点头，孙明祥又说，"当时八家户村小学的克里木老师，现在调到喀山牧场当老师了，是他想办法，把老谷从砖窑厂要到了喀山牧场。喀山牧场大多是民族同志，纯朴善良，不像砖窑厂那么复杂，克里木和牧民们会关照老谷的，放心吧。"听孙明祥这么一说，安娜心里踏实了许多。

谷满仓在喀山牧场比在砖窑厂轻松，每天的工作是骑马放羊，蓝天白云，草原羊群，没有呵斥与歧视，牧民们纯朴友善，他心存感激。山脚下那一栋平房是牧场小学校，谷满仓在山坡上放羊，能隐约听见孩子们琅琅的读书声。谷满仓常常想念谷建疆，眼看着他从刚出生时的小猫一样，慢慢长成了虎头虎脑的胖小子，心里喝了蜜一样甜。为了儿子，再大的苦难委屈，谷满仓都能嚼碎咽下。遥望着小学校，在孩子们的朗读声里，谷满仓仿佛听见了谷建疆的声音，在不久的将来，他的儿子也会像那些孩子们一样，坐在教室里读书学文化，长大成人，结婚生子，到那时，他就荣升为爷爷了。对美好未来的向往，给了谷满仓无限的憧憬和希望。

此刻，克里木老师正在为孩子们上课，十几个年龄大小参差不齐的孩子，坐在简陋的课桌前，用纯真的眼睛看着他。斑驳的黑板上方贴着毛主席像，用维吾尔语写着"好好学习，天天向上"。黑板下方，一根铁丝上串着一溜髀石，上算术课时用来计数，类似于算盘的功能。学校只有克里木一个老师，总共不到二十个学生，组成一个复合班，一至五年级不等，一起上大课。克里木给某一个年级的学生上课，其他年级的学生不愿意听就看书自习。克里木在黑板上写下《我爱北京天安门》，转过身来："今天我们学习新课文，《我爱北京天安门》。同学们，知道天安门吗？"

"知道！"同学们齐声回答。克里木问天安门在哪里，同学们又齐声回答："北京！"克里木问北京是什么地方，哪位同学知道，同学们纷纷举起了手，克里木指指一个男生说："阿力木江，你说。"

叫阿力木江的男生站起来，说道："北京是我们伟大祖国的首都。"

克里木表扬阿力木江回答得很好，然后对一个女生说："阿依古丽你说，北京是什么地方？"

叫阿依古丽的女生站起来回答："北京是红太阳升起的地方。"

一个很小的男孩子，固执地冲克里木举着手，表情认真严肃，全然不顾鼻涕流到了嘴唇上，克里木微笑着对小男孩说："亚森，你说吧。"

小男孩站起来，挺着胸脯大声说："北京，北京是毛主席睡觉的地方。"小男孩的回答引起同学们哄堂大笑。克里木鼓励小男孩，他回答的也没错，但不能说北京是毛主席睡觉的地方，应该是毛主席住的地方。

克里木说："同学们回答得都很好，北京是我们伟大祖国的首都，是红太阳升起的地方。"

一个维吾尔族男孩，趴在窗户上向教室里张望，克里木看见了，走出教室。男孩怯生生地看着克里木，克里木问他叫什么名字，他小声回答："艾尔肯。"男孩说他爸爸死了，他和妈妈从很远的地方来。

克里木端详着艾尔肯，问道："你妈妈是不是阿依夏木？"

"你认识我的妈妈？"艾尔肯很惊讶，奇怪克里木怎么知道他妈妈的名字。

"认识，当然认识，我不仅认识你的妈妈，还认识你。"克里木很兴奋。

有人叫艾尔肯，克里木寻声望去，阿依夏木站在学校门口，阳光洒在她的身上，质朴中带着淡淡的忧郁。阿依夏木认出克里木，有几分慌乱,匆忙拽了拽头巾,遮住脸。

"妈妈,老师叔叔说认识你,还认识我。"艾尔肯对着阿依夏木高声说。阿依夏木走上前来,拉着艾尔肯的手,低着头匆匆离去,艾尔肯边走边扭着脸朝克里木张望。克里木叫了声阿依夏木,她仿佛没有听见,头也不回地走去。

阿依夏木没有想到会遇见克里木,本以为到了一个陌生的地方,开始新的生活,偏偏遇见了最怕见到的人。阿依夏木和克里木青梅竹马,彼此心仪,无奈阴差阳错有情人难成眷属。

艾尔肯在玩髀石,髀石打飞了,他追着去捡,看见克里木站在院子门口,艾尔肯对发呆的阿依夏木说:"妈妈,老师叔叔来了。"

阿依夏木望着克里木,压抑着心中的惊喜,忐忑不安。克里木说:"阿依夏木,你还好吗?这些年一直没有你的消息,你不是在叶城吗,怎么会在这里,发生了什么事情?"

去年,阿依夏木的第二个丈夫,盖房子的时候被房梁砸死了。丈夫家里说是她害死了他,是丧门星,给他们一家带来了灾难,把她赶出了家门。丈夫的一个朋友看她可怜,就介绍她来到了喀山牧场。阿依夏木的遭遇让克里木心疼,疑惑她为什么没回家乡八家户,阿依夏木说:"我这个样子哪好意思回八家户,原想到一个谁都不认识的地方悄悄地生活,把艾尔肯拉扯大,没想到你也来这里了。"

克里木说:"当初真不该让你嫁到叶城去。"

"这不怪你,我妈妈生病欠了那么多的债,他们家里有钱,能替我们家还债。我又结过婚,还带个孩子,我不能拖累你。"看着克里木懊丧的样子,阿依夏木凄然笑笑,"不说这些了,都过去了。你怎么样，成家了吧？有孩子了吧？男孩还是女孩？"

克里木说："还是一个人。"阿依夏木低着头，抠着手指甲，指甲的上半截，残留着凤仙花染过的暗红。克里木看看玩髀石的艾尔肯，"让艾尔肯上学吧。"

阿依夏木犹豫一下说："以后再说吧。"

学生阿力木江给克里木带了一只羊腿，克里木不要，让他拿回去，阿力木江说拿回去爸爸会打烂他的屁股。学生的家长们，经常让孩子给克里木带东西，羊肉、瓜果、牛奶、馕等，不收不行，不收会认为他看不起他们。晚上，克里木叫谷满仓去他家里吃羊肉。他经常叫谷满仓一起吃饭，都是一个人，两个人一起吃饭热闹，吃得香。克里木的家干净整洁，不像一个单身男人的家。墙上挂着一把都塔尔，宁静的夜晚，谷满仓时常听见都塔尔悠扬的琴声。

一大盘清炖羊肉，散发着诱人的醇香，克里木说："学生家长送的，不收下不行。"

谷满仓说："你一心想着学生，家长们自然想着你。"

"孩子们很可爱，我把他们当作自己的孩子一样。"克里木把一块腿把子肉，放到谷满仓的盘子里。

"克里木老师，我是下放劳动改造的，你从不对我另眼看待。"谷满仓很感动。

"我不管什么劳动改造，我相信自己的眼睛，好人坏人分得清。"克里木说，"这里的牧民，也没有把你当坏人。"

"牧民们很朴实，虽然听不懂他们的话，但我能感受到他们的友好善良。"

"你在这个地方待得时间长了，就不想走了，你会喜欢上这里的。"

"克里木老师，你不是在八家户村当老师吗，怎么到牧场来了？"这是一直困惑谷满仓的问题。

"三年前，肉孜场长找到了我，做我的工作，我就来了。"克里木说，"这里僻远，条件差，老师不愿意来。孩子们要上学，没老师咋行呢。"

"不打算走了吗？"

"我走了孩子们咋办，大人没文化也就算了，孩子们不能没文化。没文化就没有前途。"克里木朴素的话语让谷满仓感动。谷满仓端起酒，敬了克里木一杯。

艾尔肯想上学，阿依夏木借口他还小，不想让他上，他便去学校偷偷看学生们上课。这天，克里木带着学生们上体育课，玩跳马游戏，阿力木江弯腰当作鞍马，同学们排着队，依次从他的脊背上跃过。克里木站在阿力木江身边，保护着跳马的学生。克里木看见了站在操场边的艾尔肯，向他招招手。艾尔肯犹豫着走上前去，克里木问道："艾尔肯，敢不敢跳？"艾尔肯不自信地点了点头。克里木说："男孩子说话要大声，不要只点头。敢不敢跳？"

艾尔肯小声说："敢。"

"声音不够大，不够响亮，大声点。"克里高声说，"敢不敢跳？"

艾尔肯大声回答："敢！"

"好，记住了，以后就这样子说话。"克里木满意地笑了。

克里木让艾尔肯跳马，艾尔肯鼓起勇气跑向阿力木江，到了跟前突然胆怯，刹住了脚。克里木让一个叫木拉提的男同学跳，木拉提一段助跑，冲到阿力木江身旁，双手按着他的脊背，山羊一样跳了过去。

"看见了吗，像木拉提一样，勇敢一点。"克里木拍拍艾尔肯的肩膀，"你是男子汉，不要怕。再来一次。"

艾尔肯平复了一下情绪，深呼一口气，疾速地助跑，他像小鸟展翅一样张开了双手，按着阿力木江的脊背，腾空而起。艾尔肯感觉自己飞了起来。

回到家，艾尔肯兴奋地向阿依夏木讲述在学校跳马，克里木老师表扬了他。阿依夏木不解，那么高的马，艾尔肯怎么可能跳得过去？艾尔肯解释跳马是上体育课玩的游戏，不是真的从马背上跳过去。阿依夏木告诫艾尔肯不要总往学校跑，影响了上课，老师会不高兴，艾尔肯说："老师叔叔没有不高兴，老师叔叔可喜欢我了。"

阿依夏木毫不怀疑克里木喜欢艾尔肯，也感受到了克里木对她的情义，她没有勇气靠近他，他依然是团温暖的火，可她不再是清澈纯洁的水，她成了一块被玷污的冰。

艾尔肯喜欢看克里木给学生上课，也喜欢静静地趴在桌子上，看他批改学生的作业，看着克里木在作业本上打钩或画叉，很好奇。艾尔肯不明白什么是作业，克里木说："作业就是老师给学生布置的功课。"

艾尔肯继续问："什么是功课？"

克里木想了想，不知道怎样回答艾尔肯的问题，笑笑说："你还真把叔叔问住了。"和克里木在一起，艾尔肯总有问不完的问题。

那天，克里木去小溪边挑水，看见阿依夏木蹲在小河边，手里拿着葫芦瓢，慢慢把水舀进水桶里，一副心事重重的样子。他轻轻咳嗽了一声，阿依夏木抬起头，见是克里木，心跳不由得加速，脸上泛起一抹红晕。克里木又说起让艾尔肯上学的事，阿依夏木依然推托，低着头，回避着他的目光。

克里木说："艾尔肯很聪明，已经到了该上学的年龄。"阿依夏木似有难言之隐，克里木又说，"是因为学费吗？这个你不用担心。"

"以后再说吧。"阿依夏木挑起水桶要走，克里木说，"阿依夏木，你为什么总是回避我？真的一次机会都不给我吗？"

阿依夏木停顿了一下，说："以前的阿依夏木已经死了。"

克里木说："不管发生了什么事，你永远都是我心目中美丽善良的阿依夏木。"

阿依夏木挑着水桶走去，克里木望着她的背影，消失在红柳丛里。

晚上，克里木默默地弹奏着都塔尔，琴声如泣如诉，充满了缠绵的爱恋与黯然忧伤。那是一首古老的维吾尔族民歌，颂扬纯真的爱情。谷满仓被他的琴声打动，说："克里木老师，你从小就喜欢阿依夏木，她也喜欢你，你俩为啥没在一起呢？"

克里木说："我从小胆子小，老实，不会讨姑娘们欢喜。吐尔逊不一样，他能说会道，风趣幽默，特别会逗姑娘们开心，阿依夏木被他迷住了，嫁给了他。"

艾尔肯是阿依夏木和吐尔逊的孩子。艾尔肯不到一岁的时候，吐尔逊意外死亡，克里木向阿依夏木表白，结果她的家里不同意，嫌他穷。阿依夏木的妈妈生病欠了债，有人给她介绍了一个有钱的男人，男人替她家还清了债，她跟着男人去了叶城。

"感情这东西，讲缘分。"谷满仓感叹。

"老谷，你说我和阿依夏木有没有缘分？"克里木看着谷满仓，像在等待人生的答案。

"当然有缘分。"谷满仓说，"你本来在八家户当老师，三年前来到了这里。阿依夏木嫁到了叶城，男人死了，天下那么大，她哪都不去，偏偏就来到了牧场，遇见了你，这不是缘分是啥？"

克里木琢磨着谷满仓的话，似乎有道理，又不知道该怎么办。谷满仓给克里木出主意，直接跟阿依夏木挑明了，跟她结婚。第二天，克里木就去了阿依夏木家。谷满仓说得对，他已经错过了机会，眼前的机会不能再错过了。艾尔肯看见克里木，叫着老师叔叔跑上前来，搂着他的胳膊。阿依夏木正在打馕，克里木轻轻咳嗽一声，说道："阿依夏木，嫁给我吧。"尽管有心理准备，阿依夏木还是感到惊讶，她抬头看看克里木，摇了摇头。

克里木说："为什么？这些年我不结婚，就是因为心里忘不了你。"

阿依夏木说："你这样不值得。"

克里木说："值，为了你，我做什么都值得。"

"我是一个只会给男人带来灾难的女人，我不想再结婚了。"阿依夏木说，"克里木，你年纪也不小了，找个好姑娘成家吧。"

克里木说："什么灾难，那都是迷信。"

阿依夏木说："你不要再说了，我不会答应你的。"

无论克里木怎样表白，阿依夏木都不为所动，只是默默地摇头。遭到阿依夏木的拒绝，克里木很沮丧。谷满仓鼓励他，最甜的果子在树尖上，不会轻易摘到。

谷满仓说："就当是打仗攻碉堡，一次攻不下两次，两次不行三次，总有攻下的时候。"

听了谷满仓的话，克里木心情好了许多。谷满仓说得对，他现在就是像打仗一样，目标是攻下阿依夏木这座碉堡。克里木正酝酿着如何向阿依夏木发起进攻，她突然病了，情况瞬间发生了变化，出现了转机。

夜里，克里木被艾尔肯的呼救声惊醒。克里木急忙来到了阿依夏木家，阿依夏木躺在炕上，痛苦地蜷曲着身子，脸色苍白，汗水浸湿了头发。克里木把阿依夏木送到了场部医院，她得了阑尾炎，医生说幸亏送得及时，穿了孔就麻烦了。

一场疾病消除了阿依夏木和克里木之间的障碍。

三

艾尔肯上学了,他是全班最认真的学生,克里木讲课时,他全神贯注,生怕漏掉一个字。艾尔肯上一年级,克里木给高年级的学生讲课,他也听得津津有味。过去,艾尔肯早上不想起床,自从上了学,不需要妈妈叫,早早地就醒来了,去学校上学,成了他每天最盼望的事。放了学,艾尔肯也不想回家,他喜欢和克里木待在一起。一天放学后,克里木在教室后面栽苹果树,艾尔肯扶着小树苗,挺直胸脯和树苗比身高:"老师叔叔,我比小树高。"

克里木笑着说:"你现在比小树高,小树很快就会超过你了。"

艾尔肯说:"这么小的树,什么时候才能结果子呀?"

克里木说:"等你长大了,它就结果子了。"

艾尔肯说:"我什么时候才能长大呀?"

克里木说:"别着急,跟树一样,很快就会长大了。"克里木慈爱地看着艾尔肯，像一个父亲看着心爱的儿子。

连续两天，不见阿力木江来学校上学，克里木问同村的同学，同学说阿力木江不上学了，他爸爸叫他放羊。第二天，克里木去阿力木江家家访，劝说阿力木江的爸爸让他继续上学。阿力木江的爸爸说家里没人干活，阿力木江去上学，羊就没人放了。

"现在是新社会了，没有文化不行，有文化将来才能有出息。"克里木说，"依明大哥，你想让阿力木江和你一样，在山沟里放一辈子羊吗？"

"我的样子怎么了，我的样子不好吗？放羊不好吗？"阿力木江的爸爸惑然地看着克里木。

"依明大哥，我不是说你的样子不好，也不是说放羊不好，我意思是说，阿力木江如果有文化，将来可以做比放羊更有前途的工作。"克里木认真地解释。

阿力木江的爸爸很为难，上学要花钱，家里没有钱让阿力木江上学。克里木说学费不用发愁，只要让阿力木江去上学就行。阿力木江的爸爸犹豫，克里木已经替阿力木江交了不少学费了，不能再给他增加负担。

克里木离开阿力木江家的时候，天阴沉沉的，要下雨的样子。走到半路，雨就下了起来，越下越大。抬眼望去，天空阴暗低沉，山变成了朦朦胧胧的影子。经过榆树沟的时候，一只野兔突然从克里木脚边蹿过，他受到了惊吓，脚下一滑身体失去了平衡，从山坡上滚了下去，锋利的片石戳伤了他的腿，血流不止。

谷满仓和牧民们找到克里木的时候，他已经昏迷不醒。幸亏孙明祥到牧场巡诊，克里木得到了及时的救治。克里木失血过多，需要输血，谷满仓捋起袖子让抽他的。众多的牧民们守在屋子外面，为克里木祈祷，愿上苍保佑好人平安无事。

阿依夏木搂着艾尔肯，手心冰凉，身体微微地颤抖。艾尔肯仰着脸问母亲，老师叔叔会死吗？阿依夏木说叔叔是好人，老天会保佑他。阿依夏木安慰着艾尔肯，也在安慰自己。

谷满仓的血型和克里木相配。谷满仓的血液通过粗大的针管，缓缓输进了克里木的身体里。克里木醒了，大脑一片空白，想不起发生了什么事。

肉孜场长说："克里木，你流了好多的血，老谷给你输了两大管子，你才又活了过来，是老谷救了你的命。"

记忆渐渐恢复，克里木回想起了从阿力木江家回来路上发生的一切。

阿力木江的爸爸带着阿力木江来了，他很内疚，都是因为他克里木才受了伤。克里木安慰他，是自己不小心摔倒了。克里木关心阿力木江上学的事，阿力木江的爸爸说："克里木老师，你的话我想了，你说得对，听你的话，阿力木江不放羊了，继续回学校上学，学文化，将来有出息，做比放羊更有前途的工作，我把阿力木江给你送回来了。"

克里木腿伤好了不久，他被评为模范教师，要去乌鲁木齐参加表彰大会，兴奋得睡不着觉。克里木没去过乌鲁木齐，听说那里人多得很，楼房高得很，马路宽得很，担心迷路了回不来了怎么办。

那次乌鲁木齐之行，让克里木感触良多，他看到了一个崭新的世界，见识了许多不一样的人和事。在乌鲁木齐开会的时候，克里木和代表们参观了城里的学校，那里的学校每天都要升国旗，当时他心里就想，牧场小学也要像城里学校那样，奏国歌升国旗。克里木在乌鲁木齐买了国旗，旗杆太长了，带不回来，得自己动手做。谷满仓经过学校，见克里木正在打磨一根长长的木杆，以为是准备搭棚子用，得知克里木的想法，谷满仓不由得心潮澎湃。第二天一早，克里木率领同学们举行升国旗仪式。克里木抱着都塔尔弹奏着国歌，谷满仓缓缓拉动着绳子，伴随着都塔尔的琴声，五星红旗缓缓升起。艾尔肯和同学们，举起右臂向升起的国旗致礼。学校的升国旗仪式，吸引了肉孜场长和众多的牧民们。

克里木从乌鲁木齐回来，还有一件事让谷满仓惊讶，克里木要学习汉语，让谷满仓给他当汉语老师。谷满仓说："克里木老师，别开玩笑了，我咋能给你当老师，你才是老师。你会说汉语，不用学。"

"我是认真的。"克里木说，"我这点汉语在牧区说说还行，出去就不够用了。最重要的是，我不认识汉字。"

克里木去乌鲁木齐参加表彰大会，深深感受到了汉语的重要。特别是到了乌鲁木齐那样的大城市，不懂汉语，好多事情都不知道。

谷满仓说："我大字识不了一箩筐，咋能教你呢。"

"你认识的汉字再少，总比我认识的多吧。"克里木说，"谷大哥，你是不是不想教我？"

"咋可能呢，我是怕教不好。"谷满仓左右为难。

"那就是你看不上我这个学生，嫌我太笨。"克里木故意激将谷满仓。谷满仓忙解释，他是担心自己文化太低，教不好。克里木又说：

"你没问题。谷老师,就从我的名字开始教吧,克里木三个字,汉字怎么写?"克里木捡起一根干树枝,一折两截,一截儿递到谷满仓的手里。谷满仓叹息着赶鸭子上架,用树枝在地上写下克里木三个字。这时,艾尔肯跑了过来,叫克里木去他家吃饭,说她妈妈做了好多好吃的。谷满仓善解人意,催克里木快去,克里木开心地说:"谷老师,我们明天继续上课。"

克里木回家换了身衣服,把一个铅笔盒送给艾尔肯,装上给阿依夏木买的礼物。临出门,克里木学着乌鲁木齐老师们的样子,把一支钢笔别在衬衣左上方的口袋上。

看着克里木买的礼物,阿依夏木幸福的泪花在眼眶里闪烁。那是一对红宝石耳环,晶莹闪亮,她从没见过如此漂亮的耳环。耳环是克里木在乌鲁木齐二道桥买的,阿依夏木不知道乌鲁木齐,也不知道二道桥,但她相信,那一定是个了不起的地方。阿依夏木戴上耳环,羞涩地看看克里木,克里木连声说好看。克里木看着阿依夏木憨笑,忍不住摸了摸别在口袋上的钢笔。阿依夏木说:"你口袋里别着钢笔的样子真好看,一看就有学问。"

克里木说:"这是我参加自治区先进教师表彰大会奖励的,上面还刻着字呢。"克里木抽出钢笔给阿依夏木看,她看着钢笔上的字,虽然不认识,可她相信那些字很有意义。

阿依夏木终于答应了克里木的求婚。谷满仓催促克里木早日完婚,把错失的好时光夺回来。然而,克里木和阿依夏木的幸福人生还没来得及展开,便戛然而止了。

那是八月的一天。清晨，克里木和阿依夏木骑马出发去县城的时候阳光明媚，到了中午时分天气突变，天空布满了乌云，沉沉地压下来，叫人喘不过气。克里木和阿依夏木在县城照相馆里照了结婚照，看着天安门布景，克里木说将来要带阿依夏木去北京，看真的天安门。克里木的话，甜得阿依夏木合不拢嘴。

事情发生在县城百货商店前。

照完相，克里木和阿依夏木逛百货商店，给阿依夏木买了件连衣裙，给艾尔肯买了学习用具。克里木看上了一双皮鞋，要给阿依夏木买，她嫌贵，不想让他乱花钱，拉着他出了百货商店。出了百货商店，克里木想想还是应该买上那双皮鞋，就不顾阿依夏木的反对，又进了商店。阿依夏木坐在路边等克里木，一辆卡车倒车，撞上了电线杆，一个汉族男子焦急地冲阿依夏木挥动着胳膊，高喊着闪开闪开！阿依夏木听不懂汉语，茫然地看了一眼男子，以为他是在跟别人说话，结果，倒下的电线杆，砸中了她的头。

阿依夏木的死，给克里木带来沉重的打击。他后悔不该去买那双鞋，假如听阿依夏木的话不返回商店，她就不会出事。假如阿依夏木听得懂汉语，就能及时躲避开失误的卡车。然而，生活没有假如。

克里木在阿依夏木的坟前坐了很久，太阳下山的时候，他找到肉孜场长。肉孜场长正扳着马蹄子检查马掌，克里木提出了一个让他惊奇的建议。

肉孜场长说："你说啥？让谷满仓当老师，教学生学习汉语？老谷是下放劳动改造对象，咋能当老师呢？恐怕不行吧？"

克里木说："场长，老谷不是坏人，你知道的。"

肉孜场长说:"我知道老谷不是坏人,可是上面说他有问题呀。"

克里木说:"上面怎样说是他们的事情,我们有眼睛,好人坏人分得清楚。"

肉孜场长犹豫不决:"让老谷当老师,要是上面知道了咋办?"

克里木说:"要是上面问起来,我们不承认,他们能咋办。"

肉孜场长说:"为啥非得学汉语嘛,没啥用嘛。"

克里木说:"有用,太有用了,要是阿依夏木懂汉语,就不会死了。"

肉孜场长想了想说:"你是见过大世面的人,你说有用,那就有用。好,听你的,就让老谷教学生学汉语吧。"

谷满仓听说让他去学校当老师,吓了一跳,断然拒绝:"克里木老师,这玩笑可开大了,我就没正经上过几天学,咋能当老师呢?再说我也不懂维语呀,怎么能教学生?不行不行。"

克里木说:"你给学生教汉语就行,不懂维语没关系。肉孜场长同意学校开设汉语课,学生掌握了汉语,就是两条腿走路,会走得更远一些。"谷满仓承认克里木的想法很好,但让他当老师,他还是没有信心。克里木又说,"你就像教我学汉语那样教学生就行。"

克里木不容谷满仓推托,决定明天就让他走马上任,给学生上课。于是,谷满仓稀里糊涂当上了老师,开始了他人生中短暂的教师生涯,并且以教师的身份,被载入了喀山牧场的史志。

喀山牧场居然有史志,让江涛感到意外惊喜。史志很新,刚出版一年。谷丰说,应该把牧场发展的历史记录下来,他们前前后后花了两年多的时间，在总场史志办的支持下，完成了牧场的史志编纂出版工作。在文教卫生部分，江涛看见了克里木、谷满仓和艾尔肯的名字。谷丰说，他不赞同把爷爷谷满仓以牧场小学教师的身份编入史志，虽然他教了孩子们一年多汉语，但是毕竟没有经过上级相关部门的任命，严格说来不能算是教师。老校长克里木不同意谷丰的意见，谷满仓不是一般的老师，具有特殊的意义。如今都在进行双语教育，牧场小学在几十年前就已经开始了，谷满仓是牧场小学第一位汉语老师。克里木还说，如果不承认谷满仓的教师身份，他也拒绝上史志。克里木像个任性的孩子，谷丰拗不过他，只好妥协。

史志记载，艾尔肯是继克里木之后，牧场小学的新一任校长。

阿依夏木去世后，艾尔肯和克里木一起生活，他们父子相称，相依为命，一起生活了五十多个春秋。克里木一生未婚，有许多姑娘钟情于他，他都不为所动。日子不禁过，眨眼之间就老了，艾尔肯成了克里木唯一的亲人。

艾尔肯跟着克里木在牧场上完小学，去甘泉子总场上中学，接着考上了地区师范学校，毕业后回到了牧场小学当老师。地区师范有意让艾尔肯留校，他犹豫再三，决定回牧场。牧场小学缺老师，他也离不开克里木爸爸，克里木老了，需要他的照顾。克里木退休以后，艾尔肯成了牧场小学新一任校长。

艾尔肯回到牧场两年后，和一个叫玛丽亚的姑娘结了婚，他们是小学同学。玛丽亚的爸爸是一名阿訇，和克里木一样，是牧场有文化有见识的人。克里木和阿訇说得来，经常在一起聊天，在艾尔肯和玛丽亚上小学时，他们就戏言，将来要做儿女亲家。艾尔肯和玛丽亚结婚两年后，他们有了儿子卡米力。

卡米力即将大学毕业那年，艾尔肯去世了，脑出血，还不到六十岁。艾尔肯临终前，拉着卡米力的手说，爷爷和妈妈全靠他了。卡米力大学毕业后，在总场机关工作了三年，然后调到喀山牧场任副场长，原场长调走以后，他接任了场长。卡米力的妻子是牧场会计，他们有两个孩子，一儿一女，儿子上高中，女儿上初中。卡米力一家和爷爷克里木、母亲玛丽亚一起生活，四世同堂。牧民们羡慕克里木，说他命好，虽然一辈子没结过婚，却儿孙满堂，艾尔肯和卡米力比亲儿子亲孙子还要亲，克里木一生积德行善，好人终得好报。

艾尔肯的简介下面，是一位支教老师，叫孙吉祥，他在牧场小学工作时间还不到一年，二十八岁那年，因车祸遇难。

孙吉祥的名字引起了江涛的注意，他想起前妻如意曾经说过，她有一个龙凤胎哥哥，名叫吉祥。当年，如意跟随母亲回了上海，她的孪生哥哥跟着父亲留在了甘泉子。如意还说，她和哥哥的名字组合在一起，是吉祥如意，寄托了父母美好的愿景。江涛预感，孙吉祥就是如意的孪生哥哥。

谷丰证实了江涛的预感，孙吉祥是如意的孪生哥哥，他的父亲孙明祥，是甘泉子总场医院的医生，母亲是上海知青，叫吴梅兰。

第四章 吴梅兰

一

关于吴梅兰,谷丰了解得不多,建议江涛跟巧云姑姑聊聊。巧云是谷满仓表哥的女儿。表哥有四个女儿,日子过得紧巴,就让巧云去新疆投奔了表叔谷满仓。吴梅兰回上海以后,和甘泉子断绝了来往,巧云姑姑曾经是她唯一有联系的人。

谷丰陪同江涛,沿着边境线走了一遍。喀山牧场地处边境,有四十多公里的边境线,条件艰苦,牧场存在的一个重要意义就是戍边,在这里放牧就是巡逻,种地就是站岗。牧场每周要组织民兵沿着边境线巡查两次,检查洞穴山沟,还有废弃的空房子牛羊圈,凡是隐蔽能藏身的地方都得排查,防止可疑人员越境。

第二天,谷丰要去总场开会,江涛就随他一起下山回到了甘泉子。

江涛见到巧云时,她正在给老伴儿老郑翻身换尿垫。老郑卧床十个年头了，几乎耗尽了生命的元气，看见人，只会迟缓地转动着深陷在眼窝里煤球似的眼珠。巧云拽着老郑身下的被单，一使劲便翻过身来，一连串动作娴熟自如，宛若艺术表演，这是经过了数年辛劳历练的成果。谷丰俯着身子站在老郑的床前，叫了一声姑父。老郑盯着谷丰看了良久，混浊的眼睛骤然一亮，随之喉咙里发出一串含糊不清的啸音，神情很激动，干枯的手指无力抽动着，像冬天荒漠寒风中的骆驼刺。谷丰握住了老郑的手。

巧云说："你姑父认出你了，他心里念着你呢。"

看着巧云憔悴的脸，谷丰颇为心酸。这些年，巧云姑姑不容易，瘫在床上的老郑全靠她。除了照顾老郑，巧云最大的乐趣就是跳广场舞，那是她一天中最快乐的时光。每天吃过晚饭，安顿好老郑，巧云就匆匆赶到广场，喧嚣的音乐，欢乐的人群，让她抽身尘世，暂时忘却老郑，忘却自己，忘却一切的委屈艰辛和不如意，尽情地挥舞着，扭动着，疯狂着，舞姿好不好看，动作美不美观，都不重要，只想尽情享受那片刻的忘却，短暂的逃离。

巧云得知江涛的来意，沉沉地叹了口气，她和吴梅兰已经好些年没联系了。巧云十六岁那年，从老家来到甘泉子投奔表叔谷满仓。那时候农场不大，人也不多，巧云性格开朗，跟人自来熟，很快就融入了农场的生活，每天回到家，就讲东家长西家短。安娜说她来这么多年了，都没巧云几个月知道得多。巧云不在意表姊话中带刺，得意地说她人缘好。农场最吸引巧云的是知青点，她对知青们的生活充满了好奇与向往。

知青们让巧云认识了一个新的世界，那是一个陌生而又令她痴迷向往的世界，她知道了有个大城市叫上海。知青们津津乐道的黄浦江、外滩、南京路、城隍庙、大光明电影院，还有生煎包、蟹黄壳、三鲜馄饨、排骨年糕，以及上海牌手表、海鸥洗头膏、百雀灵雪花膏，等等，都深深地印在了她的脑海里。知青们的一切，都让巧云感到新奇，他们的衣着打扮，言谈举止，甚至待人含着淡淡冷漠的彬彬有礼，在她的眼里，都是那样的与众不同。知青们之间说话，巧云虽然听不懂，但喜欢听，男男女女都轻声细语叽叽哝哝，仿佛是轻轻咬着舌头尖在说，没咋见张嘴，声音就滑出来了，不像老家人说话，一张嘴半个村子都能听见。

知青们对巧云并不热情，有的还带着嫌弃。她不在乎，依旧吃罢晚饭往知青点跑，看他们弹琴唱歌，听他们说一些她听不懂的话，知青们说到开心时笑她也跟着笑，说到气愤时愤怒她也跟着怒。一个叫朱碧云的女知青很清高，走路下巴时刻都扬得高高的，像是空中有根绳子拽着，她看不起巧云。一天晚上，巧云去了知青点，朱碧云正在洗头，满头都是海鸥洗发膏泡沫，她伸手够搭在脸盆架子上的毛巾，巧云急忙上前，把毛巾递到了她的手里。朱碧云擦干头发，睁开眼看见巧云笑眯眯地站在一旁，吓了一跳，尖叫一声："哎哟，吓死人嘞，没事不要乱跑的呀，这里是知青点，外人不好随便进出的，晓得伐？"朱碧云对巧云说的是上海普通话，能听懂。巧云讪讪地，卑微地低下头，继而又抬起脸，羞愧地看看知青们，似乎并没有人在意她。离开知青点，还没走到家，巧云心头的郁闷就消散了，被朱碧云数落算不了什么，人家是知青，有文化，是响应国家号召，敲锣打鼓戴着大红花从大上海来的，不像她，为了讨口饭吃投奔表叔来的，朱碧云看不起她很正常。

知青中，巧云对吴梅兰印象最好，她不仅人长得漂亮，手风琴拉得好，对人也好，嘴角总是挂着浅浅的笑，说话慢声慢气，从没见她跟人急过。吴梅兰对巧云很客气。巧云为了讨好知青们，经常帮他们干活，挑水、洗衣服、生炉子、做饭。刚开始，知青们还多少有点不自在，慢慢就习惯了。朱碧云甚至公然向巧云派活儿，让她干这干那。吴梅兰从不让巧云干活，有时巧云帮她干了什么，她会不停地说，谢谢侬，谢谢侬。因为吴梅兰和知青们，甘泉子在巧云眼里有了色彩。

一次打柴时的生死遭遇，促进了巧云和吴梅兰的情义，也让孙明祥走进了吴梅兰的心里。

那时候的冬天很冷，煤少，主要靠烧柴取暖，梭梭扎根荒漠，质地坚硬耐烧，是取暖的好燃料。那时还不提倡环境保护，人们不懂得荒漠植被对人类生存环境的重要性，开荒造田，打柴取暖，毁灭了大量的植被。为保障冬季取暖，每人都有打柴的任务。打柴是个辛苦活儿，梭梭林生长在荒漠戈壁，打一趟柴要跑很远的路，天不亮就出发，回到家往往是繁星满天了。吴梅兰娇柔纤弱，每年打柴是最让她发愁的事，自从有了巧云，打柴就不再是个问题了。

那是一个秋天，梭梭林一片褐黄，像烤焦的苞谷面饼。太阳已经偏西，巧云和吴梅兰把砍下的梭梭捆成捆，准备装上拉拉车。吴梅兰突然想解手，巧云提醒她别跑太远，梭梭林里有狼。吴梅兰是大城市长大的，不像巧云，从小长在农村，随便找个墙角旮旯就能方便。吴梅兰跑到一处茂盛的梭梭后面，确信巧云看不见，也听不见声音才蹲下。

巧云正举着绿漆斑驳的行军水壶喝水，隐约听见吴梅兰叫了一声，她喊了两声吴梅兰，没有回应，心头一紧，抓起了砍刀，警惕地向吴梅兰解手的方向走去。巧云的心咚咚咚直跳，担心吴梅兰遇见了狼，脑子里琢磨着如何对付狼，据说狼是铁头麻杆腰，不能打脑袋，得打腰，打折了腰，狼就站不起来了。然而，茂盛的梭梭后面，吴梅兰正拼命反抗的不是狼，是人，一个满脸络腮胡的男人。络腮胡压在吴梅兰的身上，左手捂着她的嘴，右手撕扯着她的裤子，吴梅兰两只手紧紧地拽着裤腰，踢腾着腿，"呜呜呜"地叫喊。巧云愣住了，眼前的景象太突兀。络腮胡看了眼巧云，恶狠狠地叫她滚开。络腮胡点醒了巧云，她举起砍刀朝他砍去。络腮胡有防备，侧身一躲，就势抬起一只脚，结结实实地踹在巧云的肚子上，她向后飞去，倒地时，后脑勺正好撞到一截儿干枯的梭梭上，顿时，眼前金星飞舞，天旋地转，脑袋里想着起来，四肢却不听使唤。

由于巧云的干扰，络腮胡捂着吴梅兰嘴的手松开了，憋在吴梅兰嗓子眼的呼救声喷薄而出。孙明祥医生听见了吴梅兰的呼救声。他刚从牧区巡诊回来，正好骑着马经过梭梭林。他勒住马，侧耳听了听，确信呼救声是从梭梭林里传来的，一抖马缰，向呼救声奔去。

孙明祥出现在吴梅兰面前时，络腮胡正忙乱地一边亲吻她，一边撅着腚扒拉自己的裤子，大半个屁股暴露在秋日的阳光下。孙明祥跳下马，扑向络腮胡，把他从吴梅兰身上拽了下来。孙明祥骑在络腮胡身上，抡起拳头揍他的脸。这时，巧云醒了，使了使劲想起来，头疼欲裂，梗了梗脖子，又倒了下去。巧云看看扭打成一团的孙明祥和络腮胡，又看看惊悸地缩成一团哭泣的吴梅兰，大声喊："快帮孙医生！"吴梅兰醒过神来，看见络腮胡把孙明祥按在了身下，手里攥着一把锋利的匕首，正刺向他，孙明祥双手顶着络腮胡的手腕，两个人都用尽了气力，胳臂剧烈地颤抖，刀尖几乎扎上了他的喉咙。吴梅兰站起身，惶恐地望着络腮胡，不知所措。"梭梭，地上！"巧云提醒吴梅兰。吴梅兰看到了地上干枯的梭梭，慌忙抓在手里，稳了稳神，咬着牙，对着络腮胡的脑袋抡了下去。

络腮胡是越狱逃犯，本想穿过梭梭林逃到苏联去。甘泉子周边与苏联接壤，穿过一望无际的梭梭林，就到了边境线附近。络腮胡是要犯，越狱出逃，警方正在通缉追捕。吴梅兰、孙明祥和巧云，一夜之间成了智擒逃犯的传奇英雄，报社记者还专门作了专访，写了文章登在了报纸上。记者梦笔生花，把孙明祥写得像堵枪眼的英雄黄继光，为了救革命战友，勇敢地用胸膛挡住了逃犯刺向吴梅兰的尖刀。巧云看了报纸，找到黄文教，记者下来采访时，黄文教全程陪着。黄文教原是场部的一个干事，喜欢写写画画，喜欢林梦洁，林梦洁心仪赵明，就对赵明满腔的妒恨，赵明被报社记者张冠李戴宣传成英雄，真相暴露，他觉得对赵明处罚太轻，就添枝加叶写材料，向上级部门反映赵明的问题，以及场领导对赵明的包庇，等等，结果，上级领导责令甘泉子总场，对赵明从严处理，于是，赵明被下放到了新生连，他顶替了赵明，如愿以偿当上了文教。

巧云说："黄文教，报纸上写的不对，实际情况不是那么回事，逃犯没有用尖刀刺吴梅兰，孙医生也没有用胸膛去挡，是逃犯要用匕首刺孙医生，我叫吴梅兰用梭梭打昏了逃犯。"巧云认真地看着黄文教,又补充了一句,"黄文教,你叫记者重写一篇,照实里写,别闭着眼睛放屁,瞎呲。"

黄文教正色说道:"刘巧云同志,说话要把握好分寸,不能胡说,既然报纸上那样写,肯定是对的。"

"事情的前前后后我都亲眼看见了,报纸上说的不对。"巧云执拗地说道。

黄文教向巧云竖起右手掌,掌心朝外,做了个制止的手势,他的手瘦长白皙,食指和中指上沾着蓝墨水,一看就知道干不了啥正经活儿。黄文教说:"好了,这件事到此为止,不要再说了。你刚才跟我说的话不要跟别人说,千万不能说报纸不对的话,否则就是革命立场问题,就是犯错误。"说完,黄文教收起竖在巧云面前的右手,顺势推了推架在鼻梁上的玳瑁眼镜,转身走了。

吴梅兰对报纸上写的倒不介意,事实上,孙明祥的确救了她,如果不是他及时赶到,络腮胡可能就得手了,她对孙明祥心存感激。吴梅兰开始注意孙明祥,发现他和农场的男人不一样。农场的男人大多邋遢不讲究,孙明祥总是从头到脚收拾得清清爽爽,风纪扣系得一丝不苟,走起路来抬头挺胸,意气风发。过去,吴梅兰最害怕上医院,看见穿白大褂的医生,闻到医院的味道就紧张,现在她对医院不再恐惧,一有点头疼脑热就往医院跑。不小心手指头割破了,也要去医院,有时不想下地干活,她就去医院找孙明祥开病假条。吴梅兰一直以为孙明祥是南方人,有一次,看见他就着大蒜吃面条,就说:"孙医生,你吃饭的样子一点不像南方人。"

孙明祥笑了笑说:"我本来就不是南方人,我是陕西人。"孙明祥是转业军人，在部队当过卫生员，转业到甘泉子，场部医院刚成立，缺人，就做了医生。

朱碧云发现吴梅兰对孙明祥有好感，提醒她不能在农场找对象，一旦结了婚就不好回上海了。朱碧云和众多知青一样，坚信有朝一日可以回上海。吴梅兰纳闷，找对象跟回上海有什么关系，朱碧云说："当然有关系了，孙明祥不是上海知青，外地人想进上海很难的，比登天都难，结婚成了家，上海还回得去吗？"

吴梅兰说："报名来新疆时，说等过个三五年把新疆建设好就回去了，都快两个五年了，也没见谁回去。"

朱碧云说："世上无难事，只要肯登攀。要像铁人王进喜那样，有条件要上，没有条件创造条件也要上。"朱碧云不像吴梅兰那样悲观，总是信心满满，又说，"女人最大的资本是什么？趁年轻模样好，在上海找个门槛精的男朋友结婚，调回上海，问题就解决了。千万记住，不好在这里轧朋友的，晓得伐？"

吴梅兰承认朱碧云的话有道理，仔细一想又觉得不现实，就像一个梦，虚无缥缈。现实都难以把握，未来更是无法预料，谁也不知道命运之神，会将你抛向何方。吴梅兰不想活在梦里，她要活在现实生活中，抓住眼前看得见摸得着的幸福。吴梅兰的愿望实现了，她把孙明祥抓在了手里。

那年夏天，一个星期天，吴梅兰去良繁场看同学，回来的路上下起了雨。雨很大。甘泉子气候干燥，一年到头难得下场雨，滂沱大雨更是难遇。在她的记忆里，来甘泉子这么多年，如此酣畅淋漓的大雨还没遇到过。雨刚下的时候，雨滴淋在身上凉爽宜人，她有点久旱逢甘霖的心旷神怡，甚至情不自禁地放开嗓门大喊了几声。雨越下越大，雨滴聚成了雨鞭抽打着她，天地混沌，风诡云谲。她加快步子，在泥泞的道路上趔趄前行，泥水没了鞋面，挂满了裤脚。

吴梅兰在最无助的时候，遇见了孙明祥。孙明祥骑着马背着药箱，身上裹着厚重的帆布雨衣，透过雨雾，他认出了吴梅兰。孙明祥停住马，因为罕见的大雨，马显得急躁，"咴咴咴"地喷着响鼻，在原地打了个圈才停住。看见孙明祥，吴梅兰绝境逢生般地兴奋，强忍住了扑上去拥抱他的冲动。

孙明祥脱下雨衣，披在吴梅兰身上，那一刻，她闻到了他身上淡淡的消毒水味。雨丝毫没有停的意思，任性地浇淋着干涸的荒原。冒雨走了一段，看见一间废弃的房屋，孙明祥和吴梅兰进去避雨。房顶破败，遮挡不住恣意的雨水，雨水混着房泥落下，他们不停地变换着位置，寻找避雨的地方。他们站在一块逼仄的干燥处，靠得很近，彼此能感觉到呼吸。她微微低着头，看见他平日里洁净的解放鞋，已被泥水污得辨不出本色，裤腿绾着，右腿高一点，露出了小腿，汗毛浓密，弯弯曲曲贴在腿上。她怦然心动，脸上涌起一抹红潮，匆匆抬头看了他一眼，和他的目光撞在了一起，那是两团火，霎时点燃了她。她抱住了他，没有犹豫，没有迟疑，一切都那么的自然，水到渠成，瓜熟蒂落。

二

一年以后，吴梅兰和孙明祥的孩子降临了，龙凤胎，哥哥先出生，叫吉祥，妹妹后出生，叫如意。

吉祥和如意五岁那年，知青们开始闹着返城回上海。那时，知青们的回城梦已断，没有特殊情况，基本上都已结婚生子，过起了酸甜苦辣的日子。就连坚决反对在农场找对象结婚成家的朱碧云，也终被生活的河流淹没，和一个为她马首是瞻、死心塌地的知青结了婚。朱碧云为了能回上海，可谓处心积虑，本以为仗着几分姿色，在上海找个有能力门槛精的男人调回去，可门槛精的男人看不上她，看上她的男人又没有能力，多年的折腾算计，依旧离大上海渐行渐远。她的心劲散了，消弭了激情斗志，悲哀地叹息命运，这辈子注定要被上海抛弃了，谁料想，突然有一天峰回路转，传来了知青回城的消息，好不容易安定下来的心，又浊浪滔天，重新燃起了希望之火。朱碧云义不容辞成了知青们的领袖,为回城奔走呼号,找场里找上级,摆事实讲道理,一次不成两次,两次不成三次,只要功夫深,铁杵磨成针。冷眼碰壁闭门羹都能承受,只要能回上海,即便是受韩信胯下之辱也能忍。那些日子,朱碧云像打了鸡血,唾沫四溅地给缺乏信心的知青鼓劲:"幸福等不来的,我们要积极行动起来,努力去争取。一万年太久,只争朝夕。从来就没有救世主,也没有神仙皇帝,一切要靠我们自己,《国际歌》唱得老好的,晓得伐?"

巧云倚着老榆树嗑瓜子,看吉祥和小伙伴玩髀石。她扬手把瓜子扔进嘴里,舌尖一顶,瓜子便立在了上下牙齿之间,轻轻一咬,"嘎嘣"一声,瓜子仁儿钻出了壳。瓜子皮沾满了嘴唇,她轻轻一吐,瓜子皮撒着欢儿翻飞出去,落在脚下。如意跟屁虫一样,跟哥哥吉祥抢髀石,吉祥推她,她一屁股坐在地上,咧嘴哭号。

巧云吐掉瓜子皮说:"吉祥,让你妹妹玩一会儿呗。"吉祥不理巧云,巧云就哄如意,掏出瓜子给她吃。这时,朱碧云扬着下巴经过老榆树,巧云说:"朱碧云,又请愿去了?这回咋样,八字有一撇吗?"

朱碧云乜视着巧云说:"跟你有关系吗?"

朱碧云扬着下巴走了,巧云看着她的背影嘀咕:"跩啥,屁股瘪得破钢精盆似的,一看就生不出儿子来。"那时巧云还没成家,谷满仓和安娜也托人介绍,见了几个都不对卯,不是她看不上人家,就是人家嫌弃她。

回城风波自然波及了吴梅兰,吊起了她回上海的胃口。孙明祥不以为然,知青们都有家有口,拖儿带女回上海,没那么容易。吴梅兰说:"听朱碧云讲,有些地方的知青已经回去了,我们也很有希望的。"

孙明祥说他又不是上海知青，言外之意，怎么有希望去上海。吴梅兰又说："你是上海女婿呀。"孙明祥笑笑，系好风纪扣准备出门，说有个刚做了肝包虫手术的病人，情况不稳定，得去医院看看。孙明祥不想和吴梅兰谈论回上海的问题，有几分回避，他认为朱碧云异想天开，闹回城不是一回两回了，哪回不是瞎闹腾一阵，结果各自回家吃馍喝茶。

然而，这回真的不一样了。

一天午后，吴梅兰正在井边打水，朱碧云和两个知青代表兴冲冲地回来。朱碧云脸庞通红，像熟透的苹果，看见吴梅兰就说，成功了成功了，可以回上海了。吴梅兰正手摇着辘轳打水，听了朱碧云的话，脑袋"嗡"的一下，手松开了摇把，正顺着井绳往上爬的一桶水，"嗵"地跌回到井里。

知青们的心思全扑在了回上海的事情上，心急的等不到办手续，就举家匆匆踏上了归途，那段日子，每天都能看见，有知青带着大包小包离开。巧云嗑着瓜子看着离去的知青们，怅然若失，吐掉沾满嘴唇的瓜子皮说："上海有啥了不起，将来让我儿子娶个上海媳妇，我就是上海的婆婆。"

在回上海的问题上，孙明祥和吴梅兰产生了分歧。吴梅兰一心要回上海，等了十几年，终于等来了这一天。孙明祥说："回到上海户口工作怎么办？吉祥如意马上就该上学了，一大堆的问题，你想过没有？"

吴梅兰说："船到桥头自然会直的，活人还能让尿憋死呀，你总是优柔寡断，缩手缩脚的。"

孙明祥说:"人无远虑,必有近忧。其他的先不说,我们一家四口回了上海,住哪?"

"不会让你睡大马路的。"沉默片刻,吴梅兰轻轻地叹口气,又说,"当年不顾爸爸妈妈劝说,要死要活来新疆,妈妈伤心地追着火车奔跑的样子,我永远忘不了。当时,我还天真地安慰妈妈不要难过,等过个三五年建设好新疆就回来了,我妈妈一边跑一边哭着说,囡囡呀,你这一走,恐怕一辈子都回不来了。"

气氛有些伤感,孙明祥理解吴梅兰想回上海的心情,他有顾虑,上海对他来说太遥远太陌生。结婚后,孙明祥和吴梅兰探亲去过上海,上海让他局促不安,让他无所适从,那里弥漫着傲慢的繁华和冷漠的微笑,他感到压抑窒息,自信心殆尽,毫无价值感。

知青们纷纷离开,性情温和的吴梅兰变得狂躁起来。那天,她送走了又一位返城的知青伙伴,情绪低落地回到家,看见孙明祥正往帆布挎包里装洗漱用品,问道:"你要去哪里?"

孙明祥说:"市卫生局举办培训班,给了场里一个名额,指名让我去。"

"马上就要回上海了,还培训什么呀,不去不去。"说着,吴梅兰夺下孙明祥的挎包。

孙明祥说:"你冷静一点好不好,不要说风就是雨的,就算回上海,也得有个过程吧,总不能不工作吧?"

吴梅兰说:"什么过程?夜长梦多晓得伐?趁热打铁晓得伐?"

"等我学习回来再说,这次学习机会很难得,请了自治区的专家讲课。"孙明祥伸手夺吴梅兰手里的挎包,她往身后躲了躲。

吴梅兰说:"回到上海有的是学习机会,上海专家水平不比新疆高？不去不去。"

孙明祥说:"在这里我还有点用,到了上海我能干什么？"

吴梅兰说:"一样可以当医生呀,上海那么多的大医院,不比这里条件好。"

孙明祥说:"上海的医院很多,可上海的人才更多,像我这样连个正经文凭都没有的赤脚医生,到了上海算得了什么。"

"说来说去,你就是不愿意去上海。"吴梅兰扔下挎包,默默地注视着孙明祥,他躲避着她的目光,把她掏出来的东西又往里装。吴梅兰把一个肥皂盒狠狠地摔到墙上,焦虑、怨怒、委屈,刹那间涌上了心头,她放声痛哭。孙明祥左手提着挎包,右手抓着刷牙缸子,默默地看着她哭。吴梅兰抹了把眼泪,决绝地说道:"两条路,要么回上海,要么离婚,你看着办吧。"

那一夜,孙明祥失眠了,独自在院子里默默地吸烟,烟头忽明忽暗,映出一脸惆怅。抽完了一包雪莲烟,天亮了,孙明祥决定答应吴梅兰回上海。最终,他们想了一个折中的办法,稳妥起见,吴梅兰先带着如意回上海,等站稳了脚,孙明祥和吉祥再过去。按吴梅兰的意思,快刀斩乱麻,全家一起走,孙明祥坚持摸着石头过河。吴梅兰带着如意回上海之前,一家人在场部工农兵照相馆照了张全家福,吴梅兰搂着吉祥,孙明祥搂着如意,背景是天安门,一家人冲着镜头微笑着,孙明祥的笑容透着掩饰不住的忧郁与迷茫。

吴梅兰和如意走的时候是秋天,胡杨树叶子已经黄了。他们先搭场部的解放卡车去县城,再乘长途汽车到乌鲁木齐,然后坐火车去上海。卡车上还有一家回上海的知青，抑制着内心的兴奋，做出不舍的样子，和送行的朋友们告别。吴梅兰流着眼泪，摸着吉祥的脑袋叮咛，要听爸爸的话，然后又叮嘱孙明祥照顾好自己，胃不好，好好吃饭，别胡凑合。吴梅兰说："家里还有一点钱，放在中间抽屉里了，该花就花，别舍不得。"孙明祥忍着泪点点头，吴梅兰说什么，他就点一下头，嗯一声，他不敢说话，担心一开口眼泪会掉下来。孙明祥蹲下身子，把如意紧紧地搂在怀里，脸贴在她的脑袋上，默默地什么也没说。

巧云也来送别吴梅兰，煮了鸡蛋，烙了葱油饼，让她带着路上吃。吴梅兰说太多了，吃不完就坏了，想给巧云留下一些，那时候煮鸡蛋葱油饼都是好东西。巧云不答应，说坏了就扔了。见巧云生气了，吴梅兰只好收下。吴梅兰掏出个小圆镜，送给巧云留作纪念。小圆镜子背面是上海的标志外滩。头一回从吴梅兰那看见，巧云就很喜欢，还托回上海探亲的知青带，没买着。巧云红着眼圈说，这一走，也不知道啥时候再见面，吴梅兰说，一定会见面的，还邀请巧云去上海玩，巧云说："你走了，我跟上海就没啥关系了。"

三

　　转眼间，吴梅兰回上海一年多，吉祥上小学了。

　　孙明祥每月都要去牧区巡诊，一走最少半个月，离开家前，他给吉祥准备好饭票，让他去场部食堂打饭吃。放了学，吉祥就提着一个搪瓷缸子去食堂打饭。有时玩疯了，忘了吃饭，错过了食堂开饭时间，就得饿肚子，巧云觉得吉祥可怜，就把他领回家。谷满仓和安娜也心疼吉祥，让他吃住在家里。巡诊是孙明祥很重要的工作，牧区偏远，基本上都是少数民族，牧民们看病不方便，盼着他去巡诊，牧民们爱戴他，尊称他"穷多克特"。"穷多克特"是维吾尔语，意思是好医生，大医生。

　　孙明祥喜欢草原，辽阔，通透，自由，他骑在马背上，情不自禁放声歌唱："蓝蓝的天上白云飘，白云下面马儿跑……"那是发自灵魂的舒畅。他更喜欢牧民们的纯朴善良，牧民们不善表达，但是你的真情,他们会牢牢地记在心里。有一次巡诊途中,他胃病犯了,疼痛难忍,趴在马背上,马把他驮到了牧民的家里。

那是一户哈萨克族牧民,老人把羊赶进了圈,看见蒙蒙雨雾中,一匹马走了过来,再仔细看,马背上趴着一个人。老人走上前,认出了孙明祥,老人一边叫着"穷多克特",一边急忙把他抱进了屋子。

孙明祥醒了,发现睡在温暖的被窝儿里,老人和老伴儿慈祥地看着他微笑。老人松了口气,老伴儿端来一碗香喷喷的羊肉汤饭,孙明祥道谢,老人说:"草原上的每一间屋子,每一座毡房,都是你的家。"

吴梅兰给孙明祥写信说,回到上海以后,一直处于兴奋的状态,不能自制,仿佛出笼的小鸟飞向了天空,迷失的孩子重新回到了母亲的怀抱。每天清晨醒来,望着窗外的阳光,呼吸着熟悉的带着黄浦江气息的空气,不敢相信,她真的回到了上海。经历了新疆的艰辛,更加深刻地体会到了上海的幸福。吴梅兰和女儿如意,与老母亲、哥哥嫂子一家三口住在一起。房子很小,只有四十来平方米,本来就挤,突然间又多了两个人,更加地抹不开身。离家十余年的女儿回来了,老母亲心里自然高兴,哥哥嫂子的脸色却阴沉得像梅雨天。特别是嫂子阿彩,说话阴阳怪气,很少正眼看她们母女。人在屋檐下,只能忍着。每天,吴梅兰一大早就出门,很晚才回家,一是找工作,二是尽量少在家里吃饭,躲开嫂子的白眼。有时回来早了,正赶上家里吃饭,她也不吃,谎称在外面跟新疆回来的知青朋友吃过了。知儿莫若母,老母亲明白女儿的心思,亲手盛碗饭,搛些菜让她吃。阿彩睥睨着吴梅兰说:"你们新疆人蛮有钱的呀,三天两头下饭馆。"吴梅兰笑笑不语,老母亲问她工作的事怎么样了,她敷衍说,朋友在帮忙联系。阿彩又说:"梅兰,你朋友是干什么的?上海工作可不好找的,像你这样一把年纪,又是从新疆农场回来的,上海大马路上可没庄稼好种的呀。"哥哥都听不下去了,悄悄拽了拽阿彩的衣服,阿彩不理他,继续说,"真闹不明白,老老实实在新疆待着好嘞,回上海凑什么热闹,上海最不缺的就是人。"

吴梅兰低着头,脸火辣辣的。老母亲说:"阿彩,少说两句好不好,梅兰是响应国家号召去建设边疆的,回来也是国家允许的,这里也是她的家,为什么不能回来?"

阿彩说:"既然是国家让回来的,那找国家去好了,工作、房子、上海户口,找国家要去呀。本来就紧张,一下子多了两张嘴白吃饭,日子怎么过,怎么过?"

老母亲说:"做人不可以没有良心,这些年,梅兰给家里寄了多少钱,你心里不晓得?如今梅兰回来了,暂时在家里住些日子,说出这样无情无义的话来。举头三尺有神明,小心遭报应的。"

阿彩说:"帮帮忙,她寄那一点点钞票能管一辈子呀?去年你住院做手术欠了一屁股的债,刚刚还清,还没来得及喘口气,家里又多了两张嘴。"哥哥小声劝阿彩,她呵斥他闭嘴。哥哥怯懦地闭了嘴,内疚地看看吴梅兰。

老母亲说:"做人要有一点自知之明,你的上海户口怎么来的?要不是嫁到我们家,恐怕还在乡下喂猪挑粪呢。"

"哦哟,还好意思讲,你们当初怎样低三下四地求我的,忘了?"阿彩满脸的不屑,"嫁这么个窝囊没出息的男人,我肠子都要悔青了,跳黄浦江的心都有的嘞。"

第四章 吴梅兰 | 229

吴梅兰实在忍不住,说:"嫂子你也别后悔,谁也没有逼你嫁给我哥,夫妻之间要相互尊重,伤感情的话不好随便说出口的,我哥哥是你的丈夫,你看不起他骂他,你的脸上也不光彩的呀。"

阿彩鄙夷地乜斜着吴梅兰,说:"嫁出去的女儿泼出去的水,这是我们家的事,用不着你一个外人说三道四,你的家在新疆,这里是上海,晓得伐?"

吴梅兰压着怒火,平静地说:"你放心,我不会赖着不走的,等找到了工作就立刻搬出去。"说着,拉起如意离开了饭桌。

回到上海,实际困难远比吴梅兰预想的要大得多。半年多过去了,工作依然没有着落,带的粮票和钱也不多了。嫂子的脸色更加难看,哥哥也失去了耐心,说话越来越刺耳。老母亲心疼她又爱莫能助,趁哥嫂不在时,偷偷地塞给她几块钱,宽慰她,别跟哥嫂一般见识,只要能住下去,不要在意他们的冷言冷语。她在信里,从来不跟孙明祥说不愉快的事,只说上海的好,为了让他放心,把哥嫂夸得像雷锋,连伙食费都不愿意收,都是她硬把钱和粮票塞到嫂子手里。每次写信,她都说工作有眉目了,很快就可以上班了,还让他和吉祥尽快来上海,一家人团圆。孙明祥感觉到她没讲实话,没把真实的情况告诉他,写信婉转地劝她,如果实在困难就带着如意回来吧。她回信说,怎么可能,开弓没有回头箭,好不容易回了上海,这辈子就是死,也要死在上海。

在朱碧云的帮助下,吴梅兰找到了工作。朱碧云丈夫的一个同学,是一家街道挂面厂的厂长,她和丈夫回上海以后,使出了浑身解数也没能进国营单位,无奈之下,就投奔到老同学门下。得知吴梅兰的处境，朱碧云让丈夫求求厂长同学，帮帮她，厂长同学简单地问了问情况，就爽快地答应了。吴梅兰立刻写信，告诉孙明祥工作问题解决了，虽然不是国营单位，但毕竟有了稳定的收入，终于成功地迈出了第一步。厂长姓于，叫于德旺。一个周末，于德旺请朱碧云夫妇吃饭，朱碧云叫吴梅兰一起去，她觉得唐突，不合适，朱碧云说已经跟于德旺说好了。饭桌上，朱碧云夫妇和于德旺谈笑风生，吴梅兰很拘谨，于德旺对她很热情，不停地劝她，还亲手搛了一块红烧排骨，放到了她的碟子里。

从那以后，于德旺和吴梅兰接触渐渐多了起来。有时，吴梅兰正在晾挂面，一转身发现于德旺站在身后，慌忙打招呼，他笑吟吟地看着她说，没什么事，随便看看。开始，吴梅兰没太在意，想是因为朱碧云夫妇的关系，于德旺对她多了几分友善，直到有一天他单独约她吃饭，她才感觉到了他的特殊情感。

那天下午，于德旺说下班后一起吃晚饭，吴梅兰没怎么犹豫就答应了，以为和上次一样，与朱碧云夫妇一起，结果只有他们两个人。他们面对面坐着，吴梅兰脸热心跳，目光无处安放。于德旺称赞吴梅兰工作出色，边疆锻炼过就是不一样，踏实能干，任劳任怨，她莞尔一笑，不知道该说什么。于德旺说："当年我也想去新疆支援边疆建设的，家里成分不好，没去成，为这事我怪罪了父母好一阵子的。现在看来没去成倒是好事，因祸得福，省得来回折腾。"吴梅兰顺口说了句，幸亏没去。"其实，我早就知道你的。"于德旺脉脉地看着吴梅兰，"有一年五四青年节，搞文艺会演，你代表你们学校唱《我的祖国》，还记得吗？当时我就被你迷住了，觉得你比郭兰英唱得还要好的。"太久远的事了,吴梅兰早已淡忘,经他一说,淡漠的记忆被唤起,慢慢清晰,复原。"后来,我和赵茂林经常往你们学校跑,就是为了能看见你。"赵茂林是朱碧云的丈夫。那顿饭吃了很长时间,基本上是于德旺在说话,眼睛始终看着吴梅兰,看得她难为情,低头对着面前的碗碟,偶尔仰起脸,对他笑笑,笑容有几分尴尬。"都是美好回忆了。"于德旺感慨地说道,"真的很美好的。"于德旺问孙明祥怎么没有一起回上海,吴梅兰敷衍说工作暂时离不开。他说:"你的情况,我多少也听说了一点点,你爱人不是上海知青,是名医生。医生蛮好的。"她看了他一眼,与他的目光相遇,心头一灼,遽然闪开了。

吴梅兰催促孙明祥去上海,她准备在挂面厂附近租间房子,已经看好了,虽然小一点,只要一家人在一起,什么样的困难都能克服。孙明祥没有理由再推托,就答应吴梅兰,尽快带着吉祥去上海团圆。孙明祥正准备跟场里说去上海的事,黄文教告诉他,他被评为自治区先进劳模,让他去乌鲁木齐参加表彰大会,左思右想,这个时候向场里提出离开不合适,去上海的事,缓一缓再说。

孙明祥参加了表彰大会,胸前佩戴着大红花,受到了领导的接见。领导们与全体代表合了影,领导坐前排,代表们拾级一排一排站在领导身后。孙明祥站最后一排,也是最高的一排,也离领导最远,多少有点遗憾,照片上方有"先进劳模表彰大会代表合影留念"的字样,刚好在他的头顶上。回来以后,孙明祥把合影装进相框里挂在墙上,很醒目,一进屋就能看见。

报者记者来甘泉子采访孙明祥,依然是黄文教陪着。记者是位年轻姑娘,戴着近视眼镜,右手握着钢笔,左手托着腮帮子,向孙明祥提问题，目光透过厚厚的镜片投向他，有几分莫测，她在小本子上记录一番，抬手推推鼻梁上的眼镜，感叹："了不起，太了不起了！"

孙明祥的事迹登上了报纸，标题醒目：《牧民心中的好医生、大医生》，还配着照片，照片上的孙明祥背着药箱，手握缰绳骑马眺望着远方，抬头挺胸，踌躇满志。报纸上赞扬他扎根边疆，视牧民为亲人，妻子回了上海，他却选择留下扎根边疆，他舍不得边疆，舍不得各族农牧民，和牧民之间建立起了不是亲人胜似亲人的阶级感情。孙明祥成了榜样，农场号召广大职工群众向他学习。学校也积极响应，请他去为师生们作报告。

孙明祥去上海的事一拖再拖，吴梅兰失去了耐心，写信质问他是不是不想一家人团圆。她不听孙明祥解释，给他设定了期限，必须在规定期限内到上海。吴梅兰工作问题解决了，有了收入，底气也足了，字里行间，透射出克制不住的霸气。孙明祥向场领导提出去上海，场长久久地注视着他。场长的眼神让他羞愧，他干咳一声说："吴梅兰要上班，还要带孩子，一个人顾不过来。"

场长苦口婆心说道："你是先进模范，是榜样，报纸上刚刚宣传你扎根边疆，你就要去上海，合适吗？将会造成怎样的社会影响你考虑过吗？孙明祥同志，你是场里培养出的医生，是共产党员，有思想，有觉悟，这么简单的问题，我不说你也应该明白。"孙明祥面红耳赤，仿佛偷人家东西被抓了现行，无地自容。场长谆谆教导他要有大局观念，要懂得舍小家顾大家，哪个家庭没有困难，不能因为困难就不顾集体利益。场长还说，他是农场的人才，农场需要他，各族农牧民需要他，组织上正考虑送他去医学院进修，提拔他当场部医院院长。孙明祥回上海的事，又搁浅了。

孙明祥没能在吴梅兰规定的期限回上海，吴梅兰坚决认为，他对婚姻对这个家已经失去了诚意，她太累了，没有精力跟他打太极了，就提出了离婚。决定写信摊牌离婚，吴梅兰没有太过于纠结，似乎在她的内心深处，早已在等待这一刻。那是一个周末，吴梅兰去邮局，买了张八分钱的邮票贴在信封上，盯着信封愣怔了一会儿，把信投进了邮筒。走出邮局，吴梅兰轻轻地吁了口气，顿时轻松了。她抬腕看眼手表，时间还早，决定去理发店烫头发，朱碧云说了她多次，把头发烫一下，时髦一点，不要总让人当阿乡看。两个小时以后，焕然一新的吴梅兰站在于德旺身边时，他竟然没认出来，赞叹她像电影明星王丹凤。他们一起吃过晚饭，然后去舞厅跳舞，于德旺搂着吴梅兰的腰肢，跟随着《蓝色多瑙河》的乐曲，旋转、荡漾。

于德旺向吴梅兰表白，她没有太惊讶，她清楚一个男人对一个女人的关心意味着什么，心中暗想，终于来了。于德旺的情况，朱碧云早已告诉了吴梅兰，他结过婚，没几年就离婚了，没有孩子，一直一个人，有房子。朱碧云劝吴梅兰离婚，且不说孙明祥不愿意来上海，即便是来了又能怎样？没有上海户口，没有口粮，吃住工作都是问题，就她那点工资，一家四口怎么活？朱碧云说："于德旺是钻石王老五，嫁给他，面临的问题都不是问题的。一定要拎得清，过了这个村，可就没这个店了，不能犯傻了，再犯傻一辈子就完了，晓得伐？"

吴梅兰收到了孙明祥的回信，他同意离婚，唯一的条件是吉祥必须得跟着他，语气平和淡定。吴梅兰有点失落，原本以为他会哀求，会立刻带着吉祥来上海，没想到他竟然如此爽快地答应离婚。

四

谷满仓为孙明祥和吴梅兰惋惜,郎才女貌的一对,说散就散了。安娜说:"我早就料到了,知青是飘到甘泉子的云彩,早晚要随风飘走的。"

"孙医生压根就不该找吴梅兰。"巧云冷不丁冒了一句。

很长一段时间,吉祥不知道爸爸妈妈离婚了,孙明祥瞒着他,知道的人也不跟他说,只是看他的眼神里多了几分怜悯。吉祥是从二蛋的妈孙彩凤嘴里听说的。孙彩凤是甘泉子有名的长舌妇,外号"小喇叭"。一天晚上,场部放电影,孙明祥去牧区巡诊还没回来,吉祥没心思吃晚饭,抓起一个馒头搬着凳子去占位置,他占的位置正好和孙彩凤挨着,孙彩凤嗑着瓜子说:"吉祥,你咋不去上海,听说上海看电影都在电影院里,沙发座。"吉祥说了句不想去,二蛋欺负过他,他不喜欢二蛋,也不喜欢他妈孙彩凤,不想搭理她。孙彩凤又说:"是不想去，还是你妈不要你了？你妈在上海又给你找了个爸，是工厂的大厂长，可比你现在的爸有本事。"吉祥不相信，说她胡说，孙彩凤说，"那你妈妈为啥不接你去上海？"

那天晚上，吉祥再也没有心思看电影，脑子里反复想着孙彩凤的话。两天后，孙明祥巡诊回来，吉祥盯着他问："你是不是和我妈妈离婚了？我妈妈是不是不要我了？"

孙明祥一愣，继而平静地说："是的，爸爸妈妈离婚了，妹妹跟妈妈在上海，你跟着爸爸。"

吉祥默默地流眼泪，久久之后，用手背抹下泪水说："我要去上海，我要找妈妈。"

从那以后，吉祥变得沉默寡言了，常常一个人蹲在墙根，盯着地上的蚂蚁发呆，如果听见谁说他没妈他妈妈不要他了，就会疯狂地扑上去拼命。一次，二蛋嘲笑他是没妈的野孩子，他拾起半截儿砖头，砸了他的后脑勺儿。

吉祥跟孙明祥的话也越来越少，孙明祥跟他说话，他只是耷拉着眼皮"嗯"一声，不愿多说一个字，也不看他。看着吉祥闷闷不乐，孙明祥心里很愧疚，长长叹了口气，默默地抽烟，他本来不怎么抽烟，自从和吴梅兰离婚后，烟越抽越凶。

吴梅兰很少来信，刚离婚时还时而来封信，问问吉祥怎么样，和于德旺结婚以后，信慢慢少了，再后来就彻底断了音信。孙明祥忍不住给吴梅兰写信，关心她和如意的情况，她也不回信。他懂了，她是不想新生活被打扰，于是，他就克制着心中的思念，不再给她写信。

上三年级的时候，吉祥离家出走了，要去上海找妈妈。

有一天场部放电影《铁道游击队》，吉祥盯着银幕想，甘泉子要有火车就好了，那样就可以扒上火车去上海找妈妈了。那天夜里，吉祥躺在床上睡不着觉，萌发了一个大胆的想法，去上海找妈妈。甘泉子没有火车，乌鲁木齐有，吉祥计划先到乌鲁木齐，再扒火车去上海。吉祥为大胆的设想紧张亢奋，心里涌动着按捺不住的激动。

两天以后，吉祥逃课离家出走了。开始孙明祥没太在意，心想一个七八岁的孩子能跑哪去，跑饿了就乖乖地回来了。孙明祥做好了中午饭，仍不见吉祥的踪影，这时刮起了沙尘暴，他慌了，找到天黑也没看见吉祥的影子。那一夜，孙明祥一根接着一根抽烟，边抽边流泪。第二天中午，一个牧民骑着马把吉祥送回了家。牧民寻找在沙尘暴中失散的羊，发现了昏死的吉祥。

吉祥兴奋地沿路往县城走，边走边想着见到妈妈的情景。走到一个岔路口，吉祥不知道哪个方向通往县城，想找人问一问，路的两头都空空荡荡，不见人影。天阴沉下来，浮尘眯得他睁不开眼。不久，黑褐色的云，狂躁地翻腾着吞噬了天空，顿时昏天黑地。吉祥像一棵被连根拔起的小树，伴随着一个温暖的声音升腾坠落，那是妈妈的呼唤："吉祥回家吃饭了！吉祥睡觉了！"

孙明祥看到吉祥的那一刻，久久说不出话来，继而扬起手扇了他一巴掌，又猛然把他搂在了怀里，呜呜呜恸哭。

一个星期以后，孙明祥带着吉祥去上海见吴梅兰。那次上海之行，彻底泯灭了吉祥内心的期待和希望。

到达上海的第二天，吉祥见到了吴梅兰。吉祥和孙明祥住在火车站附近的一家小旅馆里，快中午的时候，吴梅兰来了。吉祥和孙明祥都愣住了，吴梅兰的变化太大了。吴梅兰穿着湖兰色府绸连衣裙，奶白色皮鞋，头发烫成了大波浪，脖子上还戴着一根亮闪闪的项链。吉祥盯着项链，心想怎么会有这么亮的玻璃，比他玩的玻璃球亮多了。吴梅兰摸了摸吉祥的脑袋，他有点不自在，本能地缩了一下头，眼前的吴梅兰让他觉得太陌生，不像是自己的妈妈。

吴梅兰带着孙明祥和吉祥去了南京路，在第一百货公司，给吉祥买了身衣服，还要给孙明祥买双皮鞋，他拒绝了。接着，又去了城隍庙，在老字号杭帮菜馆，吴梅兰点了很多菜，蟹粉小笼、桂花拉糕、松鼠鳜鱼、醉鸡、糖醋排骨、八宝酱辣等等，摆了一桌子。吴梅兰不停地给吉祥夹菜，也劝孙明祥多吃点，孙明祥很少动筷子，垂着眼帘，听到她劝，便抬起眼皮僵硬地笑笑。孙明祥问怎么没带如意来，吴梅兰说她在上学，不好请假，她的目光闪烁，不敢正视他。孙明祥说："那就明天，明天给如意请个假，我和吉祥都想见见她。"

吴梅兰顿了顿，嗫嚅道："明天如意要考试，考试不好耽误的。"孙明祥不再说话，沉默了一会儿，吴梅兰又说，"老于对如意很好的。"

孙明祥一阵悲凉，扭脸望着窗外，上海人真多，人挨着人，前呼后拥。吴梅兰给吉祥夹了一块鱼肉，放在他面前的小碟子里，然后端起茶杯，喝了一口水。孙明祥盯着碟子里的鱼肉，目光散淡："他对你好吗？"

吴梅兰微微点了点头，说："好，对如意也好，当亲生女儿一样。"

"那就好，那就好。"孙明祥又把脸对着窗外，心里很酸楚。

"明天我就不能陪你和吉祥了，厂里只批了一天假。既然来了，就多玩两天。"吴梅兰把两百块钱轻轻地放到孙明祥面前。

"你忙你的，不用管我们。"孙明祥把钱又放到了吴梅兰面前，"这个用不着，我有钱。要不是吉祥闹着找妈妈，我们不会来打扰你的，我懂……"

吉祥低着头，用指甲抠着桌沿的油漆，吴梅兰伸手握他的手，他缩了缩手。

孙明祥说："吉祥，你不是有东西要送给妹妹吗？给妈妈吧，让妈妈带给妹妹。"

吉祥犹豫着，掏出两颗髀石，放在了吴梅兰面前，看了她一眼，又低下头。吴梅兰拿起髀石，握在手里，搂住了吉祥，脸埋在他的头发里，嘤嘤哭泣。

回到火车站的小旅馆，吉祥蜷缩在床上，面朝着墙，不说话，像个胎儿。孙明祥抽了一支烟，问他还想去哪里玩，他默默不语。孙明祥又点上一支烟，吸了两口，隔着缥缈的烟雾，看着吉祥瘦小的脊背，说："明天爸爸带你去看黄浦江吧。"

第二天，孙明祥带着吉祥来到外滩，扶着围栏望着奔流不息的黄浦江，吉祥把吃完的冰棍棒扔进了江里，说道："我不喜欢黄浦江，也不喜欢上海。"

当天晚上，孙明祥和吉祥就踏上了返回新疆的火车。火车缓缓驶出了车站，驶出了上海，父子俩望着车窗外支离破碎的夜幕，沉默不语。

巧云说，后来，吴梅兰又去火车站的那个小旅馆找过孙明祥和吉祥，但他们已经走了。吴梅兰站在旅馆门前很久，忍不住哭泣，巡逻的警察以为她丢了什么东西，她说儿子丢了。警察吓了一跳，急忙问她儿子多大了，在哪走散的，叫什么名字，穿什么样衣服，要让火车站的大喇叭广播找人。吴梅兰说："我把儿子丢在新疆了。"吴梅兰蹲在地上，双手捂着脸，号啕大哭。

巧云说："儿女是娘的心头肉，哪个当娘的舍得？吴梅兰有她的难处，不得已，只能顾一头。"

吴梅兰和孙明祥离婚后不久，就和于德旺结了婚。新婚之夜，贺喜的亲友们散去，吴梅兰整理好床铺，于德旺慢腾腾地打扫干净地上的糖纸瓜子皮，又收拾桌子。"不早了，忙了一天，休息吧。"吴梅兰脱衣躺下，身体靠里侧挪了挪，心怦怦跳，脸颊火辣辣的。于德旺轻轻地挨着她躺了下来，她呼吸急促起来，等待着。他关了灯，转过身去，背对着她。夜很静，她听见了自己咚咚咚的心跳声。"你嫌弃我？"黑暗中，吴梅兰的声音很响，于德旺的身体微微颤抖了一下。

于德旺依然背对着吴梅兰，说："怎么会，高兴还来不及呢。"

吴梅兰开了灯，于德旺拽了拽被子，想遮住刺眼的光。吴梅兰说："那你为什么不……碰我？"

"我……有点累了……"于德旺搪塞。

吴梅兰抱住了于德旺，她唤起了他身体深处的冲动，他翻过身，把她压在了身下，幻想着一个威武的勇士，金戈铁马冲锋陷阵，然而勇士跌进了沼泽，顿时，黑暗裹挟着他，向着无底的深渊沉去。他败下阵来。

一次次努力，一次次失败，残酷的现实印证了吴梅兰心中的疑惑：他有病。她豁然明白了，为什么在两人交往过程中，他从未对她有过非分的亲昵行为,她以为,那是君子的自律,是高尚的品质。吴梅兰质问:"既然有病,为什么还要结婚?"

"我想有个家,我喜欢孩子。"顿了顿,于德旺又说,"你放心,我一定对你好,对如意好,我把如意当亲闺女,比亲闺女还亲。"

吴梅兰哭了,压抑地哭泣,哭声里充满了羞愤、屈辱、失望与无助。考虑了三天,吴梅兰打定了主意,跟于德旺过下去,唯一的要求,就是他要对如意好。

吴梅兰回上海以后,巧云和她一直通信。和于德旺结婚后,吴梅兰不再和孙明祥联系,有关吉祥和孙明祥的情况,都是通过巧云知道的。有一天,巧云收到一封朱碧云的来信,很纳闷,在甘泉子时,巧云和朱碧云就没什么交集,朱碧云回了上海就更没有联系了。朱碧云信中告诫巧云,以后不要再给吴梅兰写信了,她有了新的家庭,过得很幸福,为了避免不必要的误会和麻烦,不想再跟甘泉子有任何的瓜葛。朱碧云还吩咐巧云,以后把信写给她,她会把甘泉子的情况转告给吴梅兰。巧云看着信琢磨了半天说:"脱裤子放屁。"

心里虽然不乐意,巧云还是遵从了朱碧云的建议,不再给吴梅兰写信,但也不想给朱碧云写信,想起她扬着脖子目中无人的傲慢劲儿,心里就别扭。开始都是朱碧云主动给巧云写信,问一些吉祥和孙明祥的情况,她才不情愿地回信。慢慢通信多了,特别是朱碧云在信中热情地邀请她有机会到上海玩,她觉得朱碧云扬着脖子走路的样子,也没那么令人讨厌了。于是,巧云就成了连接甘泉子和上海的桥梁纽带,传递着彼此的信息,直到吴梅兰离开上海去了北京,才中断了联络。

五

巧云暗恋过孙明祥。

孙明祥和吴梅兰离婚后,巧云很关心吉祥和孙明祥的生活,收拾屋子,拆洗被单,孙明祥表示感谢,巧云抿嘴一笑,说他见外,笑容柔媚。安娜感觉到了巧云对孙明祥有意,让谷满仓跟巧云说说,别总往孙医生家跑,一个大姑娘,叫人说闲话。谷满仓说:"啥闲话,要是他俩你情我愿,我看般配。"

安娜说:"女儿国招驸马爷,一厢情愿,孙医生看不上巧云,不信咱骑驴看唱本——走着瞧。"

叫安娜说中了,巧云终于没能和孙明祥走到一起。孙明祥带着吉祥去上海回来一个月后,巧云下决心鼓起勇气对他表白。那天,巧云仔细地洗脸梳头,对着镜子抹香脂,换上平时舍不得穿的碎花的确良衬衫,忐忑地去了孙明祥的家。进了院子,巧云看见窗户下停着一辆自行车，心想是不是来客人了，正犹豫着要不要进屋，这时，孙明祥和一个瘦高个儿女人出来了。看见巧云站在门外，孙明祥微微怔了一下，随之笑着问她有事吗？巧云慌忙说没事，莫名地脸热心跳，匆匆扫了瘦高个儿女人一眼。

瘦高个儿女人叫陈慧珍，是良繁场的会计，业余时间喜欢写诗，还在报纸副刊上发表过，爱慕孙明祥很久了。孙明祥离婚，陈慧珍觉得她的春天到来了，便频繁地给他写信，情真意切。孙明祥从来没有读到过文字如此优美动人的信，被深深地感动了。

从那以后，巧云经常能看见孙明祥推着自行车，陪着陈慧珍有说有笑，漫步在夕阳下。孙明祥去牧区巡诊，巧云对吉祥依旧关心，只是不再给孙明祥洗被单衣服，不是不想洗，她认为这些活儿应该陈慧珍干。事实上，孙明祥外出巡诊，陈慧珍就不再到他家里来。吉祥不喜欢陈慧珍，说她长得像女特务。有一次，陈慧珍骑着自行车，从孙明祥家回良繁场，骑到半路车胎瘪了，她没在意，就推着自行车往回走，直到天黑才到家。第二天，陈慧珍去修理铺修车，发现车胎上扎了一颗图钉，修车师傅说，有人故意把她的车胎扎漏气了。会是谁呢，陈慧珍抱着胳膊皱着眉头，像写诗寻找灵感一样，对着一棵沙枣树思索了半天，也没想出个所以然。后来，这样的事情又发生了一回，陈慧珍怀疑是吉祥，就跟孙明祥说了。孙明祥拷问吉祥，他梗着脖子大义凛然地承认："是我干的！"气势恢宏，像电影里的英雄小八路。

"为什么？为什么要扎陈阿姨的自行车？"孙明祥百思不得其解。

吉祥说："我不喜欢陈慧珍，我讨厌她。"孙明祥打吉祥，他昂首挺胸，岿然不动。

吉祥无法阻挡住孙明祥爱情的脚步，他上五年级那年，孙明祥和陈慧珍结婚了。结婚后，陈慧珍从良繁场调到了场部财务科。

孙明祥和陈慧珍结婚，对巧云刺激很大，她郁闷了很长时间，看啥都不顺眼，三天两头跟人吵架。半年以后，经人介绍，巧云认识了老郑，赌气嫁给了他。

巧云和老郑有个女儿，从小就不安分，高中时就偷偷地谈恋爱，没少挨老郑的揍，高中毕业后，就偷偷瞒着父母去广东打工，然后在那里找对象结婚生子开枝散叶，把自己活成了南方人。老郑没病倒时，和巧云去过一趟广东女儿那里，住了不到半个月就回来了，住不惯，受不了潮湿闷热的气候，也听不懂当地人的话，老郑说，哪里都没有甘泉子好。后来老郑中风瘫在了床上，伺候他吃喝拉撒成了巧云生活的日常，老郑像一把锁，牢牢地锁住了她，她寸步难行，哪也去不了。巧云说："有时候想想，挺羡慕吴梅兰的，能顺着自己的心活。"巧云比实际年龄显得苍老，黑瘦的脸上皱纹纵横，被生活挤压成了一枚干硬的核桃，目光滞缓木讷，停顿一下，巧云又说，"其实，吴梅兰心里也有苦，舍弃自己的儿子，是拿刀割当娘的心头肉。吉祥多好的孩子！"

江涛说："喀山牧场史志上记载，吉祥在那当过老师。"

巧云说："是，支教去的，不到一年吧，人就没了，才二十多岁，连对象都没来得及谈，可惜了。"

吴梅兰和于德旺结婚以后，于德旺不仅对她和如意好，还主动提出把吉祥接到上海一起生活。吴梅兰写信和孙明祥商量，他拒绝了，他已经失去了女儿,不能再失去儿子。孙明祥还说,他不打扰吴梅兰和女儿的生活,也希望她别打扰他和儿子的生活。父母离婚在吉祥幼小的心灵留下了阴影,原本温暖欢乐的家瓦解,母亲和妹妹远走上海,他有一种被抛弃的孤独落寞,心里充满了怨恨。怨恨母亲,也怨恨父亲。吉祥对孙明祥产生了抵触,孙明祥让干什么他偏不干,父子关系越来越拧巴,最终拧成了结。孙明祥跟陈慧珍结婚以后,吉祥更加地叛逆,对陈慧珍充满了敌视,她的出现,彻底粉碎了吉祥期盼母亲归来的梦想。

巧云说,吉祥小时候,最崇拜他爸爸孙明祥,立志长大了要像他爸一样当医生,这也是孙明祥的期望。可是到了高中毕业考大学时,吉祥坚决不报考医学院,孙明祥问他为啥,他说不喜欢当医生,讨厌医生。吉祥高考成绩不理想,想上的学校都没考上,最终被喀什师范录取了,虽然不是理想的学校,想到能借此离开孙明祥和陈慧珍,也很兴奋。师范毕业后,吉祥没有去学校当老师,他辗转于各个公司之间,三年多换了四五份工作,卖过房子,推销过保险,做过广告公司策划,去报社应聘过记者,还被朋友忽悠开过仙妮蕾德专卖店,都干不长。吉祥很少回甘泉子,过年也不回,孙明祥打电话,他找各种不回家的理由。总场学校招聘老师,孙明祥希望吉祥回来当老师,他说离开了甘泉子,就没再打算再回去。

那一年春节,孙明祥给吉祥打电话,让他回家过年,他以在公司值班为由不回。年后不久,吉祥接到了陈慧珍的电话,陈慧珍告诉他,孙明祥病了,胃癌晚期,没多少日子了,希望他能回家,爸爸想他。吉祥回家后才知道,春节前一个多月,孙明祥就查出了胃癌,一直瞒着他。吉祥建议孙明祥去乌鲁木齐做手术，孙明祥说癌细胞已经转移到肝脏，没有手术的必要了，他是医生心里清楚，这种病折腾的结果是人财两空，他也不想受那份儿罪。两个月以后，孙明祥病逝。弥留之际，孙明祥已经说不出话了，他紧紧抓着吉祥的手，默默地流泪，直到咽了气，也没松手。孙明祥葬礼那天，很多牧民从四面八方赶来为他送行，为他祈祷。吉祥的心被深深地触动了，那一刻，吉祥似乎理解了父亲。

艾尔肯专门从喀山牧场赶到甘泉子，参加了孙明祥的葬礼。艾尔肯是喀山牧场小学校长，希望吉祥能去牧场工作，学校实行双语教育，需要汉语老师。艾尔肯说："我知道你从喀什师范学院毕业，你爸爸跟我说过你的情况。你爸爸说，如果你当老师，一定会成为一名好老师。"

料理完父亲的后事，吉祥准备回喀什，陈慧珍要跟他谈谈，他很意外，记忆中，陈慧珍从来没有认真跟他谈过话。孙慧珍说："你爸爸很爱你，这些年你一个人在喀什，他很惦记你，经常想你想得偷偷地哭。不要怨恨你爸爸，他是个好人。"吉祥低着头。"回来吧，不管怎样，这里毕竟是你的家。"陈慧珍看着吉祥，目光温暖，"我跟你爸爸也没什么家产，就这套房子，留给你吧，找个对象，成个家，生个孩子，安生过日子。"吉祥眼前一片模糊，眼泪忍不住掉下来。吉祥想对陈慧珍说点什么，却一句话也说不出来。陈慧珍叹口气，"人一辈子很短，一眨眼就看到头了，经不起任性赌气。"

不久，陈慧珍离开了甘泉子。

孙明祥去世前，为吉祥的工作曾经找过甘泉子中学校长，校长承诺,如果吉祥愿意回来,学校就接受他。中学校长征求吉祥的意见,吉祥答应去甘泉子中学当老师。

一年以后,吉祥去喀山牧场支教。那年冬天,一个同学开车去喀什看他。两天后,他陪同学下山回甘泉子。冬天山路上的积雪被过往的车轮压成了冰,凹凸不平,很滑。同学很兴奋,一边开车一边说笑,车子甩动着屁股,像鱼在水里游。吉祥提醒同学路滑开慢点,同学很自负。同学参加过环塔里木汽车拉力赛,路况比这惊险得多,说着还左右打着轮炫耀车技,吉祥仿佛坐在风浪中的小船上。那是一段傍山弯道,山体挡住了视线,同学正得意,迎面突然钻出来一辆卡车,同学慌了,本能地急打方向踩刹车躲避,轿车失控,翻进了山谷。

巧云说:"吉祥是舍不得他爸爸,怕他爸爸孤单,陪他去了。"

江涛问吴梅兰知不知道吉祥去世了,巧云说可能知道。吉祥去世的第二年秋天,有人看见一个穿戴讲究的女人,在吉祥和孙明祥的坟前烧纸,女人戴着墨镜围着头巾,裹得严严实实,巧云坚信是吴梅兰。吴梅兰写作出名以后,从上海去了北京,朱碧云不再给巧云写信了解吉祥的情况,慢慢就断了联系。巧云说:"女人当了娘,就永远忘不了自己的孩子。"

吴梅兰和于德旺结婚以后,不再为生活发愁,在上海站稳了脚跟。虽然于德旺人不错,吴梅兰心里总是郁积着说不出的幽怨。为了排解苦闷,吴梅兰喜欢看小说,在小说的世界里寻求心灵的共鸣,看得多了,她觉得她的生活经历远比那些小说故事精彩,就萌发了写小说的念头。吴梅兰用两个月时间,完成了她的小说处女作《远方落日》，写一个边疆女知青的故事，署名梅子。吴梅兰把小说稿装进信封，照着《收获》杂志的地址寄了出去。吴梅兰没怎么放在心上，也没指望能发表，一个月后，她突然收到了《收获》编辑的来信，通知她稿子留用，并约她到编辑部交流一下稿子的修改意见。

吴梅兰在《收获》编辑部见到了写信的编辑，编辑是个中年男子，戴副眼镜，脸上始终挂满笑容。开始，她很紧张，慢慢就放松了下来。通过交谈，编辑了解到吴梅兰是从新疆回城的知青，感叹难怪《远方落日》如此感人，没有切身体会，很难写出这样直扣人心的作品。编辑不相信吴梅兰第一次写小说，无论年纪还是文字的功力，都不像初学写作的文学青年。

两个月后，《远方落日》在《收获》杂志上发表，很快被几家选刊转载。一年后，吴梅兰获得了全国小说奖，引起了文坛的关注。一位著名的电影导演，通过《收获》编辑部联系到吴梅兰，要购买《远方落日》的影视版权拍电影。著名的评论家写评论，盛赞《远方落日》，声称吴梅兰是中国文坛的重大发现。稀里糊涂，吴梅兰成了著名青年作家，其实她已经三十多岁了。吴梅兰感觉一切都很不真实，像做梦。从此以后，吴梅兰一发不可收拾，约稿信纷至沓来，她的名字频频出现在各种文学杂志上。

吴梅兰到北京领奖，见到了给她写评论的著名评论家老古。老古五十多岁，西装革履，花白的头发微微卷曲，五官棱角分明，据说他有八分之一俄罗斯血统。老古是文坛举足轻重的人物，无数作者希望能经他的手点石成金，他居然主动给名不见经传的吴梅兰写评论，可见对她的偏爱。那次活动，老古除了跟吴梅兰谈作品，还动员她来北京，毕竟北京是文化中心，资源多，信息广，对她的写作与发展有利。老古还联系鲁迅文学院，为吴梅兰争取了名额，让她参加鲁迅文学院作家培训班。

吴梅兰名气越大，于德旺心里越不踏实。吴梅兰像是越飞越高的风筝，牵在于德旺手上的线也越来越吃紧，随时都有绷断的危机。于德旺反对吴梅兰去北京，上海才是中国最好的地方，为什么要去北京。吴梅兰说去北京是为了写作，于德旺说在上海也可以写呀。吴梅兰说："你不懂。"

尽管于德旺反对，吴梅兰还是去了北京。吴梅兰参加了鲁迅文学院作家培训班，学习结束以后没有回上海，她在团结湖附近租了房，一室一厅，然后把女儿如意也接到北京上学。到了北京，吴梅兰才真正理解了评论家老古说的北京是文化中心的含义。在老古的帮助下，吴梅兰的作品陆续登上了北京的文学名刊，同时，她也成功挤进了京城文学圈。

吴梅兰要和于德旺离婚，不是于德旺不好，是他俩不合适。吴梅兰真诚感谢他，在她最困难的时候帮助了她，他的恩德她一辈子记在心里。于德旺不同意离婚，就拖着。吴梅兰和女儿如意在北京，于德旺在上海，除非他忍不住给吴梅兰打电话，吴梅兰从不过问他一句。拖了一年多，于德旺没了心劲，终于答应吴梅兰离婚。

和于德旺离婚后，吴梅兰嫁给了老古。老古离婚几年了，一个人生活，吴梅兰带着如意搬进了老古的家。老古住在呼家楼，房子一百多平方米，很宽敞。吴梅兰心里惦记着远在新疆的儿子，想把吉祥接到北京来，老古不同意，如意跟着吴梅兰，又是女儿，他可以接受，

第四章 吴梅兰 | 249

儿子既然已经在新疆跟着父亲生活多年，就不要节外生枝制造麻烦。吴梅兰只好作罢，从此不再提吉祥的事，把内心沸腾的情感化成了文字，成为文坛一颗耀眼的文坛明星。

　　除了写作，吴梅兰最为在意的便是女儿如意，一心想把她培养成为艺术人才。如意却报考了医科大学，一路读到硕士研究生，毕业后做了牙医。如意学医让吴梅兰匪夷所思，仔细一想，冥冥之中仿佛有一种神奇的力量引导着如意，赓续了她亲生父亲孙明祥的血脉，继承了他的衣钵。

六

江涛去医院看牙，认识了如意。

如意是京城一家著名三甲医院的口腔科大夫，刚刚研究生毕业工作不久，踌躇满志，对病人细致入微如春风化雨。江涛右上方第二颗牙劈了，去口腔科看牙，成了如意的病人。看牙很烦琐，从牙髓根管治疗到修复烤瓷，前后跑了八趟，持续了两个多月。江涛从事记者工作，很忙，从早到晚蜜蜂似的满世界飞，没时间上医院看牙，加上对牙科的恐惧，心里本能地抗拒。牙科是一个恐怖的地方，刺刺啦啦的磨牙钻牙声恣意弥漫，像无形的钢针横冲直撞，戳人神经。江涛去了两次以后，刺刺啦啦的声音不再那么刺耳恐怖了，去医院的路也不再觉得堵，他的注意力渐渐聚焦成了一个点，投射在了如意的身上。

理科女生要比文科女生单纯，性格线条也显粗犷，如意开朗大放，阳光明媚。江涛想请如意吃饭加深感情，担心她会拒绝，没想到她爽快地答应了。那顿饭催化了江涛和如意之间的情感，递进了他们的关系。如意的坦荡点燃了江涛的豪迈，谈天说地东拉西扯，现在看来的一些废话，当时却令他们纵情开怀。

如意在医院附近租了套单身公寓，江涛以为她和自己一样，是从外地来京求学毕业后留在北京工作的。有一天，江涛和如意在她的公寓喝酒，才知道她家就在北京，她妈妈是著名作家梅子。江涛很惊讶，突然间失去了自信，感觉一道无形的鸿沟在他和如意之间裂开。

江涛老家在东北，父母都是普通工人，第一波下岗潮就淹没了他们。为了生活，他们像鸡刨食一样不停地忙碌。母亲蹲在街边卖炒瓜子烤红薯，父亲四处打零工，他们把人生的全部希望都寄托在了江涛的身上，叮嘱他好好学习考大学，只有考上大学才有出路。江涛没有让父母失望，考上了东北的一所大学，专业比较冷门，考古。学考古不是江涛的本意，他的理想是做一名记者。他爸高中都没上，没多少文化，也不知道学什么专业好，就听了经常一起喝酒的朋友的建议，让江涛学考古，冷门人少竞争弱，毕业后好找工作。江涛从小就听父母的话，心里虽然不喜欢，还是顺着他爸的意愿学了考古，毕业了才知道，就业更难。考古专业性强，就业面窄，有限的考古部门，连名校的研究生都是掐尖挑蕊，江涛这样一般院校的本科生，根本就没竞争力。江涛为工作焦头烂额，一腔热血眼瞅着一点点变凉，眼瞅着身边有点想法的朋友，都离开了看不到未来的故土远走他乡，他决心考研，通过考研去一个有未来有希望的地方。反复考量，江涛最终认定去北京，北京是首都，是中心，充满了活力。江涛连续考了两年，终于考上了中国传媒大学的硕士研究生，专业是他喜欢的新闻传播。

研究生毕业后，江涛被京城一家知名的报社录取，实现了他的记者理想。

"自惭形秽了？"如意的手指间夹着一支烟，托着下巴望着江涛微笑。

"有点突然，没想到你是大家闺秀。"

"别被我妈头上的光环吓着了，虚的。什么大家闺秀，扯淡。"如意吸口烟，"我妈不干涉我的事。至于我爸，他是我的第二任继父，对我的事更没兴趣。"如意讲了她跟着吴梅兰如何离开新疆回到了上海，后来又如何离开上海来到了北京。

"瞅机会一起去趟新疆吧，去看看我出生的地方，那地方名字很美，叫甘泉子。"如意靠在沙发上，右手食指和中指间夹着半截儿烟，大拇指轻轻划着下嘴唇，记忆像一幅沉入水底的画，朦朦胧胧。江涛问如意她的生父是否还在新疆，她说应该在，还有一个双胞胎哥哥也在那里，叫吉祥。"我对他们倒没有太大兴趣，多年没联系，陌生人一样，我只是对那个地方好奇。"

因此，甘泉子深深刻在了江涛的脑海里。

一天，如意给江涛打电话，说她妈妈要见他，他一紧张，瞬间失语。如意以为他不想见，就在电话里说，不想见就算了，不必勉强，他急忙答应说想见。

与吴梅兰见面的地方在建国饭店西餐厅，吴梅兰定的地方。江涛因临时调版耽搁了，匆匆赶到西餐厅，如意和母亲吴梅兰以及继父老古已经等候多时了，江涛连连道歉。吴梅兰身穿真丝面料旗袍，佩戴珍珠项链，头发梳成髻，貌似随意地绾在脑后。她的眼睛深邃清澈，含有一丝淡淡的忧郁,古朴典雅之中透着知性。江涛不由得想起了陶渊明的诗句:"幽兰生前庭,含薰待清风。"

老古话不多,右手拿刀左手举着叉,大口吃着牛排,完全不像古稀老人。吴梅兰说话声音低缓,像春天的风不疾不徐,问起某个问题,就面含微笑侧目看着江涛,耐心地等待着他的回答。

告别时,如意对江涛说,她妈妈和继父对他印象不错。

如意意外怀孕,促使她和江涛迅速举行了婚礼。

如意皮实,没觉得怀孕是多么大个事,该干啥干啥,不像有些怀孕的女人,把自己娇溺得糖人儿似的。江涛反倒比如意更紧张,不时提醒她当心点,她现在不是一个人,肚子里有宝宝。如意满口答应小心注意,一出门就全忘了,依旧脚踩风火轮,一步跨出一米二,秀发飞扬,裙衫飘逸。如意怀孕三个月的一天,她的一个同学从美国回国探亲,同学在全聚德聚会。如意倒饬满意抓起包匆匆出门时,江涛提醒她别着急,同学聚会又不是赶飞机。如意走到电梯口,电梯正上行,他们的家在五楼,电梯刚上到七楼。正值下班放学高峰,如意没耐心等着电梯一步一停上到三十二层,再磕磕绊绊下来,就从五楼的楼梯往下走,走到四楼包里的手机响了,她边下楼梯边从包里摸电话,忙乱中脚下踩空了,从楼梯上滚了下去。

如意流产了。

孩子流产对如意打击巨大,絮絮叨叨说是她杀了肚子里的孩子,对不起江涛。江涛安慰她这只是一个意外,不必太自责了,将来他们还会有孩子。如意坐在地板上,双手抱着脑袋,反复地说:"是我杀了他，就是我杀了他。"那一刻，江涛仿佛看见了鲁迅先生笔下的祥林嫂。如意眼睛黯然了，笑容稀薄了，时常手攥拔牙钳子，对着躺在治疗椅上的病人发呆。江涛担心如意神情恍惚会出事，劝她请假休息一段时间。如意不愿待在家里，家里到处都是儿子的影子，她还说听见了儿子叫她妈妈。如意坚信流掉的孩子是个儿子。

到底还是出事了。那是夏末秋初的一个下午，天热得人恨不得钻进冰箱里。如意给病人拔牙，病人是个油腻的中年妇女，一张嘴，酸腐的浊气击穿了口罩，直往鼻腔里钻。如意侧脸躲避，女病人感觉到了如意的嫌弃，不爽地翻了翻鱼泡眼。如意和女病人彼此相克，用当下滥俗的话说叫气场不合，出事在所难免。果然，如意把女病人的好牙，当烂牙拔了下来。女病人咆哮着从治疗椅上蹦了起来，抡起发面饼一般的手掌，扇了如意一耳光，满嘴的血沫子，喷得如意满脸山花烂漫。

女病人不依不饶，集结十几个亲友组团向医院讨说法，要求医院开除如意，赔偿损失，身体伤害费、精神损失费、医疗费、误工费等等，共计一百万元人民币，否则就通过媒体网络曝光，让医院臭名昭著。女病人肿着半边脸，趾高气扬地和院方谈条件，声音尖锐，足球比赛解说员似的语速，让院方代表插不上嘴。女病人带着亲友团闹了一个星期，和院方达成了协议，得到了二十万元的赔偿。

如意没有被开除，处理结果是停职半年，扣除全年奖金，三年内不得晋升职称。医院没有开除如意，女病人并不过多纠缠，其实对怎样处理如意，她没多大兴趣，她的兴趣是钱，钱是她的目的，是她的理想。那次医疗事件以后，如意更加地阴郁了，脾气愈加地暴躁，不

第四章 吴梅兰 | 255

时和病人甚至同事发生口角。在家里，如意更是满弓箭火药桶，一触即发，一点就炸。

一天江涛下班回家，如意盘腿坐在地板上抽烟，面前的烟灰缸里插满了烟头。江涛说怎么抽烟了？她不看江涛，答非所问，人怎么可以这样无耻，为了钱什么下流的手段都使得出来，脸皮都不要了。江涛知道她在说那个女病人，他说："都过去了。"

如意说："开口就要一百万，抢钱呀，她见过一百万吗？值一百万吗？"

"毕竟好牙当烂牙给拔了，搁谁都会撮火。"

"拔错牙我的责任我承担，怎么处理我都认，合理的经济赔偿也是应该的，不能敲诈呀，人怎么可以这样？还是人吗？"

如意跌进了黑色的旋涡不能自拔，江涛婉转劝她看看心理医生，她呆呆地盯着他，他讪讪地说："没别的意思，我的意思是……"

没等江涛说完，如意果断地挥了一下右手，那只手经常给人拔牙，十分孔武有力："我没病，看什么心理医生？你们才有病呢。"如意说的你们显然也包括江涛。

如意失去了耐性，焦虑、烦躁、抱怨、愤慨、消沉，人际关系陷入了危机。江涛言行小心谨慎，尽量避免不必要的麻烦。一个周末，江涛下班回家，看见如意在厨房里手舞足蹈。听见动静，如意手持锅铲从厨房探出脑袋，脸上的笑容，像印在围裙上的草莓西红柿一样灿烂。她说："回来了，先休息一会儿喝点茶，饭菜马上OK。"如意拉上门，门缝里传出叮叮当当的炒菜声。如意的反常行为让江涛纳闷，她有半年没进过厨房了，江涛做好饭叫她张嘴吃，还得看她心情。

如意把菜摆在桌上,油焖大虾、糖醋排骨、青菜豆腐、素炒西兰花,色香味俱全。醒酒器里醒着法国干红。如意倒了两杯酒,一杯递给江涛,他迟疑地接住,说今天是什么日子,这么隆重?如意说她准备出去了。江涛正闷头吃着油焖大虾,随口说去逛街啊,如意嚼着一朵西兰花说:"去美国,留学。"江涛停止了咀嚼,嘴里含着半只虾,傻愣地看着她。如意眉飞色舞地描绘着美国的生活蓝图,她有不少同学在美国,都发展得不错,他们的学习成绩、业务水平比她差远了,踮起脚尖也只能勉强够着她的肩膀。她后悔没有早一点出去,白白耽误了这么多年的大好时光。她还说,她的性格不适合待在国内,她与国人的价值观思维模式格格不入,再不出去就要疯了,她不能再浪费大好青春年华了,她要去世界宽阔的舞台上飞扬青春,施展才华。如意侃侃而谈,目光如炬,不时恰到好处地挥动着手臂,画龙点睛。

江涛说:"这么大的事怎么不商量一下?"

如意摊开双手,耸耸肩,很美国地说道:"这有什么好商量的,难道你会反对吗?"不等江涛回答,手臂一挥,"NO。"如意说她先出去,然后江涛也去美国。江涛说对美国没兴趣,记者当得好好的,干吗跑人家的屋檐下低三下四。如意说:"现在谁还看报,你那报社早晚得歇菜,有什么好留恋的。"

江涛说:"反正我不出去,你出去感受一下也尽快回来。"

"出去了就不回来了。"如意说,"如果你想要这个家,就必须出去。我不逼你,路在你的脚下,你自己选择。"

言之凿凿,信誓旦旦。江涛犹豫了,他不想失去如意,不想失去家。他说:"我一个学文科的,到美国能干什么?"

第四章 吴梅兰 | 257

如意说:"这个不用担心,美国有许多中文培训机构,你可以去那里当老师,一周的收入,比你在报社一个月的工资都要高,我早就了解清楚了。"

江涛明白,如意决心要干的事,他想拦也拦不住,他无法阻止如意迈向美利坚的脚步。分别时,如意说他们很快就会在美国团聚。但是,如意到了美国一年后,他们的婚姻便走到了尽头。

江涛心里忘不掉如意,拒绝新的爱情,他拼命地工作,用超负荷的工作填满孤寂的生活。"失之东隅,收之桑榆。"那几年,江涛的事业一路高歌,作品荣获中国新闻奖、韬奋新闻奖等国家级奖项,由一个普通记者升迁为专刊部副主任。与如意离婚四年后,江涛和一个出版社的女编辑结了婚,女编辑是文字博士,只顾埋头上学念书耽误了婚姻大事,三十多了还没成家。

江涛和女博士的介绍人是如意的母亲——吴梅兰。

第五章 谷丰

一

　　谷丰请江涛到家里吃晚饭。

　　谷丰原本想请江涛去酒店，江涛走南闯北，又是北京来的名记者，什么样的酒店没吃过，就决定在家里请。还有一层意思，几天接触下来，谷丰和江涛很投缘，江涛很真诚，不像有些记者口是心非虚情假意，请家里做客也是对他的认可。

　　江涛很高兴能到谷丰家里做客，如今请人到家里吃饭是最高的礼遇。谷丰的妻子叫刘燕，在社区工作，温婉贤淑，说话细声慢气，有点林黛玉式的淡淡忧伤。江涛进门时，刘燕正束着围裙在厨房忙碌，她礼貌地和江涛打过招呼，倒上茶水，又匆忙进了厨房。谷丰和刘燕是在乌鲁木齐认识的，五年前，谷丰参加喀山牧场访惠聚工作队，结束以后决定不回乌鲁木齐了，要留在牧场工作，刘燕就跟随着他来到了甘泉子，两个人结了婚。他们有一个儿子，三岁了，叫壮壮。

高中毕业，谷丰考上了新疆农业大学，本科毕业后一年多，始终没有找到理想的工作。谷丰还做过半年多的外卖小哥，骑着电瓶车鱼一样穿梭在乌鲁木齐的大街小巷，刚开始觉得新鲜自在，很快就体会到了外卖小哥的甘苦。一天，谷丰接个了单，客户住在一个叫罗马帝景的高档小区，虽然从名字到建筑风格都不伦不类，散发着粗俗的傲慢，但丝毫不会影响人们的妒羡。在这座城市，能居住在罗马帝景，一度是身份和实力的象征。

谷丰敲开客户家门，吓了一跳，女主人脸上糊着海藻面膜，绿汪汪一坨，他瞬间想起了牛粪。"海藻"边打着电话边朝谷丰摆摆手，谷丰递上外卖，刚要走，"海藻"叫住了他，说要验货，她把手机捂在蓬勃的胸脯上说："如今的人一点诚信都没有，前两天，我明明订的是红烧狮子头，打开一看是宫保鸡丁，你知道吗我属鸡的，从来就不吃鸡。""海藻"冲谷丰瞪着眼睛，双眼皮是拉的，看上去颓然惺忪，"海藻"忙把手机贴在耳边，眉飞色舞地说，"对不起亲爱的，没说你……你知道吗，我现在一点都不想上班，上班跟上坟似的……头儿就是个傻×，除了开会说空话溜须拍马装孙子，屁本事没有，你知道大伙私下叫他什么吗？擦皮鞋的，咯咯咯……""海藻"滔滔不绝。下一单客户不停地给谷丰打电话催单，很不耐烦，好像心脏病发作急等速效救心丸救命。现如今的人个个脚踩着鸡脖子似的，稍不留神就鸡飞狗跳。

"海藻"终于挂了电话，翘着水萝卜似的兰花指打开外卖，夸张地惊呼："啥玩意儿呀，这是红烧排骨吗？乌漆麻黑的，颜色就不对。""海藻"端起饭盒闻了一下，又说，"味道不正，量也少，价钱倒是越来越贵，只认钱，钱比爹妈都亲。""海藻"看一眼愣在门口的谷丰，不耐烦地挥挥手，像赶苍蝇，"行了你走吧，对牛弹琴。"说着，"砰"地关上了门。

一个月下来，谷丰见识了各色人等，经过千锤百炼，面对那些蛮横刁钻的客户失去了愤怒，无论他们说什么，他都能做到充耳不闻。女朋友提出分手，这件事刺激了谷丰，终结了他半年多的外卖小哥生涯。

那天，送餐高峰过去，外卖小哥们难得喘口气，享受短暂的休闲时光，抽烟喝水刷手机，有女朋友的抓紧时间调调情撩撩骚，说几句甜蜜肉麻的废话。谷丰脚撑着地，坐在电动车上和女朋友视频，旁边的小哥边看手机边议论中美贸易战，一个个神采飞扬义愤填膺：

"中国对美国600亿美元商品，加征10%或5%的关税，霸气！"

"600亿美元，10%那得收多少钱呀？"

"这叫'以其人之道，还治其人之身'，美国先把中国进口的商品加征25%关税，他不仁在先，就别怪咱不义。如今咱中国是世界第二大经济体了，美国想拿把中国，没戏！"

"美国经济强大，中国还不能跟它脱钩。"

"怕鸟，中国地大物博，14亿人口，还怕没市场？知道吗，全世界最大的市场就在中国，真要脱了钩，损失的是美国佬。"

"美国还是挺牛的，想打谁打谁，伊朗的大人物苏莱曼尼抬手就给灭了。"

"美国会打伊朗吗？"

"不会，美国干掉苏莱曼尼，也就虚张声势刷刷存在感，真要发动大规模的战争,像当年打伊拉克那样打伊朗没那个实力,美国人民也不会答应。"

……

谷丰对小哥们的讨论没兴趣,那些事离他太遥远,眼皮底下的吃喝拉撒还没捋顺呢,顾不上放眼世界。没说几句话,女朋友便借口挂断了视频,她现在越来越不耐烦了。谷丰点燃一支烟,茫然地望着像麻辣火锅一般翻腾喧嚣的街道。手机订单的提示音响了,谷丰看眼手机,扔了烟蒂,骑上电瓶车游入城市的河流。

谷丰骑着电瓶车在非机动车道上行驶,一辆轿车迎面驶来,速度很快,他急忙靠边躲避,还是被挤到了路沿上,幸亏脚及时撑住了路沿石才没有倒下。电瓶车蹭到了轿车,轿车司机从车窗里伸着乱蓬蓬的脑袋大骂:"你他妈的找死呀!"车主开门下车,撅着屁股察看刮蹭的地方,伸出粗短的手指摸了摸,然后直起腰,逼视着谷丰,"老子才买的新车,你说怎么办吧?"

轿车司机傲慢粗俗,体味很重,应该是很久没洗澡了,谷丰下意识地向后闪了下身子,说道:"是你违章撞的我,这是非机动车道。"

轿车司机推了谷丰一把:"欠扁是吧?一个臭送外卖的教训起老子来了。"许多人围观看热闹,纷纷举着手机拍视频,漠然倦怠的脸上爬满了兴奋。

谷丰扶着电动车默默地看着轿车司机,轿车司机挥手扇了他一巴掌:"看啥看,不服气?信不信,老子撞死你不偿命。"轿车司机随手推倒了电动车,扬起脚踢翻了餐箱,饭菜狼藉一地。人群里发出兴奋的呼声,目光在谷丰和轿车司机的脸上游移,期待着高潮时刻的来临。轿车司机吐了一口痰，伸手抹了抹嘴，像是刚吃完宴席，一副酒足饭饱的安逸。谷丰看着遍地的饭菜，那是他赖以生存的饭碗，打碎了他的饭碗就是要断了他的活路，他可以忍受白眼、冷漠、鄙视、侮辱、委屈，那是他工作的一部分，可砸饭碗断活路是要置他于死地，他不能再忍了。于是，他挥拳朝着轿车司机毛糙的脸杵去，裹挟着风声，迅雷不及掩耳，所有的屈辱、压抑、愤怒、绝望、仇恨，全部凝聚在了坚硬的拳头上。伴随着围观人群兴奋的惊呼，轿车司机像只破轮胎撞到了轿车上。几乎同时，谷丰扑了上去，把轿车司机摁在引擎盖上。谷丰失去了理智，面孔扭曲，拳头像崩塌的山石一般砸下。

谷丰被警察带进了派出所。一位目睹了事件经过的大叔，主动为谷丰做证，轿车司机违章撞了谷丰，还先动手打人，踢翻了外卖，谷丰是忍无可忍才还手的。谷丰免于拘留，只作了罚款处理，那位大叔的证词起了至关重要的作用。这件事成为女朋友与谷丰分手的催化剂。他们是大学同学，女朋友说谷丰让她看不见希望，她不能把青春和未来寄托在一个外卖小哥身上。

谷丰很受打击，一度沉湎于悲伤不能自拔。一次醉酒之后，谷丰茅塞顿开，决定考研继续读书。读书是他唯一的出路。一年后，谷丰考上了农业大学的硕士研究生，毕业后经导师推荐，到《农牧天地》杂志社当编辑。《农牧天地》编辑部不大，总共六个人，谷丰激情满怀一心想大展宏图，很快就发现，编辑部庙小妖风大，池浅王八多，他有种拳头打在棉花上的无力感。谷丰不想介入是非，可总有人在他耳边倒闲话，副主编说主编没水平，编辑部主任骂副主编是小人，编辑则抱怨没有公平可言。一天，主编把谷丰叫到办公室谈心，语重心长地说:"小谷啊,编辑部情况复杂,你刚来,不了解情况,一定要认清方向,不要被个别人蛊惑了。都是属狗的,别看背后对我狂吠,当面就摇尾乞怜,我早就把他们看到骨子里了。"谷丰不喜欢编辑部的氛围,想到将来可以考编就坚持了下来。找工作不容易,如果不是老师帮忙,他不可能有机会到《农牧天地》当编辑。据说,能到这里来的,大大小小都有点路数。

除了工作,谷丰尽量不和同事们接触,他在水磨沟村那边租了间房,虽然上班远了点,但房租便宜,清静。谷丰租住的是自建房,总共三层,一层是门面,二层三层是租户,每层有二十间房,布局像宾馆。他租的房间在三楼,相对要安静些。谷丰隔壁住着一个厨师,叫孙建设,比他大几岁,话不多,神情阴郁,很少见他笑,是楼下烩面馆的大厨。谷丰常去烩面馆吃面,上楼下楼偶尔也会遇见,相互点点头打个招呼,没有深交。一天晚上,谷丰和同学聚会,喝多了,摇摇晃晃爬上楼,摸出钥匙开门,手不听使唤,钥匙对不准锁眼。门突然开了,门里站着孙建设。谷丰误把孙建设的家当成了自己家。孙建设把谷丰架到他的屋,躺下,替他脱了鞋子衣服,又倒了一杯开水放在床头。谷丰醒来已是第二天上午,看见放在床头的水,颇为诧异,脑子断片了,昨晚怎样回来怎样躺下的,一点记忆都没有。谷丰喝了水,洗漱一下,感觉肚子饿了,就去楼下的烩面馆吃面。孙建设说谷丰昨晚喝不少,都认不得家门了,他恍然大悟,床头的水是孙建设给他倒的。从那以后,谷丰和孙建设来往就多了些,时常一起聊天,喝酒。喝了酒孙建设跟平时判若两人,眼珠子润了,话也多了,对谷丰讲他的经历,讲到伤感处,就双手抱着脑袋哭。

第五章 谷丰 | 265

孙建设来新疆有十多年了。孙建设初中毕业不想上高中,家里也不支持他上学,他爸说上学没啥用,净浪费钱,他就辍学跟着张叔打工,那年他刚十七岁。张叔是他爸的一个拜把子兄弟,组建了一个施工队,有几十号人,全是本村和附近邻村的农民工。施工队活儿又脏又累,十几个人睡在一间工棚里,像砍倒的高粱一样躺一地,鼾声此起彼伏,仿佛蛙声沸腾的池塘。夜里睡不好觉,第二天干活没精神,头重脚轻腿发飘,有一次,孙建设差点从脚手架上掉下来。张叔看孙建设吃不了这份苦,劝他回家继续念书吧,如果考上大学混个公务员,一辈子就不愁了。孙建设不是读书的料,他爸说再读书一辈子就读废了,孙建设只好继续跟着张叔。两三个月以后,孙建设慢慢适应了施工队的生活,感觉活儿没那么累了,晚上,在蛙鸣般的呼噜声中也能酣然入梦。孙建设能吃苦,踏实勤快,张叔很喜欢他。张叔有个女儿,比孙建设小两岁,张叔开玩笑说将来招孙建设做女婿。孙建设的爸也有此意,和张叔喝酒的时候,相互承诺要结儿女亲家。孙建设在施工队干了一年多,张叔出事了。

张叔承包了大发集团的一个工程。大发集团老板李大发,是邻村李庄的,靠走村串巷卖烧鸡猪头肉起家,渐渐发展成为集食品加工、餐饮娱乐、房地产于一身的集团公司,是市里的明星企业。民间有种说法,全市的 GDP 一大半是大发集团贡献的。李大发时常出现在电视上,西装革履,气宇轩昂,下巴翘得比市委书记还要高。年关了,工人们盼着回家过年,大发集团拖欠着工程款迟迟不结,张叔一趟一趟去要,他们以各种借口不给结账,财务说是李总的意思,找他们没用,得找李总。李总是集团总经理,叫李继发,是李大发的儿子,嚣张跋扈不可一世，当自己是阿拉伯王子。张叔就去找李继发，李继发说工程质量有问题，验收不合格，还说张叔倒卖工程材料，不但不给结工钱，还要讨还材料钱。张叔为人处世坦荡清白，向来对偷鸡摸狗宵小之徒不齿，愤然向李继发讨说法，结果被人拖出了办公室。李继发吩咐保安对张叔严防死守，不许踏进大发集团大楼半步。

一天，张叔心里憋闷，和工人们借酒浇愁，喝多了，哭着说对不起父老乡亲，大伙跟着他掏力流汗，到了儿连血汗钱都拿不到，张叔给大伙鞠躬。大伙表示不怨他，都怨李继发没人性。张叔喝干了杯子里的酒说，就是豁出命，也得把大伙的血汗钱要回来。那些日子，张叔从早到晚都在为工人们的工钱奔波，劳动部门、法院，该跑的都跑了。一天下午，张叔从法院出来，正站在路边发呆，一辆切诺基戛然停在了他身旁。李继发左手夹根香烟垂在车门外，偏着脸对张叔冷笑着说，上法院告老子，不撒泡尿照照。说完，李继发把手里的半截香烟弹向张叔，张叔没有躲避，任香烟撞击手臂之后弹落在地上。李继发一脚油门，切诺基冲了出去，很快就淹没在车流中。张叔在阴冷的街头站了很久，想明白了一个道理，跟不讲理的人，是没有道理可讲的。

一个保安同情张叔，偷偷让他进了大楼。张叔昂然奔向李继发的办公室，像一个勇士奔赴战场。看见张叔，李继发微微惊讶了一下，转瞬就镇静了下来，点上一支烟，吸一口，双脚跷在老板桌上，睥睨着张叔说："你不是找法院了吗，让他们给你钱呀。"张叔脸上看不出喜怒哀乐，平静地和跟李继发讲道理。李继发依然像一块石头，油盐不进，张叔就不想再说什么了。张叔挺了挺身子，对李继发笑了笑，猛然抽出藏在身上的刀,向李继发砍去,李继发本能地一闪,刀砍在了左肩上,他趁势抱住了张叔。这时,一个下属手里拿着文件夹进来,见李继发紧紧抱着张叔,张叔疯狂地挥舞着手里的刀,下属扔下文件夹,顺手搬起老板桌上一帆风顺的轮船模型,砸向张叔的脑袋。轰然间,世界一片虚空。张叔先是手里的刀掉在了地上,随之身体宛如滑坡的山体塌了下去。李继发右手捂着流血的左肩膀,疯狂踢踹着张叔。张叔失去了知觉,李继发不解气,捡起地板上的刀,砍向了张叔的头。

张叔昏迷了三天,再没有醒过来。因为张叔的死,拖欠农民工的工资很快得到了解决,相关部门对大发集团及总经理李继发进行了处罚。张叔持刀私闯大发集团行凶,李继发失手杀死了他,属于正当防卫,不负刑事责任。

施工队解散了,孙建设不想回村里种地,因为没学历没技能,找不到像样的工作,就在一家洗浴中心当搓澡工。有一天,一个客人跟孙建设闲聊,客人竟然和张叔一个村子,也姓张,和张叔拐弯抹角沾点亲戚。聊到张叔,孙建设依然伤悲,趴在搓澡床上的客人拧着脖子看看他,赞叹他重情义。客人说他在新疆博乐开烩面馆,十来年了,那边比老家好挣钱,动员孙建设到新疆去。几个月后,孙建设从老家去了新疆。到了乌鲁木齐,一问离博乐还有五百多公里,孙建设不想再往西走了,再走就到天边了。在乌鲁木齐晃悠了一个多月,没什么机会,孙建设还是去了博乐,找到了那个开烩面馆的老张。老张收留了孙建设,开始让他在面馆当伙计,后来当上了拉面师傅。

博乐城市不大,老张的烩面馆在城东边。烩面馆房东叫老李,老李有个女儿叫李梅。李梅有点一根筋，认死理，性情急躁，跟她爸妈说不了三句话就急眼，说跟他们鸡同鸭讲。李梅从小就不喜欢上学，熬到高中毕业说啥都不上了，老李出钱让她上一个不用考试就入学的大专，她说："要上你上，反正我不上。"李梅也不想工作，受不了被人管束。李梅整天无所事事。老李开了家棋牌室，不大，总共只有五张桌子，李梅无聊，就去棋牌室给老李帮忙，慢慢喜欢上了打麻将，客人三缺一的时候，她就凑个数，顶一顶，牌瘾越来越大，常常坐在牌桌上不起来，忘了自己的角色。

李梅经常到面馆吃烩面。有一天，李梅来吃烩面，像到自己家似的，前厅后堂遛达了一圈，顺手撅了半截儿黄瓜，咔嚓咔嚓嚼出半屋子清香。孙建设双手捧着一碗烩面，轻轻放在李梅的面前，她偏着头看他，目光水草一样在他脸上绕来绕去，问道："新来的？"孙建设不敢正视她的目光，含含糊糊地"嗯"了一声匆匆离开。李梅望着孙建设的背影，嘴角一扯说："还不好意思呢。"从那以后，李梅来吃烩面的次数越来越密，左邻右舍开始风言风语，说她看上了烩面馆的伙计，更有好事者说，亲眼看见她和孙建设在马路对面的小树林里幽会，俩人紧紧搂抱着，像是502胶粘在了一起。

闲话传到了李梅父母的耳朵里，他们穷凶极恶，扬言要收回房子，不再租给老张。当时，老张老家出了点事，正犹豫着关掉烩面馆回老家，又心疼毁约多交的房租要不回来，没想到正瞌睡送了个枕头，便立马爽口答应。李梅闹着要把烩面馆继续开下去，老李自然明白她的小九九，指着她的鼻子说，死了这条心吧！李梅毫不示弱，梗着脖子说，如果不让她把烩面馆开下去，就跟孙建设一起私奔，永远不回这个家。她还说，她跟孙建设早就在一起了，这辈子认准了孙建设，非他不嫁。父母想不通李梅为啥喜欢一个一无所有的穷伙计，李梅撇撇嘴角说："不为啥，喜欢就是喜欢，看见孙建设我就高兴，就激动，就想跟他在一起，你们不懂。"父母终究拗不过女儿，李梅如愿以偿接手了烩面馆，留下了孙建设。一年后他们结婚了，又过了一年，有了女儿甜甜，小日子虽然免不了马勺碰锅沿，倒也不乏甜蜜幸福。

李梅听一个小学同学说网上博彩很赚钱，就加了一个彩票群，群主为她指派老师，指导她投一种叫幸运五分彩的彩票，老师很贴心，耐心指导她操作。刚开始，老师不让李梅投入太大，先熟悉一下，等掌握了技巧再根据自己的实力加大投入，她就先投了一千钱块。李梅按照老师提供的号码下赌，两个小时不到就赚了五百块，很快一千变成了两千，果真赚钱很容易。李梅脑子里算了笔账，如果投入的是一万，那转眼间变成了两万，如果是十万，那就是二十万，后悔投入的太少，想多投些钱，老师劝她别着急，钱要一点一点赚，一口吃不成胖子。那段时间，李梅每天捧着手机跟着老师下注，每天都能赚钱，一周时间，在老师的指导下，逐渐投入本金两万多，盈利两万多，账面上资金翻了一番。李梅热血沸腾，心思全扑在了博彩上，对烩面馆了无兴趣。一天，老师指导李梅，可以加大资金的投入，做笔大的，一把翻番，但资金不能投入太多，最多不超过二十万。经过一周的操练，李梅对老师深信不疑，东拼西凑了十五万，想都没想就打到了账上，加上账面上的五万，凑够了二十万。李梅跟着老师下注，激动得合不拢嘴。局势直转而下，连续几次下注都输了。越输越想翻本，下注倍数就越来越高，从一次五倍下到几十倍，很快二十万块钱就所剩无几。李梅慌了，老师让她再充值，只要本金充足，保证让她一把翻本。李梅没钱再投，她几乎把这几年面馆挣的辛苦钱全赔了进去。老师不再理她，把她踢出了群。

李梅赔了钱，把怨气一股脑儿撒在了孙建设身上，孙建设说："从一开始就提醒你，网上骗子多，小心上当，你不听。"

李梅说："孙建设你啥意思，巴望着我赔钱是不是？早就发现你身在曹营心在汉，从不为这个家着想。"想着李梅被骗了钱心情不好，孙建设不跟她一般见识，闷着头洗碗。李梅一把揪住他，非要说个清楚，他手一滑，打碎了一个盘子。李梅借此数落他，由一个盘子延伸到整个家："不想要这个家了明说，摔盘子算什么本事。"孙建设想反驳，张了张嘴硬把话咽下去了，李梅仿佛是一炉燃烧的木炭，他的任何话都是火上浇油。孙建设的沉默让李梅恼羞成怒，扬起手扇了他一个耳光。一下不解气，又扇了第二下。孙建设忍无可忍，双手卡住了她的脖子，卡得她直翻白眼，如果不是女儿甜甜恐惧的哭喊声让他恢复了理智，恐怕会掐死了她。

日子过不下去了，孙建设和李梅离了婚。孙建设舍不得女儿，又不想让女儿跟着自己遭罪，只好留给了李梅。孙建设成了断线风筝，离开了给了他幸福和悲伤的博乐，来到了乌鲁木齐。

二

　　主编给谷丰介绍了一个女朋友，女方是萍聚酒家的老板周萍，谷丰见过，编辑部经常去萍聚酒家聚餐吃饭。主编跟周萍关系不错，周萍叫主编哥，喝了酒，常常会左手搂着主编的肩膀，右手举着酒杯说："你就是我亲哥。"周萍八面玲珑，酒家生意风生水起，不少单位公款吃喝，都选在萍聚酒家，江湖人称周萍为阿庆嫂。周萍豪爽大方，深谙抓大放小的道理，从不在小钱上跟顾客计较，免去账单零头，为老顾客打折，钱不多却赢得了人心。重点客户光临，周萍会适时前来问候敬酒，招呼服务生端上赠送的菜肴果盘，悦耳的体己话，让客人如沐春风。

　　周萍从小生长在米东区，过去叫米泉。那时候，周家属于农村，是农民，乌鲁木齐城市扩容，米泉变成了米东区。从此以后，周家人生开挂，土地征购，房屋拆迁，获得补偿款一千多万，老周一家打了鸡血似的，兴奋得夜不能寐。近些年，大大小小的城市都在忙着搞扩张建设，做大做强，纷纷把城郊的农村纳入了城圈，因为拆迁补偿，一夜之间造就了众多的百万、千万，甚至是亿万富翁。老周家迷迷瞪瞪被涌上了潮头，成了千万富翁，由农民变成了不差钱的城里人。

周萍的父亲老周头脑灵光，明白只靠种地日子很难过滋润，就开了家小杂货铺，虽然发不了大财，手头倒也宽裕，周家的日子比上不足比下有余。老周最大的愿望是儿女将来能当上公务员，成为公家人，别像他，一辈子当农民。老周有两个子女，一儿一女，周萍是姐姐，下面还有个弟弟，叫周军。周萍打小就能说会道，不怯生，见面熟，跟谁都能说上话。上小学二年级时，有一天上数学课，女老师牙缝里塞了片菜叶子，一说话就露了出来，很扎眼，同学们都看见了，谁都不说，周萍忍不住了，大声说："老师你牙齿上有菜叶子，好大一块。"女老师愣了一下，脸腾地红了。从那以后，上数学课时，女老师总是突然叫周萍回答问题，回答不上，老师就当众批评她。有一次，周萍没有回答上问题，被数学老师奚落，很委屈，回到家跟父母说，因为她指出老师牙缝里塞了菜叶子，老师故意报复她，她爸老周不但不同情她，还指着她的鼻子训斥："全班那么多学生都不说，就你逞能，别说老师牙缝里塞了菜叶子，就是老师没穿裤子都不能说。"

周萍对数学老师和数学课产生了抵触情绪，不喜欢上数学课，慢慢连其他课也不想上了，觉得上学没意思。周萍熬到初中毕业，坚决不上高中，要去城里打工，老周不许，花钱让她上了个技校，学财会。周萍毕业后，找不到工作，正经本科毕业生都白菜萝卜似的被人挑三拣四，技校生的机会更微乎其微。周萍在家待了半年多，一次同学聚会，她的一个同学在城里一家酒店做领班，她就通过同学，到那家酒店当服务生。服务生的经历，为她后来开酒店奠定了基础。

周军相反，腼腆内向，还没张口脸就红了，说话细声细语，像个小姑娘。周军也不爱学习，高中毕业，连续考了两年大学都没考上，瞒着老周跟朋友跑到南方做传销，差点把命传丢了，老周花了半辈子的积蓄，才把他从南方带回家。周军闲逛了一年多，经常去一家游戏厅打游戏，跟老板熟了，游戏厅缺人手，老板就让他当服务员，他很乐意，既能打游戏，还可以挣工资，两全其美。

老周家因拆迁暴富，老周琢磨着如何处置千万巨款。周萍要钱开酒楼，周军则要钱开游戏厅。老周心里不愿意，终于架不住周萍的唇枪舌剑，只好出钱，一碗水端平，给了周萍钱开餐馆，自然也得给周军钱开游戏厅。周萍在城里租门面开起了酒楼，叫萍聚酒家，名字是周萍起的，《萍聚》是一首歌名，她喜欢，每次去KTV，她都要跑着调一遍一遍地唱。叫萍聚酒家还有一个原因，契合了她名字里的萍字，有纪念意义。谷丰和周萍恋爱以后，周萍跟他说起萍聚酒家名字的来历，谷丰默默地看着她，没想到她表面上大大咧咧内心还挺文艺，周萍忘乎所以，咣当端出一碗心灵鸡汤："我是一本深奥的书，够你读一辈子的。"

主编介绍周萍谷丰很惊异，他设想过女朋友是教师、医生、公务员等，从来没想过找周萍这样的女老板，他们是两个世界，很难交集。主编见谷丰疑虑，就点拨他，别看周萍学历不高，能力可不低，人生在世，能力往往比学历更重要。周萍是拆二代，家境优渥，如果跟周萍成了，一切都有了，这辈子都不用为钱发愁。主编说："当然，主要还是看人，周萍人不错。"

谷丰心里想拒绝，他不想叫人看成是吃软饭的小白脸，又怕得罪了主编。谷丰不知道主编是否已经跟周萍说过，贸然拒绝，万一把周萍得罪了，可能就断了编辑部的一条财路。萍聚酒家每年都要在《农牧天地》杂志上做广告，其实就是变相支持主编，给杂志社赞助三万块钱。《农牧天地》没多少人看，在上面做广告等于把钱扔进了河里，做广告基本上是私人情分。见谷丰犹豫不决，主编说："先别急着做决定，建议你和小周接触一下，然后再定夺，如何？"

谷丰只好答应主编，和周萍接触一下，走走程序，也算是给主编一个交代。谷丰和周萍第一次单独见面，约在一阳咖啡。那天的周萍让谷丰既熟悉又陌生，妆饰言行，都让他耳目一新。过去，谷丰见到周萍都是在萍聚酒家，工作状态的周萍仿佛一只刚出锅的饺子，饱满，热气腾腾，此刻，坐在他对面的周萍，竟然有几分矜持腼腆。谷丰问她喝什么，她说"随你，你喝什么我就喝什么"。这样的回答让谷丰感到熨帖，他要了两杯卡布其诺。

"听吴主编说，你是研究生毕业。"周萍率先打破了沉默。

"混了个硕士。"谷丰躲避着周萍灼人的目光。

"我连高中都没上过。初中毕业，我爸硬让我上了个技校，也没正经学，瞎混了两年。我不是读书的料，一拿起书本头就疼。"

"其实读书多了也不见得好，读傻了。"

"你呢？读傻了吗？"

谷丰讪讪一笑："还好吧，半傻。"

"就冲你这话，就没傻。"周萍乐了。

谷丰和周萍第一次见面很愉快，他喜欢周萍爽朗的个性，跟她聊天很轻松，不会为寻找话题搅尽脑汁。谷丰的前女友与周萍性格相反，内向忧郁，说话绕弯子，像猜谜语，经常让他猜得脑仁儿疼。

过了两天，谷丰正犹豫着是否应该给周萍打个电话，她先把电话打来了。他的心跳猛然加速，情绪也不由得兴奋起来。她问他有没有时间，约他一起吃晚饭，他欣然答应。一周以后，周萍的一个闺密过生日，她带谷丰一起参加，顺理成章地向朋友们宣布了他的男朋友身份。

一个月后，周萍邀请谷丰到她家里，她住在一个高档小区，小区名字膨胀着粗俗的欲望，叫皇庭御园。周萍的家是复式结构，上下两层，总共有两百多平方米，装修奢华，谷丰像走进了高级酒店，感受不到家的烟火气息。周萍亲自下厨做了西餐，烤牛排比西餐馆的味道还要好，谷丰很意外。周萍说："我喜欢做饭。平时太忙了，又是一个人，就很少做。"谷丰想起了前女友，她就不喜欢做饭，也不喜欢做家务，认为不值得把珍贵的生命，浪费在那些琐碎的事情上。

周萍开了一瓶五粮液，倒进两只玻璃杯里，把一只杯子放在了谷丰面前："按习惯西餐配红酒，红的没劲，酸叽叽的，不爱喝，还是白的痛快。"她端着杯子，伸向谷丰，"整一口。"她喝了一大口。

谷丰说："我酒量不行，得慢慢喝。"

周萍说："能喝多少喝多少，不勉强，我烦硬逼人喝酒。"

酒是润滑剂，半杯酒下肚，谷丰像是泡在温泉里，浑身舒坦。话也像从温泉里捞出来的，温润宜人。一瓶五粮液喝完，谷丰整个人飘了起来，结果飘到了周萍的床上。

老周对谷丰不是十分满意，儿女辜负了他，没能上大学当公务员成为公家人，他便将希望寄托在未来的女婿儿媳妇身上。刚听说谷丰研究生毕业，是杂志社编辑，老周很开心，一细问，得知谷丰还没正式进编，只是聘用，即便考上了编也不属于公务员，就有了失落感，劝周萍再认真考虑考虑。周萍说："没什么好考虑的，谷丰挺好，我俩三观一致。"见周萍态度坚决，老周只能把遗憾嚼碎了咽进肚子里。周萍在周家很强势，老周都让她三分。周萍常常把"三观"挂在嘴边，她的标准是衡量一切的真理，凡是有悖于她的意愿，便被她挥手盖上"三观不合"的印戳，小到父母的生活习惯，大到弟弟周军的婚姻大事，事无巨细，都必须得符合她的"三观"。

听说谷丰和周萍谈恋爱，孙建设沉默了片刻，说谷丰和周萍不是一路人。谷丰笑着问道："那你说，我跟谁是一路人？"

孙建设说："话能说到一起的，就是一路人。"

谷丰说："我跟周萍能说到一起。"

孙建设说："不一定，两口子要说一辈子呢。"

孙建设的担忧，谷丰认为是他失败的婚姻留下了阴影，是一朝被蛇咬，十年怕井绳。

周萍改变了谷丰的生活节奏，让他呆板单调的生活变得鲜活生动，他像初学驾驶的司机，惶恐而兴奋。周萍带着谷丰打麻将唱歌聚会，自豪地向朋友们炫耀他的硕士研究生身份。开始，谷丰感到尴尬，慢慢就泰然处之，他像舞台上的道具，配合着周萍的表演，自然而默契。

谷丰和周萍交往了两个月后,他们结婚了。周萍提出结婚,谷丰稍微愣了一下就答应了。谷丰和周萍回了趟甘泉子,办了酒席。周萍给谷丰的父母和奶奶买了贵重的礼物。周萍嘴巴也甜,一口一个爸妈,一口一个奶奶,叫得老人家心花怒放。谷丰的奶奶安娜拉着周萍的手说:"要是你爷爷活着多好,多好的孙媳妇,没福。"谷丰大四那年,爷爷谷满仓去世了,谷满仓最大的遗憾,就是没能看见谷丰娶媳妇。

谷丰的母亲姜慧兰心里总感到不踏实,周萍太强,担心谷丰受委屈。父亲谷建疆倒想得开,世上的事没有十全十美,日子是他们小两口儿过,只要他们觉得好就行。

一个周日,谷丰带着周萍去孙建设打工的烩面馆,他跟周萍说过孙建设做的烩面如何好吃,她一直想尝尝。谷丰结婚搬走以后再没有见过孙建设,正好顺便看看他。谷丰没有看见孙建设,拉面师傅是张新面孔,一打听,老板说孙建设被警察抓走了,谷丰很惊诧,问道:"为什么?警察为什么要抓孙建设?"

老板说:"孙建设是杀人犯。"谷丰愕然看着老板,说不出话来。老板摇摇头,叹口气,低头撅着计算器算账。

谷丰说:"孙建设怎么会杀人?什么时候的事?"

老板说:"十多年前,在老家杀了人跑新疆来了。知人知面不知心哪。"

谷丰想起有一次和孙建设喝酒聊天,孙建设说过了结了手头上的事来了新疆。孙建设说的手头上的事,就是杀人。

十三年前,孙建设跟着他爸的拜把子兄弟张叔打工,张叔组建了一个施工队。张叔承接了当地著名的大发集团的一个工程,大发集团的总经理李继发,拖欠工程款,张叔为了替工人们讨薪被李继发杀害。李继发以正当防卫为理由,逃脱了法律制裁,十九岁的孙建设血气方刚,发誓要为张叔报仇。张叔去世两个多月后,初夏的一天,孙建设把李继发淹死在了神仙湾的湖里。

那天,孙建设和一个叫柱子的工友跟踪李继发到了神仙湾。行动前,柱子害怕了,打退堂鼓,孙建设就让他放哨,独自走向湖边的柳树。那棵柳树据说有两百多年了,茂盛的树冠像巨大的伞,遮住了夏日的天空,瀑布似的柳枝葱郁垂荫,笼出一方恬静清凉。孙建设站在柳树下,黧黑挺拔,像一棵咔咔拔节的竹子蓬勃茁壮。孙建设低头看着湖面,湖水澄澈,水面下水草妖娆生长,一条水蛇在水草间逶迤穿梭,继而游向了远方。放眼望去,李继发在湖水里游曳,像一条嚣张的鲨鱼。孙建设四下张望一下,神色沉着而惊悸。

李继发仰浮在水面,仿佛躺在一面巨大的祭坛上。起风了,天空灰暗低沉,乌云掉进湖里,云谲波诡。一道闪电撕破了天空,雷声滚向湖面,混沌一片。李继发向岸边游动。一双无形的手遽然间钳住了李继发的脚踝,他像一根木桩楔入湖水,湖水摩擦着他的皮肤,发出锦帛撕裂般的回响。一根皮带,蛇一样牢牢地缠住了李继发的脖子,皮带是合成革的,很旧了,表层绽开一道道裂痕。孙建设双手攥着皮带两端,颤抖着,血管仿佛要拱破皮肤,蚯蚓似的绽满了手臂。

李继发的死引起轰动,市公安局成立了专案组,一位副局长亲自负责。李继发生前嚣张跋扈,树敌众多,欲置他于死地的大有人在。有人竟然当着摸排调查的警察说,自作孽,不可活,李继发该死,早

第五章 谷丰 | 279

就该死。李继发遇害当际，又天降大雨，现场破坏，难以发现有价值的线索，侦破工作反反复复，一会儿柳暗花明，一会儿山穷水尽，始终也没有找到凶手，成了悬案。

十三年后，柱子因盗窃杀人被抓，为了减轻罪行积极表现，审讯时供出了十多年前孙建设杀害李继发的事。因此，隐藏多年的孙建设东窗事发。

谷丰情绪低落，脑子里想着孙建设，挥之不去，周萍说为一个杀人犯不值得，他说："孙建设不像杀人犯。"

三

结婚半年后,谷丰正式入了编。一个比他进杂志社早的编辑落选,于是,编辑部纷纷议论,谷丰找了个有本事的老婆,有钱能使鬼推磨。谷丰的水平和能力,全都隐匿于周萍的光芒之下,在人们的眼里,他靠着女人上位,是一个吃软饭的小白脸。

对谷丰的郁闷周萍不以为然,文化人矫情,差的看不起,强的又嫉妒,活得扭捏作态。周萍说:"哪天摆一桌,把你们编辑部的都请来,分分钟给你摆平了。"

谷丰说:"算了,免得又说我靠你。"

周萍说:"我是你老婆,不靠我靠谁?"停了一会儿,又说,"他们说得也不全错,我每年拿出三万块钱在你们杂志上做广告,屁用没有,其实就是扶贫。吴主编和他朋友来吃饭全都打折,人家说你沾了我的光,也不冤。"

谷丰说:"我是靠自己的实力,我的业务水平有目共睹。"

周萍说:"什么是水平?火箭再牛逼,没人点火送上天,就是一堆废铁。"谷丰哑口无言,周萍伸手拨拉一下他的脑袋,"还研究生呢,读书读傻了。"

随着兴奋期渐渐消失,无形的疲惫压抑像潮水一样包围了谷丰,他越来越受不了周萍的颐指气使。结婚前,周萍作了财产公证。当时,谷丰虽然心里别扭,也能理解,此时再想,就感到侮辱性极强,好像他跟她结婚,是别有用心另有所图,自尊心受到了严重的伤害。

周萍的父母和弟弟也看不起谷丰,国庆节一家人吃饭,周萍的弟弟周军跟谷丰喝酒,讥笑他是"三无"产品,无车无房无钱,谷丰忍了又忍,才没把端着的酒泼到他的脸上。周萍维护谷丰,对周军说:"谷丰是硕士研究生,你有吗?"

周军说:"研究生是个毛,满大街都是,啥年代了,只有你眼睛拉雾,还认这个。"周军新找了个女朋友,叫娜娜,忽闪着蜈蚣似的假眼睫毛,咧着猩红的嘴笑。娜娜的舅舅在政府部门工作,是个副处长,娜娜在周家俨然就是皇亲国戚。

谷丰实在坐不下去,借口有事离席而去。老周用筷子指着谷丰关上的包厢门说:"能耐不大,脾气倒不小。"

周萍回到家,指责谷丰不该中途离席,一点都不顾及她爸妈的感受,谷丰说:"谁又顾及我的感受?"周萍说谷丰玻璃心不像个男人,谷丰说他们一家势利眼俗不可耐。话赶话,就吵了起来,如果不是周萍的牌友打电话约她打麻将,没准会动起手来。

儿子小宝的出生,暂时化解了谷丰心中的怨怒郁闷,一下觉得生活圆满了。虽说周萍一家看不起他，想通了也算不了什么，又不跟他们过，只要周萍的心跟他在一起就足够了。生活就是求大同存小异，不能太较真。

在一次朋友聚会时，谷丰认识了李杰，为了助兴，李杰唱了首歌许巍的《故乡》：

> 天边夕阳再次映上我的脸庞
> 再次映着我那不安的心
> 这是什么地方依然是如此的荒凉
> 那无尽的旅程如此漫长
> 我是永远向着远方独行的浪子
> 你是茫茫人海之中我的女人
> ……

李杰忧郁的气质，弥漫着淡淡哀伤的歌声感动了谷丰，他们互加了微信，留下了联系方式。不久，李杰请朋友吃饭，给谷丰打电话，想定在萍聚酒家，希望能优惠，谷丰爽快答应，给他打最大的折扣。从那以后，李杰请客吃饭，一般都安排在萍聚酒家，和谷丰成了朋友。

李杰老家在甘肃定西岷县，是贫困县。李杰学习一般，高考只考上了地区的一个大专学校，毕业后找不到理想工作，听人说新疆在招揽人才机会多就来了。来了才明白，像李杰这样的大专生，又非师出名校，在新疆也算不上是什么人才，想找个满意的工作很难。好在

第五章 谷丰 | 283

李杰歌唱得不错，又会弹吉他，有一年电视台举办歌手比赛，获了个三等奖，有了点小名气，开始有酒吧接纳他唱歌。一个音乐家协会的会员，在文联工作，经常跟李杰一起喝酒谈音乐，彼此惺惺相惜，写了一篇吹捧李杰的文章，发表在了晚报的副刊上。音乐家协会会员赞美李杰的歌声既有呼斯楞的辽阔，又有刀郎的苍凉。写评论的往往都能吹，像喝高了二锅头，漫无边际信口开河。李杰慢慢有了影响，音乐培训班请他去讲课，一些妄想成为星妈星爸的父母，省吃俭用请他给期望中的龙凤辅导，收入远高于上班的工资。李杰索性辞了工作，白天给培训班上课做家教当老师，晚上去酒吧唱歌，生活得富足而快乐。

有一天，李杰给谷丰打电话，他要在萍聚酒家宴请贵宾，订一个大点的包厢。谷丰提前下班，早早地到萍聚酒家恭候李杰和他的贵客。下班或休息的时候，谷丰时常到酒家转转，替周萍招呼一下生意，他习惯了这样的生活，服务员也尊称他为谷总。

一辆面包车停在了酒家门前，李杰率先跳下车，毕恭毕敬地拉开车门，几个人从车上钻了出来。他们的衣着打扮很扎眼，男的扎小辫，女的剃寸头，手腕子上绕着珠子串串。一个发型鸡冠似的小伙子，脖子上吊着一颗不知是狼还是狗的牙齿，白森森的。他们身上的衣服宽宽大大，风一吹像幌子一样飞舞。一个扎小辫的男子胳膊交叉抱在胸前，仰脸瞄了一眼匾牌说："萍聚酒家，有点意思"。另一个剃着寸头，右手指间夹着烟卷的姑娘说："整得还挺浪漫。"

一进门李杰就喊："谷总，谷哥！"谷丰闻声，年画似的上前来相迎。李杰两手插在裤兜里，侧脸冲谷丰扬着下巴，故意做出居高临下的神态。谷丰引路，把客人引进了包厢。李杰叮嘱，来的不是一般人，拍电视剧的，艺术家。谷丰说一眼就看出来了，不一般，还没见过明星呢，一定要合个影，要是明星能签个名就更完美了。李杰满口答应，说那都不是事儿。李杰还建议谷丰把跟明星的合影放大挂在店里，萍聚酒家绝对爆，想不火都难，没准一夜之间就成了网红打卡地。李杰蛊惑得谷丰很兴奋，心脏受了刺激得青蛙似的乱蹦。

晚上回到家，谷丰和周萍躺在床上说起李杰，周萍撇撇嘴说，满嘴跑火车。谷丰想替李杰辩解几句，周萍伸手关了灯，扑腾翻过身背对着他，长城似的，不一会儿便响起了鼾声。窗帘过滤了城市的灯光，迷蒙，暧昧。

那段时间，李杰天天和剧组的人泡在一起，跑前跑后，干杂活，请吃饭，对剧组每一个人都谦卑地赔着笑脸叫老师。李杰在电视剧里演了个小角色，他说是导演慕名请他演的。其实不是那么回事，李杰在乌鲁木齐的那点名气，还不足以蔓延到影视圈。电视台的一个栏目制片人，在电视剧组做外联制片，负责剧组在当地拍摄期间的联络协调工作，李杰跟他认识，就请他喝酒，还送了张好家乡超市面值一千块钱的购物卡，外联制片把李杰弄进剧组打杂。进剧组不久，李杰又和副导演搭上了话。剧组经费有限，伙食不好天天吃盒饭，吃得人抠心倒胃，李杰就时不时买些卤制品给副导演加餐，副导演借花献佛，和导演坐在遮阳棚下一起吃。导演夸卤肉味道不错，问副导演哪整的，副导演在人群里踅摸了半天，看见李杰正站在几个场工后面等着领盒饭。副导演手里夹着一次性筷子指了指李杰说："那哥们孝敬您的，说是当地的百年老店，打清朝传下来的。"导演不以为然说，吹吧，现如今，二十年就算文物了。

一天，李杰趁着给副导演送猪头肉的时机，表达了想当演员的愿望。副导演乜了他一眼，牙疼似的吸溜一声说，形儿还凑合。正好剧里有个小角色，两三场戏，人选还没最后定，副导演就答应让李杰演。李杰从来没有演过电视剧，亲眼目睹拍电视剧都是大姑娘上轿头一回，很兴奋，也很紧张。拍李杰戏那天，他早早地等在片场，一直等到晚上收工前才拍。李杰那场戏剧本里是白天，导演临时动意，认为夜晚更合理，大手一挥就改了。

终于要上场了，望着忙乱的拍摄现场，李杰紧张得咬不住牙关，上下牙齿磕碰着，发出"嗒嗒嗒"的声响，脑门上布满了汗珠。化妆师给他补妆，看他紧张的样子，轻蔑地笑了笑。各部门准备就绪，导演坐在了监视器前，嘴里咬根雪茄。副导演不放心，山羊一样蹿到李杰面前又给他讲了一遍戏，一边说一边比画，肢体语言远比话语丰富。即将拍的这场戏，是讲李杰扮演的卧底潜入老板的办公室窃取电脑里的资料，副导演连比画带说："先拍过道，你从这里，"副导演跺了跺右脚，"走到老板办公室门前，"副导演指了指前方办公室的门，"然后掏出钥匙，打开门，"副导演做了个拧钥匙的动作，"推门进去，"副导演做了个推门动作，"OK 了。简单吧？没问题吧？"副导演前倾着身子，微微偏头仰脸看着李杰。李杰慌乱地点点头，下意识抬起手掌抹脸上的汗，副导演阻止他别乱动，叫醒了坐在化妆箱上打瞌睡的化妆师，给李杰补了妆。导演有点不耐烦了，对着副导演高声喊："吗呢？赶紧！"副导演急忙对导演躬腰示意，做个 OK 的手势，然后让现场安静，准备开拍。

导演喊了开始，摄像机对准了李杰，嘈杂的现场顿然阒寂得令人不安。李杰的脑袋里霎时一片空白，就像课堂上偷看小说，被老师突然点名站起来回答问题，不知所措。副导演焦急地冲李杰挥舞着胳膊，意思让他往前走，李杰恍然大悟，仓皇闷头匆匆朝办公室走来，四肢动作僵硬，分不清左腿右臂。导演叫停，对李杰说，卧底不是这样的，得沉着冷静，从容之中带着警惕，不能闷着头直奔办公室，得不动声色地观察，得有反应。没等李杰明白过来，导演大手一挥说，再来一条！李杰回到原位，导演重新发令。李杰一边左右张望，一边奔向老板办公室，贼头贼脑鬼鬼祟祟。导演愤怒地叫停，一把拽下耳麦："整个一偷鸡贼。"

副导演见导演不悦，忙赔着笑脸蹿上前去："对不起导儿，这哥们儿头一回拍戏，看见镜头有点蒙圈，我再跟他捋捋。"

导演说："就一大群众，组里随便拽个都比他好使，你小子又起什么花花肠子？"

副导演说："导儿您这就冤枉我了，我跟他压根儿就不认识。"副导演右手掌遮着嘴，凑近导演耳旁，"这边现场制片推荐的，说这哥们儿能拉到赞助，我这不是为剧组考虑嘛。"

导演说："再跟他掰扯掰扯，实在不行过道戏甩了，直接进办公室。耽误工夫！"导演要喝水，助理忙把保温杯递到了他手里。

折腾了两个多小时总算拍完了，剧组收工，李杰请导演副导演等人吃了消夜，回到家已经夜里两点多了。太兴奋没有睡意，李杰折腾醒妻子刘燕，亲热一番，然后搂着憧憬星光灿烂的未来。刘燕说：

"万一你成了明星,我们的日子会是什么样子?"

李杰说:"我要成了明星,会有很多很多的钱,再不会为钱发愁,想怎么花就怎么花,首先买个大 house(房子),豪宅,带花园游泳池那种,再给你买辆车,豪车,一百万以下的不考虑。对了,咱得重新办一次婚礼,像那些明星一样,要排场,豪华,气派。你不是喜欢大海吗,咱就去海边办,把亲朋好友都请去,吃住行全包了,把那些看不起咱的人也请去,要让他们看看,什么是狗眼看人低。"

刘燕说:"豪宅豪车豪华婚礼都无所谓,我只想把儿子的病治好。"

李杰说:"那都不是个事儿,咱带儿子去国外治,挑世界上最好的医院,找世界上最好的医生,钱不是问题,咱不差钱。"

他们的儿子阳阳患有脊髓性肌萎缩,医学上简称 SMA。

美好憧憬让李杰和刘燕亢奋,直到天亮脑袋都醒着,毫无睡意。

因为在电视剧里演了角色,李杰开始做明星梦。那天收工早,不想回家,就去了萍聚酒家,点了两荤两素四个菜,开了一瓶伊力特,边喝边给谷丰讲剧组的新鲜事。眼看着李杰梦想绽放未来可期,谷丰不免有几分怅惘,他说:"成了大明星别忘了老朋友,有什么好机会了,也让哥们儿跟着沾点光。"

李杰端着酒杯,默默地看了谷丰片刻,说:"你这么一说倒是提醒了我,眼下还真就有个机会,不知道你有没有兴趣。"

谷丰眼睛骤然明亮,问道:"什么机会?"

李杰说:"进影视圈,搞艺术,出名。"

谷丰笑笑说:"我又没你那本事当明星,怎么可能进影视圈?拿我解闷儿。"

李杰说:"进影视圈不一定非得当明星,条条大路通罗马。"说着,一仰脖干了杯中酒,谷丰期待地看着他,问他该走哪条道,李杰又说,"最简单最可行的,就是给电视剧赞助,说白了就是投点钱,把你的名字还有萍聚酒家打到片头片尾,电视剧一播出,你老婆,你丈人岳母小舅子,你的同事还有你家乡的街坊邻居,看见了将会是什么景象,哥们儿,你朝他们头顶扔了颗原子弹啊!"

周萍一家看不起谷丰,他一直想做出点成绩给他们看,可无论怎样努力都得不到认可。看谷丰犹豫,李杰说,搞艺术可不是谁都有机会,干别人干不了的事,才能一鸣惊人。进影视圈最容易一鸣惊人。谷丰琢磨着李杰的话,心怦怦直跳,他想一鸣惊人,想让周萍一家对他刮目相看。他问李杰赞助得多少钱,李杰说最少二十万。谷丰一听泄了气,他以为一两万,二十万大大超出了他的预期。李杰说:"就这人家要不要还不一定呢。你想想,一部电视剧投资几千万上亿,二十万算什么,九牛一毛,沧海一粟。"

谷丰拿不出二十万,李杰不信,谷丰说他是丫鬟管钥匙当家不做主,钱都是周萍管着,她属貔貅,只进不出,让她出二十万赞助肯定不干。再说了,这事也不能让她知道,她知道了他还怎么一鸣惊人。谷丰这么一说李杰信了,叹口气一脸的遗憾。过了一会儿,谷丰祈求地看着李杰,问:"能不能便宜点,十万怎么样?"李杰静静地看着他,会意地一笑说:"私房钱?"谷丰尴尬地笑了笑说:"这些年私下攒了点钱,不多,也就十来万。"李杰说:"理解,男人嘛,谁还没点小秘密。"李杰挠了挠头,像是很为难的样子,"人家规定赞助最少二十万起,你这咣当拦腰砍了一半。这么着吧,我先问问,成不成不敢保证,只能试试看,人家买不买我面子,那要看你造化了。"谷丰端起酒杯向李杰表示感谢,并为他免了单。

剧组走后,谷丰就开始盼望着电视剧播出,脑子里幻想着名字出现在电视荧屏上,被周萍和她父母兄弟看见时惊愕的样子。以前谷丰看电视剧从不关心片头片尾字幕,自从赞助之后,对字幕表现出浓厚的兴趣,为了看清楚,有时他还凑近电视机扒着屏幕看。一天晚上,周萍心情好,炒了几个菜跟谷丰喝酒。周萍有酒量,放开喝谷丰不是对手。俩人边喝酒边看电视剧,周萍端着酒杯,拧脖子瞅着电视说:"现在的男孩子怎么比小姑娘还秀气呢,描眉画眼搽口红,瞧那小身板,我一把能给他举头顶信不信?"谷丰说:"信,你都不需要两只手,一只手就能举头顶。"周萍又说:"咱小宝可不能整成这样,男孩子得有男孩子的样儿,得有阳刚之气,不许不男不女跟聊斋似的。"说着,一仰脖,吱扭干了杯中酒。

一集电视剧结束,开始出字幕,字幕太小看不清。不知道为什么,现在的影视剧字幕越来越小,滚动得也快,好像成心不想叫人看清楚。谷丰一手捏着酒杯,一手举着筷子凑近电视机,松着胯佝着头。周萍说:"看啥看,又没你的名儿。"谷丰已微醺状态,有点飘忽,就秃噜嘴说:"那可说不准。"周萍看上去大大咧咧,是粗中有细,转着眼珠子想了想,联想起这些日子谷丰对电视剧字幕的关心,越琢磨越觉得蹊跷。事出反常必有妖,一顿威逼拷问,谷丰交代了给电视剧赞助十万块钱的事。周萍顿时炸了毛,谷丰慌忙向她赔礼,解释赞助的目的。周萍责令他立刻要回十万块钱，要不回钱就把名字换成她的，要上电视也轮不到他。第二天，谷丰只好找李杰要钱，李杰很不高兴，说人家压根就看不上十万块钱，他请客求人赔笑脸，好说歹说人家才勉强给了他面子。

李杰说："我欠人多大情儿知道吗？都得还，你们倒好，一拍脑袋不玩了，要人退钱，没这么做事的。"自从在剧组混过以后，李杰说话就夹杂了几分荒腔走板的北京腔，舌头上像是起了燎泡。见退钱有难度，谷丰就按周萍的意思，问李杰能不能改挂她的名。"跟你们这些人打交道忒累，患得患失斤斤计较。"李杰一副很无奈的样子，顿时了顿又说，"试试吧，回头我先问问导演，尽量吧，得，又欠一人情，为你这点钱欠多少人情，何苦呢，吃撑了我。"谷丰又是一番道歉，说他的情他都记着呢，有情后补。

电视剧拍完眼看一年了，没见动静，谷丰心里也直犯嘀咕，想趁机探探李杰口风，就说周萍让他问问电视剧什么时候播。李杰点支烟抽一口，眯着眼睛说，前天导演给他打电话，已经在央视排队了，一黄。谷丰不明白什么是一黄，李杰眯眼看着前方，一副见多识广的傲然神态说，一黄八黄是圈儿内行话，一黄指中央一套黄金档，八黄指中央八套黄金档。谷丰似懂非懂，影视圈真是高深莫测，对李杰也就越发地仰慕。

隔三岔五周萍就让谷丰问李杰电视剧什么时候播，问得谷丰自己都不好意思。不知不觉又一年过去了，电视剧还迟迟不见播出，周萍失去了耐心，让谷丰找李杰要钱。李杰说，电视剧已经在央视排队等待播出呢，周萍的名字也挂上了，不可能退钱，让他们别着急，女人生孩子不也得十月怀胎吗,电视剧不是今天拍完明天就播,更何况中央台,全国每年多少电视剧跟那排队呢,等个一两年很正常,等上三五年也没什么稀奇。李杰说:"该说的都说了,好人也只能做到这了,如果你们非要闹着退钱,就直接找制片方吧。"

周萍不相信李杰,在生意场上摸爬滚打多年,辨别能力还是有的,她不顾谷丰劝阻,亲自找到了李杰,而且是找到了李杰的家。谷丰和李杰认识几年,还从来没去过他家,因为周萍他第一次去了李杰的家,第一次见到了他的妻子刘燕。周萍给李杰规定了还钱期限,到期不还钱,就法庭上见。还钱期限到了,周萍又逼着谷丰找李杰要钱,李杰的电话打不通,周萍拽着他上李杰家找,李杰已经搬家了,四处打听,也没打听到李杰一家的下落。

中央出台"八项规定",公款宴请得到遏制。萍聚酒家生意今非昔比,周萍情绪日渐暴躁反复无常,像提前进入了更年期,一句话不入耳,便勃然大怒,弄得厨师服务员纷纷辞职。周萍对谷丰更是横竖看不顺眼,十万块钱像根小辫攥在她的手里,坚信谷丰背着她私设小金库,暗藏私房钱,压根就不跟她一条心。任凭谷丰怎样解释发誓,无济于事,两人的关系像掰开的馒头,再无法捏到一块。谷丰毕竟背着周萍给了李杰十万块钱,理亏,就强忍着她的乖张,忍得太阳穴突突突地跳,神经绷到了极限。一天,谷丰终于忍无可忍爆发了。很小的一件事,引发了一场让谷丰悔恨终生的悲剧。

那天,周萍窝在沙发上看相亲节目,看见长得普通的女嘉宾撇撇嘴说,德性还灭灯,不撒泡尿照照。看见长得好看的也撇撇嘴说,真拿自己当貂蝉了,一看就是个狐狸精。谷丰看见卫生间灯亮着,就顺手关了，周萍拧着脖子说："除了关灯你还会干啥？"谷丰说："大白天开着灯费电。"周萍说："微信上说了，关一回灯相当于亮两三个小时，你以为省电呀？猪脑子！"谷丰不再说话，在周萍面前他永远没理。周萍脸扭向电视看了两眼，又扭向谷丰，"十万块都让你打水漂了，这会儿知道节约了。"

谷丰说："我也是为餐馆好，要是餐馆名字上了电视，不就名声远扬了。"

"就凭你？"周萍一脸的鄙视。

谷丰说："知道你看不起我，在你们一家人眼里，我就是'三无'产品。"

周萍坐直了身子，手扳着脚脖子，说："委屈你了？你到底是不是个男人，有没有点尿性？为这个家做过一件像样的事没有？你要是觉得委屈可以走啊，没人拦你。"

周萍的话像刀子一样割谷丰的脸，他没法再忍了，说道："走就走，我早就受够了！"他的声音很大，由于激愤变了腔调，听着很陌生。周萍愣住了。谷丰摔门而去，怒冲冲地下了楼，穿过秋日的阳光，奔向那辆现代轿车。坐进轿车的那一刻，谷丰似乎听见了小宝在呼唤爸爸。小宝的呼唤瞬间被脑袋里愤怒的呼啸淹没了。他发动了车，急速打轮转弯，小宝的呼唤声戛然而止。

抢救了三个多小时，小宝还是离开了他，离开了还没有来得及看清的人世间。周萍失去了理智，抓起剪刀戳伤了谷丰的胳膊。

谷丰的世界轰然坍塌了，小宝是他连接世界的脐带，脐带断了，他也就失去了生活下去的动力和能量。

第五章 谷丰 | 293

谷丰头枕钢轨面向天空静静地躺着，天空很蓝，像记忆中母亲的布衫。枕在颈下的钢轨微微震颤，宛如小时候母亲的爱抚。他闭上了眼睛，远方传来母亲的呼唤，呼唤声越来越近，最后化为巨大的轰鸣，排山倒海。一股无穷的力量将他拔地而起，他仿佛长出了翅膀飞翔起来。

大地归于平静，谷丰睁开眼，看见一个穿着制服的巡道工人，和他一起躺在路基下。

小宝是一把锁，把谷丰和周萍连在一起，锁没了，他们成了两扇合不拢的门。谷丰提出了离婚，周萍讶异地看着他。他等待着她的咆哮，她只是静静地流泪，良久，擤了把鼻涕，答应了他。

手续很简单，也很顺利，前后不到五分钟，没有一句多余的话。办事员神情漠然，眼皮都懒得抬一下，钢印一扣，就给他们十年的婚姻画上了句号。

谷丰搬出了周萍的豪宅，拖着旅行箱在乌鲁木齐街头茫然四顾。一个旅行箱，便装下了他三十多年的人生。

四

  机关要建统建房，编辑部符合条件的无房户可以申请购房。谷丰符合条件，但他没有购房的兴趣。自从儿子小宝夭折与周萍离婚以后，谷丰对生活便失去了热情，行尸走肉一般活着，不想说话，没有笑容，下了班就把自己关在出租屋内，与世隔绝。主编同情谷丰的不幸，开导他振作起来，生活还得继续，不能淹没在过去的悲痛之中。主编劝谷丰申购统建房，机会难得，统建房要比市场价格便宜很多，这样的机会以后不会再有。谷丰琢磨了主编的话，觉得有道理，既然还得活下去，得有一套属于自己的房子，租房住心里总是不踏实，像漂在水里的浮萍，没根没基。房子还没开工建造，申购者需先交八万块钱订金。谷丰打开手机网银查看了一下，卡上总共只有两万多块钱。和周萍离婚，谷丰是净身出户，房子财产都是周萍的，婚前她就作了财产公证。至于婚后财产，谷丰也没想要，世界都坍塌了，钱财又有什么意义。

谷丰失眠了，想不出怎样凑够八万块钱。父母会支援他，他不想向父母张口，失败的婚姻和不幸，已经给他们带去了太多的悲伤，不能再给他们增添麻烦。谷丰想起了李杰，阴郁的心情敞亮了，找到李杰要回那十万块钱，八万块钱的订金就有了着落。他从手机通信录里调出李杰的号码，拨号，沉寂片刻，传来了程式化的女声提示：对不起，您拨打的电话暂时无法接通，请稍后再拨。虽然在预料之中，谷丰还是感到沮丧，自从三年前李杰突然人间蒸发，这个号码就从未打通过。

谷丰通过一个认识李杰的朋友，打听到了李杰家的新地址，在团结花苑。团结花苑原是团结纺织厂的家属院。团结纺织厂曾经是这座城市著名的企业，20世纪90年代之前风光无限，小伙子们以娶到团结纺织厂女工为荣。三十年河东，三十年河西，仿佛一夜之间，风云突变，团结纺织厂花谢叶落，风光不再。小区楼房破败，为了市容美观，临街的楼面统一做了装饰，呈现出舞台布景般的俗艳。谷丰进了单元门，混杂着下水道的腐败气味汹涌而来。拾级而上，楼梯扶手上布满了灰尘，一截儿扶手上的盖条已不见踪迹，裸露着铁架，阴郁冰冷。楼道的墙壁斑驳污浊，贴满了欲望满盈的小广告，像一张张嗜血的嘴，觊觎着猎物。

谷丰站在了三楼一户门前，轻轻敲响了门。门开了，刘燕右手握着门把手，身子微微左倾着，一双清澈的丹凤眼里溢满了友善的笑意。看见谷丰，刘燕脸上的笑容陡然凝固了。

谷丰问道："李杰在家吗？"

刘燕回过神来，答非所问，热情地请谷丰进屋。这是一套两居室，面积七十多平方米，客厅窗户玻璃上，贴着"裁缝＆锁边"字样的广告招牌。客厅一角摆放着一架缝纫机，缝纫机上摊着未砸完的布料。客厅很拥挤，沙发前的地上铺着毯子，九岁的阳阳坐在上面看电视。电视里播放着纪录片《宇宙的奥秘》。阳阳歪着脖子，冲谷丰咧着嘴笑，细细的脖子吃力地支撑着脑袋，像秋天的芦苇一样晃动。

"阳阳，快叫谷叔叔。"刘燕吩咐儿子。阳阳叫了声谷叔叔好，谷丰的脸上露出了一丝笑容。他感觉到了阳阳的异常。

刘燕招呼谷丰坐下，忙着泡茶，谷丰朝卧室方向瞟了一眼："李杰不在吗？"

"烫，先搁这。"刘燕把茶杯放在了茶几上。

谷丰说："李杰的手机打不通，去你们以前的家，邻居说你们搬家了。"

"这孩子就喜欢宇宙。"刘燕看着电视上神奇绚丽的浩瀚宇宙，回避着谷丰的目光。

"李杰换号了吗？他的手机总打不通。"谷丰默默地注视着刘燕，她低垂着眼睑，睫毛很长，像细风中蝴蝶颤动的翅膀。谷丰的手机响了，单位打来的，上级领导要到编辑部视察工作，让他立刻回单位。阳阳仰着脸看着谷丰，目光纯净无邪。顷刻间，谷丰的欲念、信心、愤懑分崩离析，恍惚看见了儿子小宝。小宝也时常用这样的眼神看着他，他张了张嘴，喉结蠕动着，想要说的话又咽了下去。

等到快下班，上级领导才被前呼后拥着来到编辑部，各办公室视察了一番，又开会作指示。领导走后，编辑部主任马大姐催促谷丰，赶紧把申购统建房的资料报给她，马上就要交订金了。

回到住处天已经黑了，谷丰身心俱疲，也不想吃饭，躺在床上睡着了，睁开眼已经是晚上十一点多钟。肚子很饿，谷丰找出一盒泡面、一根火腿肠、一包榨菜，茶几脚下还有半瓶牛栏山二锅头。谷丰对着瓶嘴喝了一口二锅头，一簇火苗伸进了喉咙，渐渐地，血液燃烧起来。

刘燕正坐在缝纫机前砸窗帘，突然响起了敲门声，很重，听得出是手掌拍打门板，随之传来"开门，开门"的喊声里弥漫着酒气。刘燕心头一震，犹豫着起身走到门前，隔着猫眼认出了谷丰，她断定他还会来，只是没想到来得这么快。谷丰拍门叫喊声惊扰了邻居，邻居穿着松垮的睡衣，警觉地从门缝里伸出半拉脑袋，试探着谴责他。他忙给邻居鞠躬赔礼，他的谦卑赋予了邻居勇气，邻居趿拉着拖鞋挺胸从家门里走了出来，豪气冲天地教训他，信誓旦旦扬言要报警。谷丰靠着墙，对正气凛然的邻居讪笑，然后看了一眼刘燕紧闭的家门，趔趄着走向楼梯口。刘燕趴在猫眼上，看着他的身影像风中的树枝，摇晃着消失了。她松了一口气。

刘燕轻轻推开卧室的门，阳阳醒了，瘦小的身体蜷缩在被子下面，像只受惊吓的小猫。她默默地给儿子披披被子，轻抚着他的额头，不一会儿，阳阳便温驯地闭上眼睛，发出了细嫩的鼾声。她注视着儿子熟睡的面容，隐约看见了李杰的影子，她看过李杰儿时的相片，眉眼口鼻如出一辙。

刘燕喜欢唱歌，报名参加了群艺馆的声乐培训班，上课的老师是李杰。李杰上课时，刘燕时常注视着他发呆，身体里像通了电流，麻酥酥地兴奋愉悦。声乐培训班每周上两节课，分别在周二和周六，那两天成了刘燕期盼的日子。刘燕就一些声乐上的问题向李杰请教，他耐心解释，为了和他多待一会儿，她装出不解的样子，他不厌其烦。李杰慢慢感觉到了刘燕是项庄舞剑，不点破，一如既往配合着她，共同培育爱情的禾苗。刘燕家在阿尔泰农村，一个人在乌鲁木齐打拼，饱尝了酸甜苦辣。孤独的心灵容易靠近，他们相爱了，爱得纯粹热烈，奋不顾身，那是一段连空气里都飘着蜜的醉人时光。

　　两年后，他们有了儿子阳阳。这是一个意外，李杰没打算要孩子，他的歌星梦想还没有实现。李杰毫不怀疑自己的实力，他是一匹等待着伯乐发现的千里马，结果伯乐没等来，却意外地等来了儿子。刘燕坚持要生下肚子里的孩子，向李杰保证，绝不会因为孩子影响他追求梦想。随着儿子阳阳的降临，生活渐渐褪去了浪漫诗意，裸露出了犬牙交错的真实嘴脸。同岁的孩子满地跑了，阳阳还站不起来。去医院看大夫说缺钙，开了些加佳钙小儿口服液，喝了大半年，眼看着三岁了还不会走路。刘燕心里不踏实，和李杰商量带儿子去大医院看看。当时，李杰正忙着报名参加《中国好声音》，顾不上，说等他忙完"好声音"再说。从《中国好声音》第一季他就报名，每回在海选阶段就被淹死淘汰了。

　　"以前是歌没选好，太过于追求艺术性。不能太抒情了，要热烈，要飙高音，要燃，喊破了没关系，那是特色。"李杰搓着手信誓旦旦地说，"别让我逮着机会，只要能站在比赛现场，不是吹，四位导师起码有三位为我转身。"刘燕不怀疑李杰的水平，他是缺少运气，世上不缺有水平的人，缺少的是运气。"是金子总会发光的，等我出了名，你就不用受老板的气了，炒他鱿鱼，踏踏实实在家享受，天天睡到自然醒。"李杰沉浸在梦想中，屡战屡败，也阻止不了他追求梦想的脚步。结果，李杰再一次海选出局，沉默了一晚上，他挥挥双拳给自己鼓劲，"下一季再来！"

第二天，他们带着儿子去医院。一个声音轻柔的女大夫，捏捏阳阳的腿，又握了握他的手，问了他们一些问题，然后开了血清CPK和CT肌肉扫描检查单。看大夫神色有几分凝重，刘燕惴惴不安，问"阳阳是不是得了什么大病"，大夫说："等检查结果出来了才能确定。"检查结果出来了，大夫一看神色更加地凝重，他们眼巴巴地看着大夫，像是被告等待着法官的宣判。大夫说："根据血清CPK和CT肌肉扫描结果，你们的孩子，很可能患有脊髓性肌萎缩，医学上简称SMA。"

"大夫，这个S……A……，严重吗？好治吗？"刘燕咽了口唾沫，眼睛不眨地盯着大夫。

大夫说："如果真是SMA，比较麻烦。"刘燕看看李杰，他也在看她，目光惶恐，丝毫不见歌唱时的潇洒自如。大夫继续细声慢气地说："根据你孩子的情况，应该属于SMA-II型。婴儿早期生长正常，半岁以后运动发育迟缓，虽然能坐，但站立行走，均达不到正常孩子的水平，这就是患儿为什么三岁多了，还行走不稳的原因。随着病情的发展，患儿的肢体肌无力程度会进一步加重，面部肌肉也会受到影响……"

刘燕愕然说不出话，像被挑断了脚筋，双手撑住桌子，才没有让身体倒下去。

"大夫，现在该怎么办？打针吃药，还是做手术？"李杰巴巴地看着大夫。

"目前只是疑似SMA，你们最好去大医院做进一步检查，那里条件好，可以做基因检测，会更加精准。"大夫怜悯的目光，从刘燕脸上扫到李杰的脸上，轻轻地叹了口气。

他们带着阳阳去了西安，又去了上海、北京，花光了积蓄也没盼来期待的结果，每家医院诊断结果都一样：脊髓性肌萎缩。在北京儿童医院，一位慈眉善目的老专家，劝他们别再花冤枉钱了，目前，SMA在全世界都属医学难题。刘燕不死心，每天扒在网上查看有关SMA的信息，看到网上说哪哪能治SMA，就慌着带阳阳去看。李杰不相信网上的宣传，刘燕说："没试怎么就知道不行，万一呢？"

李杰说："钱呢？就算试也得钱吧？家里那点钱全都折腾光了。"

刘燕说："你那不是还有五万块钱吗？"

李杰说："我，我那是准备录歌的。"

"歌重要还是你儿子的命重要？"她盯着李杰，昔日柔情的丹凤眼寒光四射，咄咄逼人。

刘燕不放弃，坚持为儿子寻医问药，正规医院不行，就试民间偏方，甚至找所谓有特异功能的大师发功，钱没少花，病情却不见起色。儿子的病改变了他们的生活轨迹，李杰依然怀揣梦想，却难以再像过去那样理直气壮。为了照顾儿子，刘燕辞了工作。儿子身边离不开人，刘燕挣的工资不够付保姆的费用，便辞了职，买了台缝纫机，一边照看儿子，一边揽点裁剪缝补的活计，补贴家用。

第五章 谷丰 | 301

刘燕把砸好的窗帘装进编织袋,安顿好阳阳,背起袋子出了家门。交货的时间到了,她要把砸好的窗帘送到家纺城。小区里一个热心大姐,她的一个同学在家纺城有个门面。有一天,大姐来锁边,见刘燕一个人带着生病的儿子不容易,想起同学店里有砸窗帘的活儿,就介绍了她。刘燕干活认真仔细,交货及时,大姐的同学很满意。大姐同学姓张,刘燕叫他张哥。知道刘燕困难,张哥就尽量多给她安排点活儿,付工钱时也时常凑个整数,多给一些,她很感激。慢慢地,刘燕感受到了张哥的异常,他时不时借机挨一下她的身体,摸下她的手。她明白他的心思,不戳破,巧妙自然地化解掉尴尬,脸上始终笑意盈盈。生活让她懂得不能任性,更不能赌气,她见过公园里老人们打太极。她觉得生活就像打太极。

刘燕背着编织袋走进张哥的店,张哥正躺在摇椅上举着手机刷抖音,乐得手指上的大方戒晃眼睛。她叫了声张哥,张哥的目光移向门口,看见了她,从摇椅上站起来,热情地迎上前去。张哥魁梧健壮,站在她面前像一扇门,混杂着烟草的男人气味扑面而来。刘燕从袋子里掏出窗帘,总共六套,让张哥验货,他说不用信得过她,她莞尔一笑,抬起胳膊肘蹭了蹭额头上的汗珠。张哥拿来一瓶冰红茶,拧开了盖子给她喝,她也不客气,接过喝了一口。

张哥把工钱微信转账给刘燕,多了一百多块,说是一点心意,给阳阳买点好吃的。刘燕犹豫该不该收下多余的钱,张哥趁机捏住了她的手。刘燕抽了抽手,张哥抓得很紧,她感觉到了他灼人的眼神。张哥抱住了她,亲吻她,混浊的口气淹没了她,她极力拧着脸,躲避他的亲吻。张哥的气息令她眩晕，他结实的胸膛挤压着她，挤出了火苗，她的身体炽热，渐渐沸腾起来了。手机突然响了，平时悦耳的铃声此刻宛如霹雳，瞬间扑灭了熊熊火焰，她奋力推开了张哥，慌乱地背过身去。

"你这么年轻漂亮，干吗苦自己呢，我可以帮你呀。"张哥扫兴地说道。

"张哥，你关心我，照顾我，我很感激。以后别再这样了。"刘燕回避着他的目光。

"我是真心喜欢你，只要你答应了我，用不着这么辛苦，你什么都不用干，我养着你。"张哥向刘燕身边靠近一点，"我还有一套房子，空着，你要是想住就搬过去，不想住就做咱俩临时见面的家，没人知道，很安全。"刘燕转过身来，注视着张哥，嘴角掠过一丝莫测的笑意。"真心话，我是真心喜欢你。"张哥认真的表情，像个青涩少年。

"离婚，你敢离婚吗？你敢离婚我就嫁给你。"刘燕鄙夷的目光，像雨一般淋在张哥的脸上。

张哥一愣，尴尬地讪笑："婚姻就是个摆设，不重要，有句话不是说吗，没必要为了喝一杯牛奶养一头奶牛。"

刘燕没有说话，冷然一笑，出门走了。

刘燕加了一个SMA病友群，群里面都是SMA患者和家属，病友们交流心得，相互鼓励，发布各种虚虚实实有关SMA治疗的好消息。她看见一条信息，说外国研制出了治疗SMA的特效药，SMA患者有救了。血液呼地涌上了头顶，她始终坚信，如今医疗技术突飞猛进，阳阳的病一定能治好的。平静了一会儿，再仔细看，特效药叫诺西那生钠，中国有进口，一支七十万元。七十万？怎么可能，她以为看错了，再反复看，没错，清清楚楚，一支七十万人民币。她难以置信，知道看病贵，可一支药七十万，贵得超出了她的认知。她呆呆地坐着，心头刚刚燃起的希望之火，戛然熄灭了。阳阳在画画，他用力握着画笔，画得很专心，眼看着儿子的病情一天天加重无能为力，她很自责。医生说，阳阳的病可能和遗传基因有关，她总认为自己的基因有问题，才导致了儿子的病。

  阳阳最开心的事是上学，他喜欢学校，喜欢教室，喜欢老师和同学们。有一天课间，同学们全都在广场上做广播体操，阳阳孤零零地坐在教室里，透过窗户望着蓝天，想象着同学们整齐地做操的壮观场景。一股冲动从心底涌起，阳阳身体下沉，从椅子上滑下，向窗户爬去。窗外广播体操的韵律，像一根魔绳把阳阳拽到了窗户下，他侧仰着身子抬起右手，试图扒住窗台。胳膊不够长，他奋力挺了挺身体，右手扒住了台面。稍稍休息了片刻，他开始用力引体向上，他想让左手也扒上去，两只手一起用力。失败了，他摔倒在地。他不气馁，缓了缓劲，再次伸出右手扒住了窗台。停顿片刻，他猛然用力，身体借着惯性向上蹿起，左手终于也扒住了窗台。他累了，呼吸急促，苍白的脸上布满了汗水。他让自己平静下来，然后慢慢撑起了身体，随着身体一点点提升，视野由空旷的天空，渐渐移到了对面的楼顶，随之是楼身、树梢，最后他看见了操场，看见了操场上做操的同学们。他笑了，笑容灿烂，洋溢着羡慕、幸福和满足。

  随着音乐停止，广播体操结束了，广场上的学生像决堤的水一样散开，然后又汇聚成流向教学楼里涌去。阳阳离开窗台朝座位上爬，他要赶在同学们进教室之前回到座位上。爬到了一半，教室外过道里传来了同学们的欢笑声，同学们骄傲的脚步踩得地面微微震颤。阳阳着急了，加快了速度，座位近在咫尺，却又遥不可及，这时，同学们涌进了教室。阳阳趴在地上，仰着脸尴尬地看着同学们讪笑，谎称铅笔掉地上了，下来捡。

阳阳把羡慕渴望埋在心里，从来不说。那些在同学们看来易如反掌的事，对阳阳而言是难以企及的愿望，能坐在教室里和同学们一起上课，他已经很满足了。每次去学校前，刘燕就把阳阳抱进卫生间，放在马桶上解手。在学校上厕所不方便，通常要憋到放学妈妈来接他。为了不上厕所他尽量不喝水，牛奶也不敢多喝。虽然老师同学可以帮助他，可他不愿麻烦他们。阳阳害怕给人添麻烦，包括爸爸妈妈。阳阳从不主动给爸爸妈妈提要求，爸爸不在家，妈妈一个人，要照顾他，还要挣钱给他治病，很辛苦。有几回夜里被尿憋醒，阳阳看见妈妈捂着被子偷偷地哭。

阳阳上三年级，教室在三楼，他的座位在第一排，靠墙。上午最后一节是作文课，他喜欢上作文课，老师夸他作文写得好，还当作范文念给全班同学听。老师在黑板上写下作文题目：美好的愿望，问同学们愿望指的是什么？老师话音刚落，就有同学纷纷举起了手，有的回答说，愿望是将来想要做的事情，有的回答，愿望是愿意做的事情。阳阳看着老师，认真思考着，他觉得同学们的回答都不是特别准确，就举起了手。老师示意阳阳回答，他站不起来，努力挺了挺身子说："愿望指的是最想实现的事情。"他的回答得到了老师的肯定。

阳阳一笔一画认真写道:"在我的心里,深深地藏着一个美好的愿望,希望有一天,能和爸爸妈妈一起去天文台,通过天文望远镜看星空。"作文写到一半的时候,他感觉到了尿意。最后一节课了,阳阳默默忍着,等待放学妈妈来接他。阳阳后悔早上喝多了牛奶,他怕上厕所不想喝,妈妈硬让他喝,说补充营养增强免疫力。阳阳想集中注意力写作文,可总想着上厕所,尿意越来越强烈。阳阳正想鼓起勇气举手跟老师说上厕所,恰巧老师来了个电话,老师去过道接电话,他憋不住了,紧绷的小腹一松弛,一股热流涌出,顺着双腿流到了地板上。阳阳羞愧地趴在课桌上,面朝墙壁。同桌的女同学发现了尿液,像挨了一脚的泰迪突然尖叫:"哎呀,李阳尿裤子了!"全班同学的目光像钢针一样投向阳阳,他把脸深深埋在胳膊里。

有老师和家长向学校反映,阳阳影响了其他同学的学习与生活。校长找刘燕谈话,要让阳阳休学,她哀求校长留下阳阳,并保证不会再有类似的事情发生。刘燕忍不住哭了,本不想哭,不想让人认为她装可怜博同情,可实在忍不住,她说:"校长,我儿子喜欢上学,每天上学是他最盼望最开心的事。他特别懂事,从来不给老师和同学们找麻烦,他知道自己上厕所不方便就不喝水,连牛奶饮料都不喝,想上厕所了也硬憋着,一直憋到放学……"校长轻轻叹口气,安慰刘燕,相信阳阳是个好孩子,作为教师希望每个孩子都能受到良好的教育,可现实是残酷的,希望她多理解多包涵。话说到了这个份儿上,再说什么已没有意义,三年级第二学期,阳阳辍学了。

日子一天一天过去,刘燕从当初的悲伤无措过渡到了坦然自若,别人眼里的艰辛困苦,在她看来就是生活。她的生活。

有人敲门，刘燕起身去开门，突然腰椎锐疼，她痛苦地叫了一声瘫在了椅子上。最近一段时间，她的腰经常疼，一阵就过去了，没太在意。这次不一样，以前从没有这么疼过，刀剜一样，疼得她直不起腰。看到她痛苦的样子，阳阳惊恐地喊着妈妈。也许是门外听见了动静，敲门声更加急促。刘燕挣扎着从沙发上起身，一只手扶着墙，一只手捂着腰，慢慢挪到门口，打开了门，看见谷丰站在门外。管理局催谷丰交纳统建房订金，已经到了最后期限，再不交将被取消申购资格，他找李杰要那十万块钱。看见刘燕痛苦得直不起腰来，谷丰有点手足无措。这种情景下谷丰张不开口要钱，走似乎也不妥。谷丰问刘燕要不要上医院看看，她摆摆手说不碍事，休息一会儿就好了。一阵剧痛袭来，刘燕忍不住叫出了声，脑门上浸满了汗珠，谷丰搀扶她，她摆摆手不敢动。谷丰朝屋子里看看，希望能看见李杰。

阳阳央求谷丰救救妈妈，谷丰坚持把刘燕送到了医院。原以为到医院打了针止了疼就没事了，护士说得住院。护士把谷丰当成了病人家属，把住院单塞到他手里，让他去办住院手续。谷丰犹豫着说他不是病人家属，漂亮的小护士说："朋友也可以帮忙呀。"刘燕放心不下儿子，也心疼钱，不愿意住院，护士说她是严重腰肌劳损，椎间盘膨突，必须得住院治疗，否则有瘫痪的危险。任护士怎么说，刘燕坚持要回家，护士看看站在一旁的谷丰说："傻愣着干吗，劝劝你朋友呀，必须得住院。"

谷丰让刘燕给李杰打电话，她沉默了一会儿说："他出差了，不在家。"

刘燕坚持要回家，可连病床都下不了。谷丰劝刘燕听医生的住院治疗，阳阳由他照顾。刘燕想这回她是真的病了，她看着谷丰说："麻烦你了。"

回到刘燕的家天已经黑了。谷丰打开房门，阳阳缩在角落里，惊恐地眨巴着眼睛。电视机开着，荧屏的光反射到阳阳的脸上，忽明忽暗。听见开门声，阳阳以为是妈妈回来了，叫了一声妈妈。谷丰摸到开关打开灯，房间骤然明亮。看见谷丰阳阳很意外。阳阳朝谷丰身后张望，不见妈妈，仰脸问道："叔叔，我妈妈呢？"

谷丰说："你妈妈病了，住院了。"

"我想找妈妈。"阳阳无助地低着头。

"叔叔明天带你去。"说着，谷丰摸了一下阳阳的头。

阳阳不敢说话，低着头。谷丰盯着电视看了一会儿，几个小明星在装疯卖傻秀脑残。谷丰抽出一支烟，摁着打火机刚要点，看到身旁的阳阳，又收了起来，问怎么不见他爸爸，爸爸去哪了？阳阳说："我爸爸在很远的地方拍电视，当明星。"

已经过了吃晚饭的时间，谷丰问阳阳饿了没有，想吃什么，阳阳看着他，怯声怯气说想吃方便面。谷丰打开冰箱看看，然后走进厨房。厨房很乱，台子上摆满了瓶瓶罐罐，水池里堆着没洗刷的碗筷，水龙头滴答着水。谷丰看到角落里堆着几袋方便面，他从冰箱里拿了两个鸡蛋，又拣了几根青菜，煮了两袋方便面。

阳阳的手抓不稳筷子，很费劲，谷丰想喂他，他拒绝了。阳阳吃着面，时而抬起眼皮看看谷丰，目光谦卑胆怯。谷丰心里涌起几分酸楚，问阳阳几岁了，他回答说九岁。

阳阳睡了，谷丰环顾着刘燕的家，似乎看不见男人的痕迹，处处显露出一个单身母亲的艰辛和匆忙。谷丰联想起不见李杰踪迹，疑惑他们是不是离婚了。沙发一侧码放着阳阳的书本和玩具，整整齐齐。谷丰随手翻了翻，书本间夹着阳阳画的画，一对男女分别站在孩子左右仰望着星空，孩子扒着天文望远镜眺望，画面右下方一笔一画写着：美好的愿望。谷丰的心一颤，想起儿子小宝也曾经画过类似的画，一男一女两个大人，左右牵着一个孩子，他问小宝画的谁，小宝指着画中的人物回答，这是爸爸，这是妈妈，中间是小宝。一股暖流从心底涌向眼眶，谷丰仰起了脸。他产生了为这个家做点什么的冲动，开始整理房间，从厨房动手，把油盐酱醋瓶瓶罐罐摆整齐，清洗了堆积在水池里的碗筷。水池下水不好，他钻到水池下面，取下软管，清理掉了弯头里沉积的垃圾，下水顺畅了。水龙头关不紧，滴水，折腾一番无济于事，龙头老化该换新的了。卫生间的灯不亮，得换。客厅墙上的插座已经脱落，需要重新安装。担心忘了，他用阳阳的纸和笔，一件一件记下来，第二天集中采买更换。他已经很长时间，没有对生活如此上心了。

第二天，谷丰带着阳阳去医院。刘燕搂着阳阳对谷丰表示感谢，他看看靠在她怀里熟睡的阳阳，问阳阳得了什么病，她轻轻地抚摸着阳阳说："脊髓性肌萎缩。"

谷丰说："治不好吗？"

刘燕说："西安、上海、北京的大医院都看了，没用。"

谷丰"哦"了一声，不知道说什么好，沉默了一会儿，他说："听阳阳说，李杰在很远的地方拍电视剧。李杰有理想，一定能成为明星。"刘燕把目光移向窗外，起风了，一只飞扬的红色塑料袋飘过了窗口。

医生动员刘燕手术,她断然拒绝,住了一个星期就坚持出院了。刘燕住院那几天,谷丰照顾阳阳,他们已经很熟了。阳阳很聪明,尤其是说起天文宇宙来头头是道。阳阳最崇拜的人是霍金,认真地向谷丰介绍,霍金是英国著名的宇宙学家,是宇宙之王。阳阳还给谷丰讲黑洞奇点和太空生物。谷丰想起了阳阳的画,问他画的什么意思,阳阳说:"希望有一天,能和爸爸妈妈一起,去天文台看星空。"停了一会儿,阳阳又说,"我们班丁小天看过,有一年暑假,他爸爸开车,带着他和他妈妈去过乌鲁木齐天文台。丁小天说,天文望远镜能看见好多星星,还能看见月亮,就像在眼前一样,好像伸手就能摸着。等我爸爸回来了,让他也开车带着我和妈妈,去天文台看星空。"

阳阳一脸的向往。

五

刘燕给谷丰发微信，说阳阳想邀请他一起过生日，希望他能来，谷丰答应一定去。自从刘燕出院以后，他们再没见过面。谷丰买了个轮椅，送给阳阳做生日礼物。刘燕住院时，谷丰照顾阳阳，有一天一进屋，看见阳阳缩在沙发一角羞愧地看着他，沙发上堆着纸团。

阳阳一个人在家看电视，楼下小朋友耍闹声吸引了他。沙发靠着窗户，阳阳爬到沙发靠背上，趴着窗户往楼下看。一个小朋友看见了阳阳，冲他招招手，让他下去玩。阳阳对小朋友微笑，那个小朋友不认识他，不知道他站不起来下不了楼。小朋友们小鸟似的散去，欢乐的院子安静下来，阳阳依然趴着窗户，望着阳光灿烂的世界。阳阳看到一个老爷爷，提着一个塑料袋颤颤巍巍地走过。还看到一个漂亮的姐姐怀里抱着一只小狗，打着电话发脾气骂人，吓得小狗直仰脸看她。阳阳不明白，那么漂亮的姐姐脾气怎么那么坏，还骂脏话，一点都不文明。后来，阳阳又看见一个穿着拖鞋大裤衩的叔叔，冲着一个老奶奶大声吼叫，老奶奶手里拿着半个没吃完的桃子，像个做错事的孩子低着头。叔叔气冲冲地走了，老奶奶独自坐在石凳上发了一会儿呆，抬起手掌抹了抹眼睛，吃完半个桃子，慢慢站起身来，蹒跚着走去。后来，阳阳看见树上有两只鸟，彼此拱着脑袋，叽叽哝哝地呢喃，一个小伙子骑着摩托车突突突从树下经过，惊飞了鸟。这时，阳阳突然间感受到了尿意，离开窗户，顺着沙发靠背一点点往下移动身子。他浑身绵软无力，使不上劲，终于没憋住尿在了沙发上。他慌忙用卫生纸擦，怎么也擦不干净。

从那天起，谷丰就想给阳阳买个轮椅，有了轮椅他就可以下楼，到院子里晒太阳，看风景。

谷丰的到来让阳阳十岁生日更加地圆满，生日蛋糕上燃烧的蜡烛，映照在阳阳的眼睛里，烟花一样灿烂。他们唱起生日歌，阳阳双手十指交叉抵着下巴，闭着眼睛虔诚许愿，刘燕问他许了什么愿，他说不能说，说出来就不灵了。"谷叔叔知道我的愿望。"阳阳看着谷丰，会意地微笑着。看着开心的阳阳，谷丰的心里涌起一股暖流，那是一种久违的幸福，家的幸福。

夜里，阳阳有点发烧，刘燕以为是受凉感冒了，吃了点感冒药。第二天不见好，去医院一看，医生说是并发症引起的肺部感染，很严重，叫她做好思想准备。谷丰去医院看望一个住院的同学，在大厅碰见了刘燕，才知道阳阳住院了。刘燕不想告诉谷丰阳阳病情严重了，从她闪烁的言辞中，他感觉到了异常。谷丰去病房看望阳阳，他正在输液，睡着了。谷丰想起了阳阳十岁生日时的许愿，和他那会意天真的笑容。谷丰对刘燕说:"也许我不该说,阳阳病成这样,李杰为什么不回来看看,有什么能比儿子重要?李杰究竟去哪了?"

沉默一会儿,刘燕说:"死了,死了两年了。

三年前的一天,李杰把一张银行卡交给刘燕,卡里有十万块钱,让她带着儿子去看病。刘燕在网上看到湖北有家医院可以治阳阳的病,一直想去试试。刘燕问李杰哪来这么多钱,他说有人找他演电视剧,预付的片酬,还说要去剧组拍戏,得出去一段时间,她半信半疑,问道:"去哪?"

李杰说:"浙江,横店。"

刘燕又问:"去多久?"

李杰说:"三四个月吧,如果接下来还有戏拍,时间会更长一些。"

刘燕说:"家呢?儿子呢?"

"我就是为了这个家,为了儿子。"李杰躲避着刘燕锥心的目光。

在刘燕的坚持下,他们搬了家。李杰离家前一天,带着阳阳去了游乐场,只要阳阳想玩的都满足了他。第二天一早,阳阳还在熟睡,李杰就离开了家。临出门他说,等站住了脚,就来接刘燕和阳阳。李杰提着箱子出了门,刘燕要送,他不让,头不回地走向楼梯。李杰磕磕绊绊下了楼,再也忍不住,憋着嗓子呜咽痛哭,像一只受伤的孤独老狗。李杰离家半年后,一天夜里,刘燕被手机铃声惊醒,一个自称李杰朋友的男子说李杰病了,让她赶紧去横店。开始她怀疑是诈骗电话,不太相信,过了一会儿,男子又打过来,让她加他微信,用微信发了几张他和李杰在一起的照片,有生活照,也有拍摄现场的工作照。第二天一早，刘燕把阳阳托付给朋友照看，就立刻动身去横店。虽然有思想准备，可看到李杰尸体的那一刻，她还是难以接受，两眼一黑昏迷了过去。

通过李杰的朋友，刘燕了解到了李杰在横店的真实情况，跟他电话里说的不一样。李杰打电话报喜不报忧，总说又演了一个重要角色，导演夸他，合作的演员也夸他，说他一定能出来成为明星。实际情况是，李杰来横店大半年，除了演死尸、路人甲、跳河挨打的替身，根本就没有机会，没钱吃饭是常态。李杰朋友说："杰哥人特好，我来得晚，他就处处关照我，介绍我认识群头儿。杰哥人仗义，有人缘，杰哥认识的一个副导演给他争取了一个角色，虽然戏不多，可有名有姓，能上演员表，最难得的是还和女主有一场戏。那是一部大制作，女一号是当红流量明星，我们这些横漂，能有这样的机会太难了，跟中彩票一样。杰哥特高兴，请大家喝酒庆贺，那天杰哥感冒了，发烧咳嗽，正吃着头孢，按说不该喝酒。喝到中间杰哥其实已经不对了，可他不想扫了弟兄们的兴，就坚持喝，突然就喘不过气了，吐血，赶紧送医院，结果……"

李杰朋友接到一个电话，说要立刻去片场给女主角当替身，让刘燕先休息一会儿，他拍完戏就回来。刘燕站在窗前，宾馆临着街，可见身着戏装的群众演员来来往往，有的古装，有的民国。两个小宫女装扮的姑娘，边吃着麻辣烫边说笑着。一个小伙子脸上化着受伤的妆，上身穿着清兵服饰，下半身穿着牛仔裤，脚上是一双安踏旅游鞋，边吃雪糕边微信视频聊天。李杰也曾经和他们一样，在这条街上走来走去，她的脑子里构画着关于李杰的画面：

李杰跟着群头儿争取机会，群头儿是一个中年妇女，傲然地昂首阔步，他祈求着，群头儿不耐烦地摆摆手，他失望地站住；

李杰在演死尸，在副导演指挥下，和几个群演躺在指定的位置；

李杰在演女主角的替身，他装扮成女主角的样子，跳进了冰冷的河里，一遍又一遍。戏拍完，众人簇拥着主角离去，他浑身滴着水，瑟瑟发抖，女性假发套错了位，遮住了半边脸；

李杰身着民国时期服饰，在街头被群殴，他抱着脑袋在地上翻滚着，拳脚纷纷落在他的身上；

李杰化着受伤的妆，和群演们蹲在角落，匆匆吃着盒饭，副导演喊开工，他急忙扒拉几口，放下饭盒跑去……

刘燕想不下去了，趴在床上放声恸哭。

刘燕没能力运回李杰的遗体，就地火化了。她也没有把李杰的骨灰带回来，撒到了河里，那里有他的梦想，她把他留在那里，继续追寻他的梦。

从横店回来，阳阳问刘燕见到爸爸了吗，她搂着儿子默默流泪。阳阳不再问，明白发生了让妈妈伤心的事。疾病让阳阳成为一个极度敏感的孩子，培养了他谨小慎微察言观色的敏感性。连续三天夜里，阳阳都被妈妈压抑的哭泣声惊醒，他蜷缩着身子瑟瑟颤抖。他很自责，以为是自己哪里做得不好，惹妈妈生气了。

那天，刘燕的脸上露出了久违的笑容。刘燕给阳阳换上新衣服，带他去吃汉堡。阳阳很开心，问妈妈是过年了吗？吃了汉堡，刘燕又答应阳阳去了游乐场。回到家已经傍晚时分。刘燕化了妆，换上了一袭红裙。红裙是结婚时买的，平时很少穿，一直挂在衣柜里，珍藏着幸福记忆。刘燕端着两杯可乐坐到阳阳面前,可乐在杯子里咝咝冒着气泡。就要结束了,疾病痛苦,艰辛磨难,即将与消解在可乐中的阿普唑仑一起吞下。阿普唑仑是她一片一片攒下的,长期失眠,只有安眠药,才能助她走进短暂的梦境。阳阳仰着笑脸说:"妈妈真好看,像新娘子。"

刘燕笑了,放下杯子,在阳阳脸上亲了一口。刘燕捧着阳阳的脸,泪花涟涟,充满了不舍与愧疚。刘燕端起一杯可乐给阳阳,他不接,看着她摇头,目光里透着哀求与恐惧。她说:"阳阳不是最喜欢喝可乐吗?喝吧,妈妈也喝,妈妈跟阳阳一起喝。"

阳阳说:"妈妈我听话,我再不惹妈妈生气了,别让我死,我不想死,也不让妈妈死。"阳阳哭了,一股神奇的力量,促使着他扬起手,打落了刘燕手里的杯子。

谷丰要带阳阳去乌鲁木齐天文台看星空,实现阳阳美好的愿望。刘燕久久地看着谷丰,眼底一热,别过脸去。她哭了,先是默默流泪,继而忍不住抽泣。

车是从租赁公司租的,大众途观,适合野外长途。自从儿子小宝出事以后,谷丰就再没有碰过车,看见车就有一种本能的恐惧。坐进驾驶室那一刻,谷丰感觉有无数只蚂蚁在身上爬,两只手不敢触碰方向盘。业务员是个长相喜庆的小伙儿,疑惑地看着谷丰说:"大哥,行不行呀,买的本儿吧?"谷丰鼓起勇气,握住了方向盘,刹那间,耳边响起小宝戛然而止的惨叫,他遽然逃离了轿车。喜庆小伙儿说:"大哥,还是算了吧,安全第一。"谷丰站在轿车旁,默默地掏出烟,抽出一支衔在嘴上，又抽出一支给喜庆小伙儿，小伙儿笑呵呵地说不会。谷丰点燃了香烟，吸了几口，扔下半截儿烟，抬脚跐灭，然后拉开车门，重新坐进了轿车。谷丰深深地吸了口气，又缓缓地吐出，平静了一会儿，伸开双手，牢牢地握住了方向盘。

乌鲁木齐天文台在南山。

初升的太阳照耀着大地，天山雪峰熠熠生辉。阳阳脸贴着车窗玻璃，贪婪地注视着辽阔的蓝天与奔跑的大地。昨夜，阳阳兴奋得几乎一宿没睡，反复问妈妈天怎么还不亮。

阳阳说："妈妈，天和地长在一起了。"

刘燕望去，遥远的地平线上，天地交融，合二为一。刘燕收回目光，把一张银行卡轻轻地放在了手刹旁。谷丰瞟了一眼卡片，扭过脸看看她。

"李杰离开家时留下的，卡里有十万块钱。"刘燕望着窗外，天地苍茫，她的眼角渗出一滴泪珠，像颗星星，闪烁着悄然流下。

"妈妈快看，天上的云彩在飞。"阳阳透过车窗遥望着雪峰，沸腾的云朵在蓝天绽放。灿烂阳光洒在阳阳的脸上，泛着圣洁的光芒。

三天以后，阳阳离开了人世。刘燕紧紧地抱着阳阳，没有哭，泪水早已经流干了。谷丰陪着刘燕，把阳阳的骨灰撒在了南山，那里可以看见灿烂的星空。

阳阳去世后，谷丰和刘燕半个多月没有联系。他担心她，忍不住给她打电话，她很平静，说找了份工作。又过了半个月，刘燕给谷丰打电话，她发了工资，要请他吃饭，感谢他为她和阳阳做的一切。那以后，他们始终保持着联系，打电话发微信，凑到两个人都休息了，相约见面一起吃饭。

那年年底，杂志社开会，编辑部有一个参加访惠聚工作队的名额，地点是甘泉子的喀山牧场。主编动员大家积极报名，大伙都低眉垂眼不说话。过了一会儿，有人开始强调家庭困难、有老人需要照顾、有孩子需要高考、有老婆刚生完孩子，等等，人人都有不去的理由。编辑部主任马大姐看看谷丰说："小谷最合适，一个人，无牵无挂，甘泉子又是家乡，参加访惠聚工作队，既为家乡的发展做了贡献，还可以回家看看老人，两全其美。"听马大姐一说，所有的目光聚焦在谷丰的脸上，充满了期待。谷丰沉默了一会儿，淡然说："我去。"大伙暗暗松了口气，悬着的心复了位，你一言我一语称赞谷丰觉悟高识大局。谷丰起身离开了会议室，上卫生间撒了泡尿。

一个月后，谷丰奔赴甘泉子喀山牧场访惠聚工作队。牧场条件有限，有的队员很不适应。有一位还得了抑郁症，天天念叨活着没意思，待了不到两个月，就返回了原单位。谷丰没有不适感，牧场朴素纯净的环境，仿佛打通了他的任督二脉，有一种脱胎换骨般的轻松舒畅。谷丰感受到了在编辑部从未有过的价值感成就感。一年工作期满，谷丰不想回乌鲁木齐了，申请留在牧场工作。不久，刘燕也离开了乌鲁木齐，来到了甘泉子。

后来，谷丰和刘燕结婚了。再后来，他们有了儿子壮壮。

第六章

辽阔

谷丰的父母住在甘泉子城郊。他们在城郊买了个小院，院子里长满了杏树、桃树、枣树和苹果树，几畦蔬菜生机勃勃，犹如幼儿园里的孩子。十年前，甘泉子成立为市，城市建设日新月异，谷建疆嫌城里太闹腾，就卖了城里的楼房，在城郊乡下买了个小院，每天种菜养花，怡然自得。

谷建疆给江涛的印象淡然恬静，他满头银发，身着中式亚麻裤衫，脚穿白袜圆口黑布鞋，神清气闲，儒雅飘逸。茶几上放着一本《金刚经》，江涛拿起来翻翻说："叔叔喜欢佛经？"

谷建疆说："闲的时候翻翻，能让人心静。"

当年，谷建疆和姜慧兰结婚，离开了大头的蓝月亮歌舞厅，成为人民电影院的放映员，第二年，儿子谷丰出生，那是谷建疆一生中最惬意的日子。好花不常开，好景不常在，谷丰上小学那年，姜慧兰上班的食品厂不景气，裁员，姜慧兰下岗。一夜之间铁饭碗丢了，姜慧兰成了断奶的孩子,心慌意乱六神无主,她勤勤恳恳以厂为家,还多次被评为生产标兵先进模范,怎么就被厂子抛弃了?姜慧兰觉得她是工人,工人阶级领导一切,是国家的主人,国家不会不管她,幻想着哪一天厂领导突然登门,请她回厂里上班。姜慧兰等了三年,等来的是食品厂彻底倒闭了。

谷丰上四年级那年,谷建疆也下岗了。曾经人群熙攘的电影院门可罗雀,现在看电影的人越来越少,一场只有几个观众,甚至一个都没有。谷建疆像姜慧兰下岗时一样也想不通,如今人们为什么不爱看电影了。放电影的收入维持不了电影院的开支,挣扎了两年,电影院终于关门大吉。电影院的员工无处安置,每人五万块钱买断工龄,自谋生路。谷建疆和姜慧兰双双下岗,没有工资收入,原本安稳踏实的日子顷刻间危机四伏。姜慧兰一个人没工作,谷建疆的工资还能勉强维持家庭生活,两个人都没有了工资收入,生活的拮据顿然凸显出来。买断工龄的几万块钱不敢轻易动,那是他们最后的生活保障。

谷建疆走了几家歌舞厅,希望能谋到一个弹琴的机会。眼下的歌舞厅和当初他在蓝月亮时不可同日而语,乐手年轻时尚,打扮得像是卡通人物,演奏时宛如踩了电门,浑身上下抽搐颤抖个不停,歌舞厅不再属于他了。姜慧兰让谷建疆找大头帮帮忙,他想了想觉得不合适。当初他一心想当放映员,不顾大头的挽留执意要走,混不下去了又吃回头草,他磨不开脸面。况且,大头已经把蓝月亮歌舞厅交给他的一个表弟经营。近些年,谷建疆跟大头联系不多,大头的生意越做越大,天南地北满世界跑,生意做到了乌鲁木齐,县城都很少待。

人民电影院关门以后,李经理没有下岗,他去了电影公司,当办公室副主任，巴望着主任退休接班。李经理和县水泥预制板厂厂长关系不错，经常一起喝酒。李经理介绍谷建疆去预制板厂做临时工，厂长买李经理面子，对谷建疆很照顾，安排他开水泥搅拌机。八月的一天，天气很热，谷建疆正在上班，大头突然来找他。大头更胖了，白裤子绿T恤，站在那像一棵瓷实的大白菜。大头说："下岗了为什么不吭声？"

谷建疆说："有啥说的。"

大头说："离开蓝月亮时我就跟你说，有事吭声，混不下去了随时回来。"

谷建疆说："不能总麻烦你。"

大头说："兄弟朋友就是用来麻烦的，总跟我见外。"

甘泉子的荒漠深处发现了油田，储量比克拉玛依油田还要大，油田指挥部设在甘泉子，甘泉子成为石油基地。同时，国务院已经批准设立甘泉子为市，不久的将来，甘泉子将会是一座繁荣的现代化城市。大头嗅觉敏锐，捕捉到了商机，准备在甘泉子开酒店歌舞厅。大头让谷建疆辞了水泥预制板厂的工作，出任甘泉子歌舞厅的经理。谷建疆犹豫，担心胜任不了。大头说："没问题，你在蓝月亮干过，知道怎么回事。"

谷建疆说："在蓝月亮我只负责弹琴，管理整个舞厅心里没底。"

大头说："有我给你托底，怕啥。"大头话说到这个份儿上，谷建疆就不再说什么。回家跟姜慧兰说了，姜慧兰也支持他回甘泉子。

大头依然用蓝月亮的名字命名甘泉子的歌舞厅，是当时甘泉子最豪华的歌舞厅，音响设备一流，演出节目丰富，就算在乌鲁木齐也属于中高档，吸引了不少附近和县城的客人。谷建疆很快就适应了舞厅工作，如鱼得水，把蓝月亮经营得风生水起。

进入了 21 世纪，歌舞厅的生意逐渐冷淡，电影市场回暖升温，观众重新走进了电影院。大头在甘泉子的黄金地段，建造了一座蓝月亮大厦，综合了卖场、餐饮、娱乐等等。四楼开了家影城，柔软舒适的沙发座，环绕立体声杜比音响，给人身临其境的观影感受。大头让谷建疆负责整个蓝月亮大厦，谷建疆坚持在四楼影城放电影，一直干到退休。退休以后，大头想让谷建疆去南方定居，他婉拒了，年纪大了，心劲小了，不想动了。

谷建疆退休以后，有一天跟大头喝酒聊天，说："伟哥，有句话一直想问问你。"

"什么话，你说。"

"当年你办舞厅，那么多有能耐的人，你为什么找我？"

"因为我相信你。"

谷建疆跟江涛聊起过往经历，云淡风轻。

安娜醒了，姜慧兰用轮椅把她推出屋子。安娜已经八十八岁了，几年前得了阿尔茨海默病，不认识人了，只记得小时候的事。安娜常常望着院子里的果树和蔬菜，当成了故乡的田野，跟谷建疆絮絮叨叨说小时候的事，下河摸鱼，上树掏鸟蛋，说到有趣处，就"咯咯咯"地笑，笑容如婴儿般清澈、通透。

看见谷丰，安娜混浊的眼睛骤然明亮，说："建疆你回来了。"安娜向谷丰身后张望，"桂花呢，桂花怎么没跟你一起来呀，又去大会战了？"

谷丰说:"对,桂花大会战去了,完了就来看你。"

安娜说:"你告诉桂花,别惦记我,安心工作,当劳模,戴大红花。"

安娜把孙子谷丰当成了儿子谷建疆,把孙媳妇刘燕,当成了她年轻时的自己。那时候她不叫安娜,叫桂花。

江涛和谷丰相处了一周,写了一篇特写,半个月后,刊登在《兵团日报》上,很快被国内多家媒体和平台转载。

江涛犹豫再三,给远在美国的前妻如意,发了一封电子邮件,讲述了甘泉子之行的感受。江涛去孙明祥和吉祥的墓前祭奠,拍了照,把照片发给了如意。那是她的亲生父亲和同胞哥哥。

谷丰和甘泉子,在江涛的脑海里萦绕不散,一篇特写只是管中窥豹,不足以全面展现甘泉子的风貌。江涛和一位作家朋友聊起,作家朋友建议他写成小说,他没写过小说,没有把握,就让作家朋友写。于是,作家朋友把甘泉子的故事写成了长篇小说——《辽阔》。